花田清輝論

──吉本隆明/戦争責任/コミュニズム

乾口達司

柳原出版

花田清輝論——吉本隆明／戦争責任／コミュニズム

花田清輝論——吉本隆明／戦争責任／コミュニズム　目次

第Ｉ章　文学者の戦争責任をめぐって――吉本隆明

1　花田清輝と吉本隆明

花田清輝とは

花田清輝について書く。まずはもっともあり触れた、素朴な疑問点から出発しよう。花田清輝にもしも肩書をつけるとしたら、いったいいかなる名称がふさわしいだろうか、と。花田の文章を読むと、実は花田自身にもみずからをうまく規定することが出来なかったように見受けられる。花田は次のように書いている。

先日、散歩していましたら、突然ひとりのおまわりが、わたしにむかって「あなたの職業はなんですか。」とたずねました。こんな質問に答えるのは、わたしにとって、ひどく苦手というほかありません。批評家？　小説家？　劇作家？　わたしには、わたしが、そのどれでもあるような気もするし、どれでもないような気もします。じつをいうと、わたしは、いまだにどれをわたしの職業にしようかときめかねてるのです。わたしは、いささか当惑しながら、漠然と「原稿をかいてるんです。」とつぶやきました。すると、その若いおまわりは、「ゲンコー？」といって、ちょっと頭をひねりましたが、不意にニヤリとして、冗談とも真面目ともつかぬ調子で、「このあたりは、あき巣の被害が多いんです。もしかすると、あなたの職業がそうじゃァないかと考えたので。」とはなはだ意外なセリフを口走りました。そういえば、かれは、自転車にのって、さっきからずっと、わたしのあとをつけていました(1)。

あなたの職業はなんですか。この質問に該当する人物として、花田ほどふさわしいものも珍しいのではないか。花田清輝といえば、一般的に『錯乱の論理』や『復興期の精神』などを書いた文芸批評家として知られている。しかし、みずから「批評家？　小説家？　劇作家？」と書いているように、実際には『鳥獣戯話』や『室町小説集』などを書いた小説家であるということも出来る。『泥棒論語』や『爆裂弾記』などを書いた劇作家であるということも出来る。武井昭夫との共著『新劇評判記』や『映画的思考』などを取りあげれば、演劇評論家や映画評論家であるということも可能だろう。協同制作を前提とした「芸術の総合化」「総合芸術」を生涯にわたって主張し、追求し続けた花田らしく、その肩書は決して単一のものではあり得ない。それはあくまでも「どれでもあるような気がするし、どれでもないような気」のするものとしてある。花田清輝について考えることは、まさしくその「どれでもあるような気がするし、どれでもないような気もする」ことをわが身に引き受けることにほかならない。「楕円の世界」や「対立のままの統一」「アヴァンギャルド芸術と社会主義リアリズム」「視聴覚文化論」「前近代を否定的媒介にして近代を超える」などなど、花田がさまざまな機会に提示した概念は多い。しかし、果たしてそれらを「概念」などという言葉でくくってしまってもよいものかどうか。正直いって、それについてもはなはだ疑問であるといわざるを得ない。実際、それらの意味するところも、花田の存在と同様に「どれでもあるような気がするし、どれでもないような気」を起こさせる何かとしてあり続けているのだから。

花田－吉本論争

花田清輝を読むに際して、まずは吉本隆明との関係を取りあげる。一九五〇年代後半、花田と吉本のあいだでたたかわされたいわゆる花田－吉本論争に触れつつ、両者の差異を見ることによって花田の言説の一端に触れたいと思う。花田－吉本論争。しかし、果たして、両者のあいだでたたかわされた論争は、本当に「論争」の名に値するものであったのかどうか。論争の発端が、一九五七年五月一九日に開かれた「記録芸術の会」発起人会上での「ハプニング」にあったということを指摘することは出来る(2)。その後の経緯を説明することも出来る。しかし、痛烈な揶揄と激しい罵倒の応酬に終始した感のある両者の発言から、実りのある要素を取り出すことは難しい。戦前から戦後にかけての転向をめぐる問題、ブルジョア民主主義革命と社会主義革命という革命方式をめぐる問題など、両者のあいだでたたかわされた争点は確実に存在する。しかし、にもかかわらず、最終的にわれわれの印象に残るものはといえば、それらの争点以上に揶揄と罵倒の応酬に終始せざるを得ないほど、両者の主張が相入れない関係にあったという事実にほかならない。たとえば、花田は次のように書いている。

　吉本隆明の論証ぬきの資本主義構造論もコッケイだが、実践的なプログラムぬきの社会主義革命論にいたっては、さらにいっそうコッケイである。これは、『図書新聞』（一月一七日号）でも、すでにふれたことだが、今日、前衛党の存在を無視しては、いかなる革命も実現できない。吉本隆明のように、「現在はっきりとした革命のヴィジョンを具えている大衆運動は、総評を主体とする労働運動と、全学連を主体とする学生運動だけであります。」などといってひたすら大衆に迎合しようとするようなやつを称して、俗流大衆路線論者というのである。いや、ムソリーニなども、似たようなセリフをつぶやきながら、だんだん、偉くなっていったようだ。そういえば、戦争でウラミをのんで死んでいった兵隊の代弁者を気どるところなど、いくらか吉本隆明には、ヒットラーをおもわせるようなものもないではない。提案。ヒゲをはやしてみては、如何(3)。

一方、吉本はみずからの戦争体験にもとづき、死を自明のこととして受け入れざるを得なかった同世代の若者たちの心情を代弁しながら、執拗なまでの花田批判を展開。「アクシスの問題」では「戦争中、花田清輝は、東方会に所属していた。このことは、歴史評価のアクシスを考える場合、それだけで充分の戦争責任をもつものであることは、東方会が果たしてきた役割をかんがえれば、云うをまたない」「いったい、東方会ファシストの血まみれた手によってかかれた『復興期の精神』が抵抗の文学であるというのか」と書いて、戦時中、花田が社会ファシストとして知られた中野正剛主宰の東方会に出入りしていた事実を暴露、花田の方こそ日本の帝国主義戦争に積極的に加担していた「東方会ファシスト」「転向ファシスト」の代表的な人物であったことを指摘する(4)。争点が花田＝ファシスト説の当否をめぐる人物判定の次元へと移行していった時点で、事実上、両者のあいだの論争は終了したと見なすべきかも知れない。その後、花田が自己弁護とも受け取れる「ノーチラス号応答あり」を書いたり、埴谷雄高が「彼と花田清輝との論争は無解決のバランスをたもつたまま宙に浮いているのかと私は思つていたけれども、この書を読み進んでいる裡に、花田清輝もついにこの詩人に抗しがたいことに気づいた」と書き記したことなどは、論争の本質からは逸脱した勝敗の次元をめぐる言説にすぎない(5)。

もちろん、その後、論争自体が花田を「東方会ファシスト」「転向ファシスト」と声高に決めつけた吉本の一方的な勝利を定説とした次元において語られ続けた点から見れば、一般にはむしろ「アクシスの問題」以降の展開のなかにこそ、その本質があると見るべきかも知れない。それは論争から十年以上を経た一九七〇年代になってもなお全共闘世代の川本三郎が「日本的呪縛の構造を見すえ、脱却していく吉本の『自立』の思想にひかれていった私たちの世代にとって、その吉本から『ファシスト』という最大級の批判を浴びた花田清輝を読むことは、いってみれば〝密通〟であり〝姦通〟にひとしいふまじめなことであった」と告白している点からもうかがえる(6)。一方、川本に対して、花田の敗北を「負けるが勝ち」という言葉を念頭に置いて意識的になされた偽装的敗北であるととらえる好村富士彦『真昼の決闘――花田清輝・吉本隆明論争』もまたそれまで自明の前提と見なされて来た吉本勝利説に批判的な検討を加えている点に一定の意義が認められるとはいえ、最終的に論争の勝利者はだれなのかという二者択一的な次元に固執している点において、吉本勝利説に対するアンチテーゼの役割を果たしているにすぎない(7)。花田は吉本に敗北したのか。それともあえて「負けてやった」のか。しかし、彼らのうちのどちらが勝利し、どちらが敗北したのか、いまとなってはどちらでもよい問題である。花田－吉本論争自体が完全に忘れ去られている現在にあって、勝敗の判定に大した意義があるようにも思えない。むしろ勝敗や論争の意義といった次元に固執することなく、その言説を読み解いてゆくことが肝要ではないだろうか。私見によれば、二者択一的な発想に対する批判にこそ、花田の思想的な特徴が認められるのだから。

「四分の一」の抵抗をめぐって

果たして、戦時下における「四分の一」の抵抗は可能なのか。世のなかの趨勢に対して「四分の三」まで迎合的であれば、もはや「四分の一」程度の抵抗には、何の価値も認められないのか。花田と吉本、詩人の岡本潤のあいだでなされた鼎談「芸術運動の今日的課題」のなかで、花田と吉本は激しく対立している。戦時中、文学上の抵抗者が原稿を発表する場合に「ある点までは非常に紋切型の迎合的なことをいっていても、最後のところでちょっと本音を何か付け加える。すると、それが当時では非常な反響を持って」おり「起承転までは全然問題にならぬけれども、結だけで自分の言いたいことがぴんと通じた」と主張する花田。「しかしそれを前提とするわけにはいかないと思います」と前置きしたうえで「たとえば、今の起承転結の転のところまでは迎合したようなことを書いていて、結のところで批判的な意見を書いたとしても、その場合に全体としてはどうかといえば、要するにそれは四分の三まで迎合して、四分の一だけは批判的だというふうにしかとれない」と主張する吉本。「四分の一」という言葉は、このような両者のやりとりの途上で現れて来る。

花田　ぼくの感じではそうじゃない。その結のところだけで彼の書くものが、その当時コミュニケートしていたというわけだ。

吉本　そうだったらぼくらの批判の原則ははっきりしていて、要するに表現ていうものは、表現され残されたものとして絶対的な資料だというふうに考えます。その表現をした場合、作者が内部でたとえばどんな批判をしようとも……

花田　内部じゃない。結のところを表現の問題として書いたほうもやっているんだ。

吉本　そうしたら、ぼくは、これはきわめて単純な原則――四分の三が迎合的だったらあとの四分の一が批判的だったとしても、全体としては、これはだめだということになると思う。

花田　そりゃ今日の感覚でとらえればそうですよ。

吉本　当時の感覚からしてもそうだと思うんですよ。たとえば、狭いわく内の世の中の読者に対してコミュニケーションがあったとしても、それは表現自体の責任というようなものを

……

花田　いや、それは違う。その狭いわく内ではなくて、むしろマス・コミュニケーションのことを問題にしてやっている。

吉本　そうしたら、ぼくはやっぱり、それは迎合したものとして受け取られるべきだと思います。

花田　それは今日ではそうとられるのも当然だが、その当時は必ずしもそうとられなかったということをいっているんだ(8)。

「四分の一」をめぐる抵抗の有無は、当時の一般庶民が帝国主義戦争を遂行する国家権力の圧政下にあって、実際にそれに迎合したかどうかという議論と密接な関係を持っている。当時、彼らが国家権力に対して迎合的に振る舞っていたとするならば、花田の主張するような「四分の一」の抵抗における根拠は完全に覆されてしまう。したがって、花田の主張に真っ向から対立する吉本にあっては、当然のごとく「当時庶民というものは」「完全に迎合していたと思う」という認識に立つことになる。しかし、花田は「庶民とか、市民とかいう言葉で、プロレタリアートとか、ブルジョアジー

をとらえる傾向には非常に反対」であることを述べたうえで、戦争末期には各地の工場においてもサボタージュやストライキになりかねないような抵抗運動が相当にあったこと、しかし、それらが弾圧されて、表面上には表れて来なかったことを指摘しつつ、当時の大衆の動向を「迎合的」という言葉によって締めくくることに異議をとなえ、問題は知識人の大衆に対する不信感にこそある点を指摘している。戦時中の大衆の動向をきわめて否定的なものとしてとらえたうえで、その抵抗運動もまたあり得なかったと主張する吉本と知識人の大衆に対する「信頼感」なくしては、新たな社会運動が果たされるはずもないととらえている花田。注目すべきは、吉本が一般庶民に対する不信感を前提として、花田のような「オールド・コミュニスト」たちの戦時中の抵抗を否定的な観点から裁断しようとしているのに対して、花田はまったく反対の観点から積極的にそれを評価している点である。もちろん、それは戦時下というごく限られた時間においてのみ適応されるべき議論ではあり得ない。当時、流行していた「歌ごえ運動」の賛否をめぐる議論がたたかわされていることからもうかがえるように、両者の主張は、戦後という時空間においても敷衍化し得る可能性を持つものであったといってよい。彼らの対立の背後には、当時、さかんに議論されていた文学者の戦争責任の問題が横たわっている。戦時中の文学者の戦争責任をめぐる問題を抜きにして、両者の対立を見ることは出来ない。そのためにもまずは吉本を中心とした文学者の戦争責任追及の動きについて考えてみなければならない。

2　文学者の戦争責任追及——第一期

小田切秀雄と平野謙

文学者の戦争責任は二度にわたって追及されている。第一期は敗戦直後の一九四六年。占領軍によって、日本の帝国主義戦争に積極的に関与したとされる政治家や軍人たちの戦争責任が厳しく追及されていた時期に相当する。その責任の追及については、一九四六年五月、東條英機以下のA級戦犯を処罰することを目的として開廷された極東国際軍事裁判（東京裁判）をその代表的なものとしてあげることが出来る。文学者の戦争責任追及もまたそのような一連の戦争責任追及の風潮のなかで生起している。

注目すべきは、第一期の中心的な追及者が、中野重治や窪川鶴次郎、壺井繁治などの「帝国主義戦争に協力せず、これに抵抗した」とされる旧プロレタリア系文学者を主体とした新日本文学会のメンバーと「近代文学」の同人である平野謙や荒正人、本多秋五などの当時のもっとも若い世代に属する文学者たちであったという点である(9)。その点を踏まえていえば、荒正人、小田切秀雄、佐々木基一、埴谷雄高、平野謙、本多秋五による座談会「文学者の責務」と、一九四六年三月二九日、新日本文学会東京支部創立大会において決議された「文学における戦争責任の追求」をもって、その嚆矢とすることに異論はあるまい(10)。ただし、新日本文学会による戦争責任の追及に関しては、占領軍からあらかじめ提示されていた戦争責任該当者（G項該当者）リストをそのまま引き写す形でなされていたことが知られている。その点にこそ、実は第一期文学者の戦争責任追及を主導した新日本文学会の大きな特徴が認められる。小田切は「文学における戦争責任の追求」のなかで、次のように書いている。

戦争は終つたが、まだ新しい文学的創造は緒についたばかりであり、低迷・貧困が一般的な状態である。これは、戦争中の暗澹な日々のいつ終るとも知れなかつた抑壓によつて吾々の創造の主体自身がひどく痛めつけられてゐる実情を物語る。新しい創造に堪へ得るまでには未だ抑壓によつてねぢ歪められた吾々自身の魂と肉体が恢復してゐないのだ。恢復は容易には行ひ得ないであらう、吾々の受けた傷痕は大きく、容易には癒しがたい深さを以て肉を破り血を汚してしまつてゐるから。吾々はまづ吾々自身とたたかはねばならぬ。そして沈黙してゐたとしても、沈黙が常に金であり得たかどうか。たつきのためにふやけたものの曖昧なものを書いたといふ場合、さういふことが文学者にとつて許され得ることかどうか。すべてこれらを吾々は自身ではげしくかへり見ることからはじめねばならぬ。
だから、文学における戦争責任とは、他の何かであるよりも先づ吾々自身の問題だ。吾々自身の自己批判といふことからこの問題は始まる。自由の世界でごまかしは利かぬ。吾々は戦争中の吾々がどうであつたかをみづから追求し検討し批判する。そのことによつて、この十年間の日本文学のおそるべき堕落・頽廃に対しての吾々自身の責任を明かにして行きたいと思ふ。

小田切は「だが、吾々はかの『一億総懺悔』を行はうとする者ではない」と言明しつつ「国体の護持」を至上命令として、戦後初の内閣総理大臣に就任した東久邇宮稔彦のいう「一億総懺悔」に厳重な注意をうながしている。小田切によれば「一億総懺悔」には「誰にも責任があるといふことによつて一部の者の重大且つ直接的な責任がごまかされてしまふ」危険性がふくまれている(11)。したがって、この場合、責任の所在をより明確にするためにも「特に文学及び文学者の反動的組織化に直接の責任を有する者、また組織上さうでなくとも従来のその人物の文壇的な地位の重さの故にその人物が侵略讃美のメガフォンと化して恥じなかつたことが広汎な文学者及び人民に深刻にして強力な影響を及ぼした者、この二種類の文学者に重点を置いて」菊池寛以下、久米正雄、中村武羅夫、高村光太郎、野口米次郎、西條八十、斎藤瀏、斎藤茂吉、岩田豊雄（獅子文六）、火野葦平、横光利一、河上徹太郎、小林秀雄、亀井勝一郎、保田輿重郎、林房雄、浅野晃、中河輿一、尾崎士郎、佐藤春夫、武者小路實篤、戸川貞雄、吉川英治、藤田徳太郎、山田孝雄の計二五名の実名公表に踏み切っている。そして「これらの人達の手によつて戦争中文学がどうなつてしまつたかの実情を徹底的に追求」し「実際の姿をはつきりと見究めることで、新文学の創造の道を清め、ふみ固めねばならぬ」「新しい文学的創造の開花によつて、戦時中の文学の愚劣と卑小とを実際上ふみにぢつて行くことができるのでなければならぬ」と誓いを立て、戦後の新しく構築されていく社会にあって、文学者の果たすべき課題と役割をきわめて理想主義的な言葉でもってうたいあげている。たとえ、彼らの指摘した二五名が占領軍によって作成された「G項該当者」リストを引き写しただけのものでしかなかったとしても、日本の戦時体制を積極的に推し進めて来た文学者たちの戦争責任を追及し、戦後の新しい時代の幕開けに対する期待感を表明している小田切の論文が、当時の代表的な文献であったことに誤りはない。

一方、平野謙は「ひとつの反措定」を発表し、小田切とは異なった観点から文学者の戦争責任に迫っている(12)。平野は「文学者の責務」においてなされた小田切や荒正人の発言に異議をとなえて「誰が一番戦争責任から完全に免れ得ているかという問題から、杉本良吉や鹿地亘の名前が出された」が「はたして彼らこそロマン・ローランやトーマス・マンにも比すべき栄光ある亡命者であるかどうか」と疑問を投げかけ、むしろ目的のためには手段を選ばない人間性を蔑視した戦前のマルクス主義運動、プロレタリア文学運動の方にこそ、文学者の戦争責任問題に通じる事態の核心があるのではないかと主張している。平野によれば「文学者の戦争責任というテーマとマルクス主義文学運動の功罪ならびにその転向問題とは、ほとんど不可分のものとして、文学界全体の自己批判に打ちこむべき大きなくさび」としてあり「マルクス主義文学運動の功罪、それが転向を結果せざるを得なかった道ゆき、それらの複雑な内外の事情をひとつの必然的偏向として運動の内部から剔抉することが大切」であるとして「戦争犯罪的摘発は免れがたい」火野葦平と「マルクス文学運動のもっとも忠実な実践者」であった小林多喜二を「表裏一体と眺め得るような成熟した文学的肉眼こそ、混沌たる現在の文学界には必要なのだ」と説いている。平野の論文においては、当時の帝国主義戦争に積極的な役割を果たした文学者たちを糾弾した小田切や新日本文学会とは異なり、その責任の対象を戦前からのマルクス主義文学運動の「功罪」に向けている点に大きな特徴が認められる。おそらく、それは平野自身が戦前の自己形成期にあって、マルクス主義の洗礼から挫折、転向までを経験していることと密接な関係がある。したがって、その追及は戦争協力者に対するそれは当然としても、戦前のマルクス主義運動のあり方そのものに対する反省なくしてはあり得ないと考えられている。その点からいえば、小田切と平野の言説は戦争責任追及の必要性という点においては一致しているものの、その対象をどこに求めるかという点において、決定的に乖離していることがうかがえる。それがやがては「政治」と「文学」の優位性をめぐって、新日本文学会と「近代文学」派のあいだでかわされることとなる「政治と文学」論争へと発展する端緒となる。

第一期――その特徴と問題点

小田切の「文学における戦争責任の追求」と平野の「ひとつの反措定」は、敗戦直後にはじまる第一期文学者の戦争責任追及における代表的な論文である。しかし、それらは同時に戦争責任追及の特徴のみならず限界点を明示している点においても、その嚆矢として位置づけられるべきものとしてある。彼らの論文に共通する限界点とは何か。それは両者の言説の基底に流れている認識が、終始一貫、みずからを被害者としての立場に位置づけている点にある。戦前・戦時中の自分たちは天皇制ファシズムや帝国主義戦争、あるいはマルクス主義運動における被害者であったからこそ、敗戦後の現在にあってはかつての戦争協力者や革命のために人間性を蔑視した運動しか展開し得なかったマルクス主義者を告発する立場に立つ権利があるのだ、と。「新しい創造に堪へ得るまでには未だ抑壓によつてねぢ歪められた吾々自身の魂と肉体が恢復してゐないのだ。恢復は容易には行ひ得ないであらう、吾々の受けた傷痕は大きく、容易には癒しがたい深さを以て肉を破り血を汚してしまつてゐるから」という小田切の感傷的な筆致からは、戦争という現実に傷つけられた脆弱な自己に対する憐憫の情を見出すことしか出来ない。小田切の言説はあくまでも戦争協力者を絶対的な悪として位置づけ、自分たちを絶対的な正義であると規定するきわめて単純な図式にのっとって書かれている。それは勧善懲悪という名の物語の構図にほかならない。しかし、果たして、戦争に積極的に加担することがなかったというだけの理由で、みずからは絶対的な正義の立場に立つ権利があると自信を持って主張することが出来るだろうか。小田切の論文に欠如しているものが、戦争責任を追及している自分自身に対する視点であることはもはや明らかだろう。みずからの戦争体験に対する徹底した自己批判、自己吟味を不問に付して、他者の責任を追及することなど許されるだろうか。確かに、小田切は「文学における戦争責任とは、他の何かであるよりも先づ吾々自身の問題だ。吾々自身の自己批判といふことからこの問題は始まる」と書いている。しかし、小田切の論文を一読すれば、その言明とは裏腹に「吾々自身の自己批判」が徹底的になされることがなかったことはただちに明らかとなる。それどころか「吾々自身の責任を明かにして行きたいと思ふ」という前半部分の論旨が、後半になると「吾々が文学における戦争責任者をまづ文壇の中からあげる」という論旨に巧妙にすり替えられている。戦争責任に対する自己批判の必要性を説いていたものが、突然、他者の戦争責任を追及する立場に変貌を遂げている。この場合、前半の「自己批判」はあくまでも後半部分を導き出すための方便でしかないのである。

もちろん、そのことは平野の論文に対しても妥当する。戦時中、文学部門の統制を担当する情報局第五部第三課の嘱託として「日本文学報国会のうごきも直接に見聞」する立場にあった平野に、果たして文学者の戦争責任を追及する資格があるだろうか。後年、平野は次のように回想している。

文学報国会についても情報局第五部第三課についても、私の記憶はほとんど空々漠々としている。それはすでに二十年ちかくの歳月が飛びさったというばかりではない。当時、私は自分の勤めをいわばかりそめのものと思いなして、本気に打ちこんでいなかったからである。私はうわの空で一日一日を空費していたにひとしかった。この文章のはじめに日本文学報国会の創立総会と発会式の次第を略述したのも、私の記憶によるものではなく、主として《日本学藝新聞》の記事によったものである(13)。

「空々漠々」「かりそめ」「うわの空」「空費」といった言葉が飛び交い、当時、みずからが直接的に関わることによって、鮮明に記憶していてしかるべき日本文学報国会の諸行事が当時の新聞記事にもとづいて記述されている点に注目したい。戦時中の国策主義に加担し、同時代の文学者にきわめて重大な影響を与えた情報局や日本文学報国会の内幕を他者の言葉でしか語り得ない平野のこの文章からは、過去の経歴を隠蔽し、みずからの責任を回避するといった欺瞞性以外の何ものも読み取ることが出来ない。実際、当時の平野の上司に当たる情報局第五部第三課課長の井上司朗（歌人・逗子八郎）は「人はどう思っているか知らないけれど、私が情報局第五部第三課につとめたのは、ひとつの偶然だった」という言葉とは裏腹に、当時、平野自身がいかに積極的に情報局への就職を働きかけていたか、久米正雄の発言に端を発したいわゆる「アラヒトガミ事件」などの真相をいかに歪曲・捏造して書いているかといったことを暴露している(14)。杉野要吉の「戦時下の芸術的抵抗はあったか――平野謙の情報局時代をめぐって」や江藤淳の「改鼠された経験――大東亜開戦と平野謙」などは、戦時中の平野の言動を詳細に調べあげたうえで、戦後、それがいかに改竄され、隠蔽されて来たかを告発し、その欺瞞性に迫っている(15)。

もちろん、一九三〇年の東京帝国大学進学後、日本労働組合全国評議会所属の日本通信労働組合書記局やプロレタリア科学研究所に在籍、非合法活動に従事しつつも、リンチ共産党事件やハウス・

キーパー問題に代表されるマルクス主義運動の人間性蔑視の傾向に直面することによって、運動や組織のあり方に疑問を持つにいたった平野がマルクス主義の崩壊のさなかにあって、なしくずしの転向を果たしたことはみずからも認めていることである。その点からいえば、当時の厳しい情勢のなかを身をもって生き抜きながらも、やがて転向を果たした一人の文学者として、マルクス主義運動、プロレタリア文学運動の「功罪」を指摘しておかなければ、今後、ふたたび同じ過ちを繰り返す可能性があるという切迫感から戦争責任の追及を試みていたというのであれば、その言説には一定の意義が認められる。しかし、にもかかわらず、その言説が自己弁護のような形としてしか受け止められない背景には、戦時中の言動とともに、平野の言説それ自体のはらんでいる認識論的な欠陥が大きく影響しているものと思われる。たとえば、それは中野重治が次のように平野を批判している点からも読み取れる。

「小林多喜二と火野葦平との《ママ》表裏一体と眺め得るやうな成熟した文学的肉眼」、小林と火野とを「ひとしく時代の犠牲と眺め得るやうな、沈着にして成熟した眼」などは平野自身の知つたかぶりにすぎない。戦争に関して天皇と二等兵とをひとしい犠牲とするのとそれは同じである。天皇は戦争をしかけてそこへ二等兵を引き入れることで「犠牲」であつた。二等兵は戦争を命ぜられて死へ引き入れられることで犠牲であつた。小林は革命文学と民主主義とのためにその敵に虐殺されたことで犠牲であつた。火野はこの敵のため更にその道をひらいたことで「犠牲」であつた。平野が彼の「成熟した文学的肉眼」にやにさがることは勝手である。しかしやに下がりたさに二つの「犠牲」の質の差を消さうとすることは誤りであり下司である(16)。

中野の論文は、当時、平野や荒正人たちとのあいだでたたかわされていた「政治と文学」論争の一環として発表されている。ここでは、中野が火野葦平と小林多喜二のあいだに「二つの『犠牲』の質の差」を見ようとしている点に注目したい。いいかえれば、平野の認識には、中野のいうこの「二つの『犠牲』の質の差」が欠落している。「二つの『犠牲』の質の差」を無視したうえで、戦争協力者とともにマルクス主義者の責任が問われている。その点にこそ、平野の言説が持つある欺瞞性が認められるのではないか。もちろん、後に見るように、平野の責任追及の観点は、吉本隆明による戦争責任追及の問題点とも密接に連関している。積極的な戦争協力者よりもマルクス主義文学者に対する戦争責任の側を優先的に追及する吉本の態度は、平野のそれにすでに兆候的に表れているといってよい。小田切と平野。もはや、両者の言説がみずからのよって立つべき立場を吟味しないことによって、結果的にみずからの戦争責任を回避、隠蔽するためのそれに変質してしまっていることは明らかだろう。たとえ、それが無意識的になされたことであったとしても、である。その点にこそ、戦後十年を経てふたたびはじめられる文学者の戦争責任の追及を動機づけるもっとも大きな特徴があるといってよい。

3　文学者の戦争責任追及——第二期

戦後十年を経た一九五五年ごろから、文学者の戦争責任の追及が再燃する。当時、第二期の戦争責任追及が立ち現れて来た社会的な要因としては、サンフランシスコ平和条約締結による占領軍からの独立や国内秩序の回復と安定などがあげられるだろう。なかでも、それが戦後十年という歳月を経ることなしには、決してはじめられることがなかったという点に注意したい。秋山清は書いている。

吉本隆明の登場

マッカーサーがやった文学者の戦争責任の追及は、被追及者が民主主義の敵として評価されたことであり、新日本文学会がそれをやり得たのは、自分たちに民主主義の敵を追及する資格があるとしたためである。その資格を、新日本文学会は、一九四六年三月の東京支部総会で「文学者の戦争責任の追求」を決議したときに、それを決議したことによって、自ら自任したのである。「文学における戦争責任とは他の何かであるよりも先づ吾々の問題だ。自由の世界でごまかしは利かぬ」といっただけで事が足りたのか。「吾々は戦争中の吾々がどうであつたかをみづから追求し、検討し、批判する」というのは筆のすさびのこぼれ話でしかなかったようだ。同時に、また責任あるものが自己の責任を明らかにしたということだけで、他人の責任追及者となり得ることは普通にはあり得ない。

しかし、新日本文学会は一面には戦争に圧迫された人々の集団として戦争協力の責任は極めて軽く、だから逸早く戦後に「民主主義文学運動を盛りあげる責任」を予約することで、戦争に協力した文学者の責任を追及する資格を自ら得たのだと考えることはできる。

そしてその予約が不十分にしか果たされなかった、という評価に立って、その理由の探求をこめて、現在の民主主義文学運動にたいする責任が、戦後世代から戦争責任の問題としてあらしく提出されたのである(17)。

秋山の指摘を踏まえていえば、第二期文学者の戦争責任追及は、敗戦直後になされた文学者の戦争責任の追及に対する不満にもとづいてはじめられている。したがって、第二期の追及が第一期に主役を務めた追及者たちよりもさらに若い世代の手によって果たされなければならなかったことには、それ相応の理由がある。その代表的な追及者として現れて来るのが、吉本隆明と武井昭夫にほかならない。代表的な文献としては、吉本の「高村光太郎ノート――『戦争期』について」と「前世代の詩人たち――壺井・岡本の評価について」および吉本／武井の共著『文学者の戦争責任』をあげることが出来る(18)。吉本は書いている。

同胞の隊伍がアジアの各地にもたらした残虐行為と、現代詩人が、日本の現代詩に、美辞と麗句を武器としてもたらした言葉の残虐行為とは、絶対におなじものである。その根がおなじ日本的庶民意識のなかの残忍さ、非人間さに発しているばかりでなく、残忍さの比重においてもおなじものだ。詩人たちもまた、日本の歴史を凌辱し、乱殺し、コトバの麻薬をもって痴呆状態におとしいれたのである。戦後、これら現代詩人たちが、じぶんの傷あとを、汚辱を凝視し、そこから脱出しようとする内部の闘いによって詩意識をふかめる道をえらばず、あるいは他の戦争責任を追及することで自己の挫折をいんぺいし、あるいは一時の出来ごころのようにけろりとして、ふたたび手なれた職人的技法とオプティミズムをはんらんさせたとき、かれらは、自ら日本現代詩の汚辱の歴史をそそぐべき役割を放棄したのである。

吉本らは戦時中の天皇制ファシズムや戦時体制に果敢に抵抗し、戦後は文学者の戦争責任を追及する立場にあった文学者たちが、当時、実際にはいかに隠微な形で戦争に加担していたかという事実を壺井繁治や岡本潤などのいわゆるプロレタリア詩人の作品を分析することによって暴露する。それは秋山のいう「不十分な予約」を前提として「戦後に他の文学者の戦争責任を追及した民主主義文学者を、そのもう一つ背後から、追及しようと」した試みにほかならない。この点にこそ、戦後十年を経て、あらためてはじめられた戦争責任追及の際立った特徴がある。秋山も「そのように受けとることで、一九五五年以後のこの問題提起にはこれまでにない深い意味があ」ったことを認めている。

戦後責任としての戦争責任の追及

戦争責任を追及する文学者たちの戦争責任を追及すること。しかし、吉本らのこの態度はあまりにも奇妙であるといわざるを得ない。ここからは、文学者の戦争責任に対する彼らの屈折した感情と方法論を読み取ることが出来るだろう。もちろん、彼らにあっても、戦時中、積極的に国家や戦争に加担した文学者たちに対する批判は踏まえられている。しかし、彼らにおいては、明白な戦争協力者よりもむしろ戦後になって彼らを批判し、彼らの戦争責任を追及した文学者たちに対する批判の方がより勝っていることは明らかである。その点からいえば、一見、吉本らの態度は平野謙のマルクス主義批判と類似するものがある。しかし、平野の言説がみずからの転向と国家権力への加担という歴史的な背景を背負っているのに対して、吉本らはまさしく平野のような態度の持つ欺瞞性を暴露し、その責任を追及することを目的に据えている。なかでも、吉本の場合、その批判には自分たちよりもまえの世代に属するマルクス主義文学者たち（オールド・ジェネレーション／オールド・コミュニスト）に対する失望感とそれにもとづいた深い憎悪の念が込められている。吉本は述べている。戦時中、自分たちは「一介の学生として、戦争を自明の環境とし、そのために死ぬことを避けまいと考え」ていた。自分自身もまた「正確に数年後自明の死を死ぬだろうと考え」ていた。しかし、彼らは現実には隠微な形で戦争に協力していたにもかかわらず、戦後はまるで何ごともなかったかのように「他の戦争責任を追及することで自己の挫折をいんぺい」し、平和詩人のような顔をしながら、平然とのさばり返っている。敗戦後の社会情勢を革命にまで転じることも出来なかったばかりか、戦後十年を経てもなお有効な展開を見出せないままでいるにもかかわらず、みずからを戦時中の偉大な「抵抗者」に仕立てあげて、大衆を指導する立場に立っている。このような欺瞞が許されるであろうか、と。大久保典夫の言葉を引き合いに出せば「吉本が、『前世代の詩人たち』を、一種怨恨にちかい痛憤の口調で告発したのは、彼等が自分の戦争責任については他人のそれを追求することでその罪を隠蔽し、手なれた職人的技法とオプティミズムで、戦争詩人から平和詩人へとあざやかな転身を示したからで、そこに戦後の民主主義文学の不毛と退廃が集約的に現われていると考えたのだろう」(19)。

もちろん、吉本の批判は単なる文学者に対する批判だけを意味しない。それが、当時、新日本文学会に強い影響力を行使していた日本共産党――徳田球一や宮本顕治に代表される非転向マルクス主義者を指導者としてあおぐ――の政治的退廃に対する批判でもあったという点を見逃すべきではない。吉本の批判が共産党に対する批判をふくんでいることは、当時の吉本を「これからの社会革命と革命文学をめざすたたかいにおける、戦後世代のもっとも強靭な組織者・先駆者のひとり」と高く評価していた武井昭夫の言葉からも読み取ることが出来る。

一九五〇年、コミンフォルムの日共批判を契機としてくりひろげられた日本革命勢力内部の数年にわたる分裂抗争の渦のなかで、わたしなどはいま思えばぶざまにふりまわされていた。しかし、それゆえにまた、その一日一日がめのさめる思いの連続でもあった。獄中十何年・亡命何十年の偽りの権威がわたしの胸中でがらがらと音をたててくずれていったのも、その日まで指導者とあおいできたオールドｰジェネレーションのコミュニストたちが大半はその衣装をまとっていたにすぎぬことを深い失望をもって思い知ったのも、以前やかましかった主体性論議がエルダーｰジェネレーションの日和見インテリゲンチャたちの囀りにすぎなかったことを侮蔑をこめて確認しえたのも、そうしたなかで自己を支えぬこうと必死でマルクス主義の理論と歴史をむさぼるようにあさったのも、すべてこの五〇年に端を発する革命戦線内の動乱の過程においてであった(20)。

一九五〇年一月のコミンフォルムによる日本共産党批判を契機とする党指導部における所感派（主流派）と国際派（反主流派）のあいだの権力抗争や五一年綱領にもとづいた「民族解放民主革命」としての極左火炎ビン闘争、山村工作隊運動や地域人民闘争の開始、それに対する国家権力による弾圧と混乱は、一九五五年一月一日付「アカハタ」紙上における党指導部の自己批判、同年七月開催の第六回全国協議会（六全協）によってようやく収拾される。しかし、五年にもわたる党内の混乱は、一般大衆はもちろんのこと、それまで党を支持し、党に献身的に奉仕して来た党員や学生、シンパにあっても、党指導部に対する不信感を抱かせるには充分なものであったと思われる。いわば、共産党の退廃と政治的な限界が、この時期に明瞭に露呈して来るのである。彼らを「旧左翼」と批判する「新左翼」が登場して来るのも、このような情勢を背景としている。「もはや〝戦後〟ではない」（「経済白書」一九五六年七月）という言葉からもうかがえるように、国内経済の復興と安定による高度経済成長のはじまり、保守合同による自由民主党の成立、自民党と社会党を主軸とした五五年体制の確立など、戦後十年を経た当時はまさしく一つの時代の節目であったといってよい。海外に目を転じても、一九五三年三月のスターリンの死を契機として、一九五六年二月のソビエト共産党第二〇回大会におけるスターリン批判、四月のコミンフォルム解散、一〇月のハンガリー事件の勃発など、従来の国際共産主義運動が大きく転換してゆく一時期であったことがうかがえる。

武井と同様、党内抗争と極左冒険主義に明け暮れる党指導部のありさまを目の当たりにして、吉本がそれまで堅く信じて来た戦後の左翼運動に深い絶望感を抱いたことは容易に推察出来る。その意味において、戦後十年を経て現れて来た吉本の戦争責任追及の根底には、戦時中の戦争責任に対する批判よりも「オールド・ジェネレーション」「オールド・コミュニスト」に対する戦後責任としての戦争責任が横たわっている。すなわち「戦争期の体験を、どのように咀嚼して自己の内部の問題としながら戦後十年余を歩んできたか」「その戦争期の内部的体験を戦後十年余の間にいかにして実践の問題（これは文学的表現の意味にとっても、社会的実践の意味にとってもよい）としてきたか、いわば戦後責任をどう踏まえてきたかということが、この問題を論ずる場合に不可欠の条件である」と(21)。第二期文学者の戦争責任追及の動きが、戦後十年の歳月を経ることなしには決してあり得ないものであったという所以である。

ただし、この場合、注意すべきは、吉本の批判があくまでも吉本自身の個人的な憎悪にもとづいて形成されているという点である。したがって、その観点は戦争責任を追及するものたちの戦後責任としての戦争責任を追及するという一点までは武井と共通するものがあるとはいえ、決してそれ以上ではあり得ない。武井にとって、戦争責任追及の目的が、共産党内部の混乱の渦中において「いまなおこうした前世代にひきずりまわされたまま自己の独自性を意識し得ずにいるわが戦後世代の多くの部分に対して、おのれにかえることをよびかけたかったからにほかなら」ず「戦後十年、前世代の指導者によってひきずりまわされ、ずたずたにひき裂かれた戦後世代を一個の強靭なる層へ再結集し、それによる真に新たな戦後運動開始の緒をきりひらくことにあった」のに対して「交通整理者に堕ちてはいけない」「論敵はすべてうたなければならぬ」（「文学者の戦争責任」）と書く吉本はみずからの個人的な憎悪を責任追及の基盤に据えつつ「オールド・ジェネレーション」のみならず、戦後十年のあいだになされた社会運動の成果そのものの「絶望的な全面否定」（武井昭夫）とその一掃を目論んでいる(22)。したがって、両者の乖離は「オールド・ジェネレーション」の代表的な存在である花田清輝をめぐる評価においても表面化せざるを得ない。武井が戦後の民主主義文学運動の渦中にあって、その指導的な立場を堅持して来た花田に一定の評価を与えているのに対して、吉本はその全面的な否定をくわだてる。それが花田-吉本論争という形で展開されてゆく。「オールド・ジェネレーション」「オールド・コミュニスト」に対する批判と否定。花田-吉本論争において、吉本がみずからの戦争体験をモチーフに花田を痛烈に批判するのも、以上のような歴史的な背景を前提としている。

4　関係の絶対性と理性の原因性

『マチウ書試論』と関係の絶対性

文学者の戦争責任をめぐる吉本の追及は、積極的な戦争協力者よりも「オールド・ジェネレーション」「オールド・コミュニスト」としてのマルクス主義文学者に対する戦後責任としての戦争責任の追及という特徴を持っている。吉本や武井による批判以降、敗戦直後の第一期にその主役を務めた戦争責任の追及者たちは、反対にみずからの戦後責任を問われ、糾弾されてゆくのである。なかでも、吉本の批判と追及には前の世代に対する激しい憎悪の念が込められている。そのことは「高村光太郎ノート」や「前世代の詩人たち」の前年に発表された「マチウ書試論」の論旨からも読み取ることが出来る。

「マチウ書試論」はマチウ書（マタイ伝）における表現形式の分析をとおして、原始キリスト教における思想的特徴を明示した論文である。われわれは、吉本が原始キリスト教における思想的な基盤を「ユダヤ教にたいするはげしい近親憎悪」に見出している点に注意を払わなければならない。吉本によれば、原始キリスト教に見出される激しい「近親憎悪」には「神に対する意識というものが、人間の倫理と自然な関係で結びついていた」ユダヤ教に対して「人間と神との自然な結びつきというものが信じられないという意識を絶えず仲介としながら、かれらの倫理の純化を考えざるを得なかった」原始キリスト教の「挫折と屈折」が踏まえられている。その典型的な例として、ここでは

「姦通」をめぐる両者の認識の違いが取りあげられている。新約聖書マタイ伝第五章「『姦淫するなかれ』と云へることあるを汝等きけり。されど我は汝らに告ぐ、すべて色情を懐きて女を見るものは、既に心のうち姦淫したるなり。もし右の目なんじを躓かせば、抉り出して棄てよ、五体の一つ亡びて、全身ゲヘナに投げ入れられぬは益なり。もし右の手なんぢを躓かせば、切り棄てよ、五体の一つ亡びて、全身ゲヘナに往かぬは益なり」という箴言を分析して、吉本は次のように書いている。

この性のたいする心理的な箴言は異常なものである。渇望をもって女をみるものは既に心のなかで姦通を行ったのだという性にたいする鋭敏さは、けっして倫理的な鋭敏さではなく、病的な鋭敏さである。姦通してはならないという掟は、ユダヤ教の概念では、社会倫理的な禁制としてあるわけだが、原始キリスト教がここで問題にしているのは、姦通にたいする心理的な障害感覚であることは明らかだ。こういう障害感覚を、原始キリスト教は、迫害や秩序からの重圧感に裏うちされて絶えず体験したために、性に対する障害感覚のなかに拡大されて表出されたのである。徹頭徹尾、自意識を倫理化しようとする原始キリスト教の倫理感覚は、人間性の自然さというものに脅迫を感じ、それにたいし戦いをしかけなければならなかったのだ。この性についてのマチウ書のロギヤは、決して倫理的なものではなく、むしろ本当は倫理観の喪失以外のものではないのだが、もしこのロギヤを倫理的なものとして受感するならば、人間は、原始キリスト教によって、実存の意識の全領域を脅迫されるよりほかないであろう。罪という概念を心理的に最初に導入してみせたのは原始キリスト教である。したがってマチウの作者は、このロギヤを倫理的に受感することを求めているのだ。もし、ぼくたちがその受感の型を拒絶するならば、右の眼が女性にたいする渇望をおこさせる原因であるならばそれをえぐりとれと言うような言葉を精神病理学における一つの徴候としてしか読みとることが出来ない筈である。（略）すこしあとのところで、全然誓いをしてはならない、髪の毛のたったひとすじも、諸君は白くしたり黒くしたりできないのだから、などと言う言葉が出てくると、ジェジュを三度否んだピエルや、ジェジュを裏切ったジュドなどという架空の人物をつくりあげ、それらの人物に、人間のいいようのないみじめさや、永遠の憎悪を集中した原始キリストの冷酷さを、おもい出さないわけにはいかない。人間性の暗黒さにたいする鋭敏な嗅覚と、その露出症こそは、原始キリスト教のもっとも本質的な特徴のひとつである。かれらは、人間性の弱さを、現実において克服することのかわりに、陰にこもった罪の概念と、忍従とをもちこんだ。「悪人に抵抗するな。若し右の頬を打つものがあったら、またもう一方の頬もさし出せ。」もしここに、寛容を読みとろうとするならば、原始キリスト教について何も理解していないのとおなじだ。これは寛容ではなく、底意地の悪い忍従の表情である(23)。

他人に対しては、罪を偽ることは出来る。しかし、自分の心まで欺くことは出来ない。実際に姦通していなくとも、心のなかで姦淫したならば、それは姦通したも同然である。もしも、そのように指摘された場合、いったい誰にそれを否定することが出来ようか。吉本によれば、このような認識を「心理的に最初に導入してみせたのは原始キリスト教である」という。もちろん、吉本のこの指摘を原始キリスト教の特異性においてのみ語る必要はない。「敗戦直後の混迷した精神状態のさ中」に読んだという新約聖書に対する独自の理解にもとづいた「マチウ書試論」が、当時の同時代的な状況とは切り離せない関係にあった以上、当然、それは文学者の戦争責任をめぐる言説にも妥当すると考えなければならない(24)。この場合、ユダヤ教徒を前世代のマルクス主義文学者（オールド・ジェネレーション）に置き換えてみる。すると、彼らを批判する吉本の立場とは、ユダヤ教を批判する原始キリスト教徒のそれにほかならないことが判明する。すなわち、原始キリスト教に見られる激しい「近親憎悪」は「オールド・ジェネレーション」に対して向けられた「ヤンガー・ジェネレーション」としての吉本個人の深い憎悪の念とも対応している。文学者の戦争責任を追及する「オールド・ジェネレーション」に対して、吉本はたとえ実際に「姦淫」（戦争協力）していなくとも、その圧倒的な現実を目のまえにして生きて来た以上は、やはり「姦淫」したも同然ではないか、個人というものが同時代のさまざまな関係性の交錯した社会的な産物としてある以上は、この現実社会において、自分だけが超然としていられるはずがないではないかと批判する。吉本はこの現実社会にあって、われわれの誰一人として、この因果関係の連鎖からは逃れることの出来ない存在であるという「加担」の認識を提示する。吉本はそれを「関係の絶対性」と名づけて、次のように書いている。

ここで、マチウ書が提出していることから、強いて現代的な意味を描き出してみると、加担というものは、人間の意志にかかわりなく、人間と人間との関係がそれを強いるものであるということだ。人間の意志はなるほど、選択する自由をもっている。選択のなかに、自由の意識がよみがえるのを感ずることができる。だが、この自由な選択にかけられた人間の意志も、人間と人間との関係が強いる絶対性のまえでは、相対的なものにすぎない。

（略）現代のキリスト教は、貧民と疎外者にたいし、われわれは諸君に同情を寄せ、救済をこころざし、且つそれを実践している。われわれは諸君の味方であると称することは自由である。何となれば、かれらは自由な意志によってそれを選択することが出来るから。しかしかれらの意志にかかわらず、現実における関係の絶対性のなかで、かれらが秩序の擁護者であり、貧民と疎外者の敵に加担していることを、どうすることもできない。加担の意味は、関係の絶対性のなかで、人間の心情から自由に離れ、総体のメカニズムのなかに移されてしまう。

「関係の絶対性」のまえでは「自由な選択にかけられた人間の意志も」「相対的なものにすぎない」。この現実の因果関係を無視して、自分だけが超然とした存在でいられることなどあり得ない。普段の日常生活において、われわれは確かにみずからの自由意志にもとづいて行動している。にもかかわらず、カフカの一連の小説からも読み取れるように、みずからの意志ではどうすることも出来ない圧倒的な現実や時代情勢におのずと巻き込まれてゆく瞬間があることもまた事実であろう。みずからの意志は自由であり続けている。にもかかわらず、存在としては名づけ得ぬ何かによって規定され、その構造のなかに組み込まれてしまっている。それは個人の意志や思惟（内面）の次元に回収することの出来ない何か――まさしく「他者」という言葉でしか表しようのない何かとしてある。われわれの思惟と存在のあいだに深い亀裂が横たわっている以上、みずからをいくら主観的に被害者（無罪）の立場にあるものと見なそうとも、客観的には加害者（有罪）の側に立っている場合がある(25)。吉本による戦争責任の追及には、明らかにこの「関係の絶対性」の認識が踏まえられている。戦時中、戦争に協力していた文学者の戦争責任を追及していたマルクス主義文学者に対して、吉本は彼らもまた天皇制ファシズムと帝国主義戦争のさなかを生きた同時代人として、当時の「関係の絶対性」からは決して逃れることの出来ない存在であること、主観的には抵抗していたと思い込んでいようとも、客観的にはやはり戦争に「加担」していた存在にすぎないことを指摘し、その責任を追及している。

「関係の絶対性」のまえでは、戦時中の「偉大な抵抗者」といえども「加担」の構造から逃れることは出来ない。その意味において、彼らにも罪は認められる。にもかかわらず、彼らはみずからの罪に気づくことなく、戦後は「抵抗詩人」を称して、自責の念の一片すらも抱いてはいない。いったい、その背景には何があるのだろうか。自問自答の果てに、吉本は彼らの戦前と戦後の作品がまったく同じ精神構造（庶民意識）にもとづいて書かれている点に注目し、戦時中はそれがファシズムのイデオロギーを接木し、戦後はコミュニズムのイデオロギーを接木しただけのものにすぎないことを暴露する。吉本は指摘する。もしも「正当な意味での変革（革命）の課題」があるとすれば、それはみずからの罪を認識（自覚）することをふくめた「内部世界の論理化」からはじめることを意味するのだ、と。「論理化された内部世界から、逆に外部世界へと相わたるとき、はじめて、外部世界を論理化する欲求が、生じなければならぬ」「自分の庶民の生活意識からの背離感を、社会的な現実を変革する欲求として、逆に社会秩序にむかって投げかえす過程」が要求されなければならない、と(26)。吉本による戦争責任追及の特徴のもう一点は、まさにその点にこそある。第一期文学者の戦争責任追及において踏まえられた勧善懲悪の図式を解体し、人は「関係の絶対性」からは逃れることの出来ない存在であることによって、その罪と責任の所在を論理化し、分析する方向に向かわせること。そのうえで、罪と責任を自己変革の課題に結びつけてゆくこと。「オールド・ジェネレーション」に対する「近親憎悪」とともに、罪と責任の所在を道徳の次元から認識の次元に移行させた点にこそ、吉本による戦争責任追及の画期性があったといってよい。「関係の絶対性」の提示によって、ある特定の人物に対する戦争責任の有無という表層的な観点は払拭される。それは責任の追及が抵抗者＝善、戦争協力者＝悪という道徳上の次元から解放されたことも意味している。しかし、実はこのとき、はじめて個人の主体性とそれにもとづいた責任の所在が立ち現れて来るというべきである。人はすべて罪深い存在であるという認識を踏まえることによって、はじめてみずからの主体的な意志にもとづいた選択の岐路に立たされることになるのだから。吉本が「関係の絶対性」とともに「内部世界の論理化」という個々人の主体性の確立を提唱していることは、その問題と連関している。所詮、人は罪深い存在なのだから、罪を犯すか。あるいは、だからこそ罪を回避するか。したがって、吉本の言説は自己というものが「関係の絶対性」からは決して逃れることの出来ない存在であること、しかし、にもかかわらず、そのなかにあってはじめて自己の主体性が確立されるという両義的な関係のもとにとらえられなければならない。ここでいう「主体性」を「自由」という言葉に置き換えれば、吉本の提示した両義性はおそらくカントが『純粋理性批判』のなかで提示した「先験的理念の第三の自己矛盾」（第三アンチノミー）における「自由」の問題に通底している。カントの第三アンチノミーとは、さまざまな因果関係によって支配されているこの現実世界において、果たして「自由」は存するかという問いに対して立てられたものにほかならない。

自然法則と自由――カントの第三アンチノミー

カントは「自然法則に従う原因性は、世界の現象がすべてそれから導来せられ得る唯一の原因性ではない。現象を説明するためには、そのほかになお自由による原因性をも想定する必要がある」（自由は存在する）という正命題（テーゼ）と「およそ自由というものは存しない、世界における一切のものは自然法則によってのみ生起する」（自由は存在しない）という反対命題（アンチテーゼ）がともに成り立ち、ともに真であるというアンチノミーを提示して「自由は、自然必然性にけるとはまったく種類を異にする条件に関係することが可能であるから、自然必然性の法則が自由を触発するということはない、従って自然必然性の法則と自由とは互に無関係に、また互に妨害し合うことなく成立し得る」ことを指摘している(27)。しかし、いったい、これはいかなることを意味しているのか。その点について、カントはそもそも人というものが「一方では確かに現象的存在であるが、しかしまた他方では――即ち或る種の能力に関しては、まったく可想的な対象である」ことに理由を求め、それぞれの側面を「感性界」と「理性界」という言葉で峻別しつつ、次のように言明している。すなわち、人は「感性界の現象の一つであり、その限りにおいて自然原因、即ちその原因性が経験的法則に従わねばならぬところの原因の一つでもある」以上、どうしても「自然法則」からは逃れることが出来ない。しかし、その一方で「経験的条件を付せられている一切の力から区別せられる」理性界においては「時間的継起を規則に従って規定するところの自然の力学的法則は」「適応せられ得ない」と。カントは理性が「自然原因の連鎖のなかで力学的に規定されることはない」という点を指摘しながら「我々は理性のかかる自由を、消極的には経験的条件に無関係であると見なし得るのみならず（理性能力は、経験的条件によって現象の原因たることをやめるだろうから)、また積極的にも出来事の系列をみずから始める能力と名づけることができる」と言明する。カントの言明は「自由」というものが「経験的条件」の支配する感性界の領域に左右されることなく、常にア・プリオリに前提とされていることを指し示している。「自由」はまさしくこのような領域においてはじめてあり得ると考えられているのである。それは理性の働きを基盤とした自己原因性にもとづく。より正確にいえば、この現実世界にあって、自己もまたさまざまな「経験的条件」に左右される存在である以上、「自由」は自己原因にもとづくと見なされるべき「当為」sollenとしてである。カントは「自由」のこのような性質を「統整的原理」と呼びつつ、それがア・プリオリなものであることの具体的な事例として、次のような犯罪者の例をあげている。

例えば、或る人が悪意のある嘘をつき、かかる虚言によって社会に或る混乱をひき起こしたとする。そこで我々は、まずかかる虚言の動因を尋ね、次にこの虚言とその結果の責任とがどんなあんばいに彼に帰せられるかを判定してみよう。第一の点に関しては、彼の経験的性格をその根原まで突きとめてみる、そしてその根原を、彼の受けた悪い教育、彼の交わっている不良な仲間、彼の恥知らずで悪性な生れ付き、軽佻や無分別などに求めてみる。この場合に我々は、彼のかかる行為の機縁となった原因を度外視するものではない。このような事柄に関する手続は、およそ与えられた自然的結果に対する一定の原因を究明する場合とすべて同様である。しかし我々は、彼の行為がこういういろいろな事情によって規定されていると思いはするものの、しかしそれにも拘らず行為者自身を非難するのである。しかもその非難の理由は、彼が不幸な生れ付きをもつとか、彼に影響を与えた諸般の事情とか、或はまたそればかりでなく彼の以前の状態などにあるのではない。それは我々が、次のようなことを前提しているからである、即ち――この行為者の以前の行状がどうあろうと、それは度外視してよろしい、――過去における条件の系列は、無かったものと思ってよい、今度の行為に対しては、この行為よりも前の状態はまったく条件にならないと考えてよい、――要するに我々は、行為者がかかる行為の結果の系列をまったく新らたに、みずから始めるかのように見なしてよい、というようなことを前提しているのである。行為者に対するかかる非難は、理性の法則に基づくものであり、この場合に我々は、理性を行為の原因と見なしているのである、つまりこの行為の原因は、上に述べた一切の経験的条件にかかわりなく、彼の所業を実際とは異なって規定し得たしまた規定すべきであったと見なすのである。しかも我々は理性の原因性を、単に感性的動機と攻め合うようなものとしてではなく、それ自体完全なものと考えているのである、それだから感性的動機が理性の原因性に賛成しないどころか、これにまったく反対するにしても、やはり理性の原因性はかくあるべきであった、という見方をするのである。

カントが「理性の原因性を、単に感性的動機と攻め合うようなものとしてではなく、それ自体完全なものと考えている」点に注目したい。すなわち、他者に対する虚偽の罪は「それ自体完全なもの」としてある「理性の原因性」にこそ求められなければならないということである。「理性の原因性」はあくまでも「感性的動機」に先行するのである。実際、犯罪者を裁く場合、われわれは個人に罪の原因があると見なしている。たとえ、彼の罪がさまざまな因果関係の集約的な結果として、必然的に生起されなければならなかったとしても。その場合、法廷においては「情状酌量」などの余地が認められることがあっても、それが原則的に「理性の原因性」にもとづいた自己原因の考え方にのっとって裁かれていることは、反対にそれによっては裁かれないケースを想定してみれば明らかとなる。すなわち、一度、罪の原因を因果関係の領域に求めるならば、個人の責任はたちまちにして雲散霧消してしまわざるを得ない。罪を起点とした因果関係の遡及は果てしなく続けられるだろう。しかし、それはある特定の個人の責任をますます曖昧なものにしてゆくだけだろう。

カントの第三アンチノミーを踏まえることによって、われわれはようやく罪と責任の所在をめぐる二つの側面を見出すところまでたどり着いたといってよい。すなわち、感性界の領域に基盤を置く「自然法則」においては、罪がさまざまな因果関係の必然的な結果として生ずるという点によって、個人の責任は消滅してしまう。その一方で、理性界の領域に基盤を置く「理性の原因性」（自己原因性）においては、反対に責任は明瞭に浮き彫りにされる。同じ事柄にあっても、因果関係の遡及という側面に力点を置くならば、罪と責任は消滅する。しかし、理性にもとづいた自己原因の側面に力点を置くならば、それらはふたたび顕在化して来る。その場合、どちらの側に力点を置くかということが大きな問題となるだろう。たとえば、吉本においては、戦争責任を追及する人々の罪を指摘せんがために「自然」の領域が「自由」の領域に先行する形で現れている。あくまでも「自由」の領域を見出すための必然的な前提であるとはいえ「経験的条件」の強調がすべてのものは罪深いという認識を強める結果を生んでいる。そのために「自由」の領域が後退し、結果的に責任の所在が閑却されているという印象を否めない。この微妙な意味合いにこそ、実は吉本の言説の問題点がある。すなわち、吉本自身の思惑を超えて、それが今度はある特定の個人の責任を消滅させてしまうという事態を導き出す。すべてのものは罪深いという認識が、反対に個々人の責任を解除する結果を導き出しているのである。

5　自然（認識）と自由（倫理）

主体性（差異）の消去

「関係の絶対性」の提示は、吉本による戦争責任の追及を罪と責任の普遍的な領域にまで踏み込ませる契機となっている。しかし、それが吉本の批判の問題点を露呈させることにもなっている。たとえば、石井伸男は次のように指摘している。

『吉本隆明全著作集』第四巻に収録されている、彼が五〇年代後半に書いた文学評論の多くは、執拗に戦前のプロレタリア文学・プロレタリア詩の「戦争責任」を追及したものであった。しかし、戦争を阻止しえなかった左翼に責任の一端があったことはそのとおりであるとはいえ、戦争を主導したのは、むろんのこと、その左翼を鎮圧した当時の支配階級である。主たる戦争責任は支配階級にあり、その支配階級への批判に結びつかない左翼批判とは、文字どおりの本末転倒というものであろう(28)。

戦争責任の追及者に対する戦争責任（戦後責任）の追及という吉本の態度について、石井は「文字どおりの本末転倒」であると指摘している。実際、吉本の批判が現実には責任の所在を分散させ、曖昧なものにするという結果を導き出していることは、この一節からも明らかだろう。戦時中の戦争協力者に対する戦争責任の追及に対して、人は「関係の絶対性」からは逃れられないことによって、すべて罪深い存在であると強調することは、結果的にある特定の個人の責任を解消させてしまうことにつながる。敗戦直後、東久邇宮内閣によって打ち出された「一億総懺悔」の言説のように。国民のすべてに責任があるという考え方にもとづいた「一億総懺悔」の言説が、当時の国家元首であり、軍の統帥権を握る天皇・裕仁の戦争責任を回避するために意図的に流された言説であったことはよく知られている。その目的が天皇個人の戦争責任を曖昧にし、その免責をはかることにあった以上、この「一億総懺悔」の欺瞞性を批判するためにおこなわれたといってよい小田切らによる戦争責任の追及を批判することで、みずからの思惑を超えて、吉本の批判は皮肉にもすべてのものに罪があるという「一億総懺悔」の意図に合致してしまっているのである。吉本が「関係の絶対性」を原始キリスト教という宗教的な次元に見出している点は注目に値する。「関係の絶対性」の提示が単純な善悪の図式を超越した実存的な倫理性の追求を目的としていたことは明らかであろう。しかし、にもかかわらず、それは「原罪意識」を突きつけ、個々人の主観を超越した「関係」という名の絶対性に帰依する方向に導くことによって、各人の主体性（差異）を消去してしまうという働きをになっている。主体性の消滅は責任の消滅を意味する。主体を倫理的たらしめんがためのおこないが、結果的に主体性を消滅させてしまっているのである。

「関係の絶対性」のまえでは、確かに戦争責任の追及者たちも帝国主義戦争のさなかを生きた個々の同時代人として、完全に無罪であったということにはならない。実際、吉本は宮本顕治に代表される戦時中の非転向マルクス主義者と「共同被告同志に告ぐる書」（一九三三年六月）を発表し、マルクス主義者の大量転向を導き出す役割を果たした元日本共産党最高幹部・佐野学と鍋山貞親を比較して「わたしは、すすんで、小林、宮本、蔵原らの所謂『非転向』をも、思想的節守の問題よりも、むしろ日本的モデルニスムスの典型に重みをかけて、理解する必要がある」「このような『非転向』は、本質的な非転向であるよりも、むしろ、佐野・鍋山と対照的な意味の転向の一型態であって、転向論のカテゴリーにはいってくるものであることはあきらかである」と指摘、獄中における前者のあり方もまた「転向」の一形態にすぎないことを指摘している(29)。しかし、人はすべて罪深い存在であるからといって、実際に戦争に協力したかしなかったか（実際に姦淫したか否か）という事実はどこまでも残るはずである。中野重治が平野謙によるマルクス主義批判を批判する過程で「二つの『犠牲』の質の差」を指摘したように、積極的に戦争に協力したものと消極的なそれ、獄外にいたものと獄中にいたもの、超国家主義者と非転向マルクス主義者の立場ではともに戦争責任があるとはいえ、そのあいだにはやはり「質の差」が横たわっている。もちろん、人は罪深い存在であるという普遍的な言説のまえではきわめて微細な差異ではあるだろう。しかし、たとえ微細な差異ではあっても、それを無視したうえで、総括的に罪の普遍性を強調してしまっていいわけはあるまい。これでは第一期の戦争責任追及者――なかでも、小田切や新日本文学会による明らかな戦争協力者に対する責任の追及という行為がまったく意味をなさないものになってしまう。たとえ、それがきわめて不充分な追及でしかなかったとしても。

人は罪深い存在であるといっても、そこには「質の差」が存在する。しかし、吉本の批判においては、その「質の差」を消去することによって必然的に吉本自身の目指す戦争責任の追及という枠組までもが解消されているのである。各人の「質の差」を無視する吉本の普遍的な観点を前提とする限り、たとえ「内部世界の論理化」という自己変革の指針が打ち出されることはあっても、最終的にすべての人は罪深いという認識が強調されるばかりで、いつまでも個別の責任追及のための糸口を見出すことは出来ないだろう。しかし、一方、小田切らの道徳的な観点からの追及に限定してしまっては、吉本の追及する「オールド・ジェネレーション」「オールド・コミュニスト」の戦後責任としての戦争責任の追及が不問に付されることによって、やはりある特定のもの（マルクス主義者）の責任が回避されてしまうことになる。したがって、吉本の批判は不充分であるが、小田切らのそれもまた不充分であるといわざるを得ない。われわれはこの事態をいかにとらえるべきであろうか。この場合、われわれはふたたびカントの第三アンチノミーに立ち返って、両者の差異を見ておく必要がある。なぜならば、小田切らによる戦争責任の追及が本人たちの自覚の有無、その追及の不充分さにもかかわらず、一応、罪と責任の所在を「理性の原因性」（自己原因性）にもとづいた領域に見出そうとするものであると見なし得るのに対して、吉本のそれが「自然原因」の側を強く主張したものであったように、両者の対立と矛盾はまさしく「自由」（正命題）と「自然」（反対命題）をめぐる第三アンチノミーの問題系を反復していることがうかがえるのだから。文学者の戦争責任という同一事項をめぐって、両者のあいだに対立と矛盾が生じるもっとも大きな要因は、彼らが「自由」と「自然」という、本来、別個にあるべき領域にそれぞれの言説の基盤を置いているという点にある。

「自然」の領域と「自由」の領域

注目すべきは、カントの第三アンチノミーにあっては、正命題と反対命題はともに真であるととらえられているという点である。それは「自由」の領域にもとづいた戦争責任追及の側に立っている小田切らと「自然」の領域を強調する吉本の批判がともに成り立つことを意味している。柄谷行人の指摘を踏まえれば、それは一方が他方を「括弧に入れる」ことによって成り立つ(30)。すなわち「自由」(倫理)の領域＝理性の原因性が追及されるときは「自然」(認識)の領域は括弧に入れられなければならない。反対に「自然」の領域が追及されるときは「自由」の領域が括弧に入れられなければならない。たとえば、かつて廣津和郎と中村光夫のあいだでたたかわされたカミュの『異邦人』評価をめぐる論争のなかで、廣津がWHAT IS LIFEとHOW TO LIVEを峻別することの必要性を説いたように、同じ〝LIFE〟を主題としたものであっても、WHAT IS LIFEの観点からは個人の責任を導き出すことは出来ない(31)。『異邦人』という小説をWHAT IS LIFEの観点から見た場合、主人公・ムルソーの殺人行為は「自分の意思ではなく、不条理がさせる」のであるから、そこに「個人の責任といふ観念はない」。しかし、HOW TO LIVEの観点に立てば、その責任は反対に顕在化して来る。それと同様、われわれは「自然」(認識／WHAT IS LIFE)と「自由」(倫理／HOW TO LIVE)を混同することがあってはならない。実際、カントもまた次のように書いている。「自然は自由というかかる無法則的な能力と同列に考えられるものではない。両者を同列に置くと、自然法則は自由の影響によって絶えず改変されることになるし、また現象の過程は、自然だけに従っていさえすれば規則的、斉合的であるのに、これもまた自由の影響によって混乱に陥いり、ついに支離滅裂になるからである」と。カントにあっても、それぞれの領域は厳しく峻別されるべきであると考えられているのである。

以上の点を踏まえれば、吉本による「自然」の領域にもとづいた責任の追及にあっては「自由」の領域にもとづいた主体と責任の追及を括弧に入れることによって、戦時中のマルクス主義者が帝国主義戦争に巻き込まれていった因果関係を追及（認識）することが可能となる。しかし、吉本にあっては、にもかかわらず、本来、括弧に入れられるべき責任の追及が因果関係の追及と混同され、強調されてしまっていることによって、それ自体が「自由」と「自然」のあいだでアンチノミーにおちいらざるを得なかったということが出来る。しかし、その一方、小田切らにあっては「理性の原因性」を踏まえた「自由」の領域を追及することによって、反対に吉本が追及した「自然」の領域が完全に抜け落ちてしまうという結果を導き出している。その意味からいえば、小田切らの場合は「自由」の領域が強調されるあまりに「自然」の領域からの追及が閑却、あるいは意識的に隠蔽され、吉本の場合は「自然」（因果関係）の追及と「自由」（責任）の追及が明確に峻別されないままにとらえられていることによって、両者はともに不充分な言説にならざるを得なかったといってよい。「自由」（倫理／HOW TO LIVE）の追及と「自然」（認識／WHAT IS LIFE）の追及はそれぞれ明瞭に峻別されたうえで、相互連関的になされるべきである。もちろん、それによって、戦争責任の問題が解決されるわけではない。しかし、ここで踏まえておくべきは、両者があまりにも一方の側面を強調して追及した結果として、ともに不充分な展開しか果たし得なかったということ。平野の「ひとつの反措定」のなかの言葉をもじっていえば「『自由』の領域から、戦争協力者の責任を追及した小田切たちと『自然』の領域から、戦前のマルクス主義文学者が戦争に巻き込まれていった因果関係を追及した吉本の言説を表裏一体として眺め得るような成熟した政治的肉眼こそ、混沌たる戦争責任論争には必要なので」はなかっただろうか。

ヤスパースによる罪（責任）の四区分

本来、人は罪深い存在である。しかし、同時にそれがいかなる罪であるかという点において、各人、微妙な「質の差」が認められる。しかし、そもそも、戦争責任とはそれほどまでに複雑きわまりない問題なのだろうか。その点について、われわれはカントの第二アンチノミーとともにヤスパースのいう「罪の概念の区別」に当たっておかなければならない。『責罪論』のなかで、ヤスパースは罪の内容を峻別する必要性を訴えて、次のように書いている。

> 罪の問題に関する議論は種々の概念や立脚点の混淆に悩まされることが多い。真理を捉えるためには、区別が必要である。まずこれらの区別を図式的に輪郭づけ、その後にこれらの区別を用いて、現在におけるわがドイツの立場を明らかにしよう。もちろん、区別は絶対的な妥当性をもつものではない。結局、われわれが罪と名づけるものの根源は、ただ一つの包括的なもののうちにある。しかしこのことは区別を通して得られたものによって初めて明らかになるのである。
>
> （略）なんでもかでも一つの水準にならして段階的差別を無視し、頭の悪い裁判官のように、大掴みにして判断を下す浅薄な断罪論を避けるために、罪の概念の区別を役立たせたいものである。しかしわれわれは区別を通じて、結局は、言葉に表わすことの全く不可能なただ一つの根源たるわれわれの罪に立ち帰ろうとするのである(32)。

ヤスパースのこの文章からは、第二次世界大戦の敗戦国であるドイツ国内においても、日本と同様、戦争責任の所在をめぐって、錯綜とした議論が展開されていたことがうかがえる。ヤスパースによる「罪の概念の区別」の提唱は、そのような時代状況と決して切り離して考えることは出来ない。ヤスパースは責任をめぐる錯綜とした議論を整理するために、便宜上、罪を「刑法上の罪」「政治上の罪」「道徳上の罪」「形而上的な罪」の四つの次元に峻別している。その点からいえば、ヤスパースのように、日本の戦争責任の追及にあっても、まずは罪を幾つかの次元に峻別する必要があったのではないか。罪の分類化を拒否していては、すべての次元が同時に議論されることによって、追及が錯綜するのも当然である。ヤスパースのいうように「なんでもかでも一つの水準にならして段階的差別を無視し、頭の悪い裁判官のように、大掴みにして判断を下す浅薄な断罪論を避けるために、罪の概念の区別を役立たせ」るべきではなかったか。

ヤスパースによる罪の四次元を踏まえていえば、当時の戦争犯罪人は「明白な法律に違反する客観的に立証し得べき行為において成立する」「刑法上の罪」に、政治の領域において、帝国主義戦争を阻止し得なかった日本共産党や社会民主主義勢力は「政治上の罪」に、戦争やファシズム体制に協力的であった当時の一般大衆は「道徳上の罪」にそれぞれ区分されるはずである。文学者の戦争責任の場合、直接的な戦争犯罪者を処罰しているわけでもなければ、政治家としての罪を問うているわけでもない以上、それは全体としては「道徳上の罪」の次元に包括されるものと考えられる。そのうえで、さらにその内部で分類すれば、小田切らによってなされた戦争協力者に対する戦争責任の追及は、それが積極的な協力のもとになされたことを鑑みれば「刑法上の罪」に相当する次元を、平野のマルクス主義文学者に対する戦争責任の追及はそれが日本共産党の責任と同様である点からいっても「政治上の罪」に相当する次元をそれぞれ批判の対象に据えているということが出来るだろう。一方、吉本の場合は「形而上的な罪」との関係で考えてみる必要があるように思われる。「形而上的な罪」について、ヤスパースは次のように説明している。

そもそも人間相互間には連帯関係というものがあり、これがあるために人間は誰でも世のなかのあらゆる不法とあらゆる不正に対し、殊に自分の居合わせたところとか自分の知っているときに行なわれる犯罪に対して、責任の一半を負わされるのである。私が犯罪を阻止するために、自分でできるだけのことをしなければ、私にも罪の一半がある。私が他人の殺害を阻止するために命を投げださないで手をつかねていたとすれば、私は自分に罪があるように感ずるが、この罪は法律的、政治的、道徳的には、適切に理解することができない。

ここでいわれている「形而上的な罪」が、吉本の追及している罪の領域と類似していることはもはや明らかだろう。「この罪は法律的、政治的、道徳的には、適切に理解することができない」と指摘されている点からいっても、両者のあいだには密接な関連があるといってよい。吉本の批判が「オールド・ジェネレーション」「オールド・コミュニスト」の戦争責任の追及をふくんでいる点からいえば、それは平野の言説と共通する「政治上の罪」の次元と「形而上的な罪」の次元が複合したものとしてあるということが出来るかも知れない。

戦争責任には、確かに一般の刑事事件とは異なる要素も多分にふくまれてはいるだろう。しかし、罪の次元を峻別し、確定化することによって、刑事事件としてあつかわれるべき「刑法上の罪」の次元もまた多分に存在していることが見えて来るはずである。そして、戦争犯罪を取り締まるべき国際法にのっとった具体的な裁きを経て、はじめて国際法では裁くことの出来ない「道徳上の罪」や「形而上的な罪」も導き出される。すでに見て来たように、吉本による戦争責任の追及はすべてのものに罪があるということを強調するあまりに、結果的に個々人の責任の「質の差」を無効化してしまっている。しかし、それは先行する「刑法上の罪」や「政治上の罪」を正しく問うことである程度は防ぐことが出来たものと思われる。しかし、果たして「刑法上の罪」や「政治上の罪」は、本当に正しく問うことが可能なのであろうか。その点をめぐって、次に花田清輝が言及した戦争責任の問題を見てゆく必要がある。

（一九九七年秋・冬）

第Ⅱ章　文学者の戦争責任をめぐって——花田清輝

1　天皇の戦争責任／共産党の戦争責任

丸山真男による戦争責任の追及

文学者の戦争責任は二度にわたって追及されている。その第一期は第二次大戦直後の一九四六年から四七年にかけて。第二期は戦後十年を経た一九五五年からの数年間。サンフランシスコ平和条約の締結によって、日本がようやく独立国家として承認されたこと、戦後十年を経て、政治的・経済的にも安定期に入って来たことなどの社会的要因にもとづいて、それまで占領軍によって果たされて来た戦争責任の問題も日本人自身の手によってやり直されねばならないという気運がわき起こって来る。日本人はこのときはじめて「戦後」という時代をみずからの身に引き受けてとらえたといってよい。実際、丸山真男による戦争責任の追及は、その再燃化と密接に連関している。その点からいえば、丸山の言説は吉本や武井のそれと共有するものを持っている。なかでも、丸山が「我が国の戦争責任とくに政治的な責任問題の考え方をふりかえってみるとき、そこに二つの大きな省略があったことに思い至る」と指摘し、それを「天皇の戦争責任」と「共産党のそれ」に求めている点に注目したい(1)。丸山によると「この日本政治の両極はそれぞれ全くちがった理由によって、大多数の国民的通念として戦争責任から除外されて来た」という。丸山は天皇の戦争責任について、戦後「わずかに一、二の学者が天皇の道義的責任を論じて退位を主張したのが世人の目を惹いた程度であ」ったことを指摘し、次のように書き継いでいる。

大日本帝国における天皇の地位についての面倒な法理はともかくとして、主権者として「統治権を総攬」し、国務各大臣を自由に任免する権限をもち、統帥権はじめ諸々の大権を直接掌握していた天皇が——現に終戦の決定を自ら下し、幾百万の軍隊の武装解除を殆ど摩擦なく遂行させるほどの強大な権威を国民の間に持ち続けた天皇が、あの十数年の政治過程とその齎した結果に対して無責任であるなどということは、およそ政治倫理上の常識が許さない。事実上ロボットであったことが免責事由になるのなら、メクラ判を押す大臣の責任も疑問になろう。しかも、この最も重要な期間において天皇は必ずしもロボットでなかったことはすでに資料的にも明らかになっている。にも拘らず天皇についてせいぜい道徳的責任論が出た程度で、正面から元首としての責任があまり問題にされなかったのは、国際政治的原因は別として、国民の間に天皇がそれ自体何か非政治的もしくは超政治的存在のごとくに表象されて来たことと関連がある。自らの地位を非政治的に粉飾することによって最大の政治的機能を果すところに日本官僚制の伝統的機密があるとすれば、この秘密を集約的に表現しているのが官僚制の最頂点としての天皇にほかならぬ。したがってさきに注意した第一の点に従って天皇個人の政治的責任を確定し追及し続けることは、今日依然として民主化の最大の癌をなす官僚制支配様式の精神的基礎を覆す上にも緊要な課題であり、それは天皇制自体の問題とは独立に提起さるべき事柄である（具体的にいえば天皇の責任のとり方は退位以外にはない）。天皇のウヤムヤな居据りこそ戦後の「道義頽廃」の第一号であり、やがて日本帝国の神々の恥知らずな復活の先触れをなしたことをわれわれはもっと真剣に考えてみる必要がある。

戦争責任追及の発端として、丸山は「天皇個人の政治的責任」を指摘している。丸山によると「天皇のウヤムヤな居据りこそ戦後の『道義頽廃』の第一号」にほかならない。もちろん、帝国憲法第三条「天皇ハ神聖ニシテ侵スヘカラス」および第五五条「国務各大臣ハ天皇ヲ輔弼シ其ノ責ニ任ス」により、天皇の国務に関する大権は国務大臣の輔弼によって行使されると規定されてはいる。その点だけを取りあげて、当時の天皇が立憲君主的な立場にあったと指摘する向きがあることもよく知られている。しかし、陸海軍に限っては、事実上の「統帥権の独立」が果たされている。したがって、本来、軍を統帥する立場にあった天皇に戦争責任があることは明らかである。ところが、現実には連合国側の「政治的配慮」によって、その訴追はまぬがれている。それが天皇以下の将兵たちの責任を曖昧なものにしている。たとえば、その点は極東軍事裁判訊問調書における元陸軍省軍務局長・武藤の発言に目を向ければ判然とする。武藤は南京とマニラにおける日本軍の残虐行為が日本のシベリア出兵の時期からはじまっている点を述べつつ、次のように返答している。

問　一九一八年シベリア出兵後現われて来たのを貴方が気付かれたというこれらの欠陥を匡正する為に、これから陸軍に入ろうとしていた青年の訓育乃至教育にどのような改革を加えましたか。

答　日本軍がシベリアに派遣された当時は私は単なる一少尉でしたから、たとい其のことを知ったとしても何ともする事が出来ませんでした。

問　然し貴方が軍の訓練を担当する高級副官の役に伴う力を持った際、ずっと昔の一九一八年に気付かれたあの弱点を改善強化するためにどのようなことをなさったのですか。

答　陸軍中将になった後と雖も、私は師団長でなかったから何ともすることが出来ませんでした。如何なることを実行するにしましても師団長とならなければなりません。

問　軍務局長となった時は如何でしたか。

答　軍務局長は単に陸軍大臣の一下僚に過ぎません。そして斯かる問題に付て命令を発する権能はありません。

問　若しも貴方が師団長であったと仮定し或は学校に於ける教育なり訓育なりを担当したとすれば、貴方は一九一五年以降承知しておられたこの弱点を改善強化する為に学校に対し命令を発せられたことでしょう。

答　はい。（証人笑う）(2)

両者の質疑応答は滑稽さに満ちあふれているが、その発言自体は「決して単にその場の思い付きの責任逃れではない」。「被告の大部分は実際帝国官吏なのであり、彼等がどんなに政治的に振舞ってもその魂の底にはいつもM・ウェーバーのいう『官僚精神』（Beamtengeist）が潜んでいる。だから自己にとって不利な状況のときには何時でも法規で規定された厳密な職務権限に従って行動する専門官吏（Fachbeamte）になりすますことが出来るのである」。日本の権力機構の場合、それは責任の所在が上官との関係において限りなく回避され、宙吊りにされる仕組みになっていることを意味している。丸山はその点を指して「無責任の体系」と定義し、その体制の「頂点に立つものはほかならぬ天皇」自身であることを明示している。実際、彼らの戦争責任を上部方向へとさかのぼってゆくと、その行き着く先には「統帥権はじめ諸々の大権を直接掌握していた」天皇に突き当たる。しかし、天皇個人の戦争責任が「政治的配慮」によって免責されている以上、責任の所在も「ウヤムヤな」ものにならざるを得ない。この点は第二次大戦の敗戦国のなかにあって、特異な事例であるといわざるを得ない。敗戦後、イタリアではファシスト党の党首であったムソリーニが自国民によって処刑されている。ナチス・ドイツでも、ベルリン陥落直後、ヒトラーは自殺している。イタリアやドイツでは、戦争を指導する立場にあった当時の権力者たちは、曲がりなりにもその「責任」を取らされる格好となっている。その点と比較しても、日本における戦争責任問題が、当時の最高指導者たる天皇・裕仁の戦争責任を問うことなしにははじめられないものであったことはもはや明らかだろう。では、それはいかなる事態を想定しなければならなかったか。丸山によれば「天皇の責任の取り方は退位以外にはない」ということになる。

日本共産党の政治的責任

一方、丸山は戦争責任の問題を天皇とともに日本共産党に対しても振り向けている。

共産党——ヨリ正確には非転向コンミュニストが戦争責任の問題について最も疚しくない立場にあることは周知のとおりである。彼等があらゆる弾圧と迫害に堪えてファシズムと戦争に抗して来た勇気と節操とを疑うものはなかろう。その意味で鶴見俊輔氏が非共産主義者にとって戦争責任をとる、具体的な仕方として、あらゆる領域で共産党を含めた合議の場を造る必要を説いているのは正論と思う。しかしここで敢てとり上げようとするのは個人の道徳的責任ではなくて前衛政党としての、あるいはその指導者としての政治的責任の問題である。ところが不思議なことに、ほかならぬコンミュニスト自身の発想においてこの両者の区別がしばしば混乱し、明白に政治的指導の次元で追及されるべき問題がいつの間にか共産党員の「奮戦力闘ぶり」に解消されてしまうことが少くない。つまり当面の問いは、共産党はそもそもファシズムとの戦いに勝ったのか負けたのかということなのだ。政治的責任は峻厳な結果責任であり、しかもファシズムと帝国主義に関して共産党の立場は一般の大衆とちがって単なる被害者でもなければ況や傍観者でもなく、まさに最も能動的な政治的敵手である。この闘いに敗れたことと日本の戦争突入とはまさか無関係ではあるまい。敗軍の将はたとえ彼自身いかに最後までふみとどまったとしても依然として敗軍の将であり、敵の砲撃の予想外の熾烈さやその手口の残忍さや味方の陣営の裏切りをもって指揮官としての責任をのがれることはできない。戦略と戦術はまさにそうした一切の要素の見透しの上に立てられる筈のものだからである。もしそれを苛酷な要求だというならば、はじめから前衛党の看板など掲げぬ方がいい。そんなことは夙くに分っているというのなら、「シンデモラッパヲハナシマセンデシタ」式に抵抗を自賛する前に、国民に対しては日本政治の指導権をファシズムに明け渡した点につき、隣邦諸国に対しては侵略戦争の防止に失敗した点につき、それぞれ党としての責任を認め、有効な反ファシズムおよび反帝闘争を組織しなかった理由に大胆率直な科学的検討を加えてその結果を公表するのが至当である。共産党が独自の立場から戦争責任を認めることは、社会民主主義者や自由主義者の共産党に対するコンプレックスを解き、統一戦線の基礎を固める上にも少からず貢献するであろう(3)。

日本共産党の戦争責任について、丸山は「国民に対しては日本政治の指導権をファシズムに明け渡した点につき、隣邦諸国に対しては侵略戦争の防止に失敗した点につき、それぞれ党としての責任を認め、有効な反ファシズムおよび反帝闘争を組織しなかった理由に大胆率直な科学的検討を加えてその結果を公表するのが至当である」と述べている。実際、戦前の共産党の活動は官憲側による徹底的な弾圧を被っていたとはいえ、抵抗の手段が完全に消失してしまっていたわけではない。手段が残されていたにもかかわらず、戦術レベルで有効な手立てを打つことが出来なかったにすぎない。そのことはコミンテルン（共産主義インターナショナル）の指導にもとづいた日本共産党が、普通選挙法にのっとって成立している帝国議会と天皇制に対する武装闘争を党の基本戦術に位置づけていた点からもうかがえる。

日本で最初の普通選挙がおこなわれたのは、一九二八年二月のこと。一九二四年に解党宣言を出していた日本共産党は普通選挙法の実施を踏まえて、二年後の一九二六年に再建、翌々年に実施された第一回普通選挙では、合法政党であった労農党などの無産政党を基盤として活発な選挙活動を展開している。しかし、結果は支持の伸び悩みが目立ち、無産政党各派からわずか八名の代議士が当選を果たしたにすぎない。しかも、このときの活動が官憲側の警戒感を強める結果を招き、その徹底的な弾圧（三・一五事件、四・一六事件）を招くこととなる。議会勢力としての伸び悩みと官憲側からの弾圧。この二点によって、帝国議会（議会制民主主義）に対する深い失望感を抱いた共産党は、以来、天皇制の打倒とともに普通選挙にもとづいた帝国議会の否定までも積極的に主張しはじめるのである。そのことは、コミンテルンによって採択された「日本問題に関する決議」（二七年テーゼ）のなかに掲げられていた「十八歳以上の男女に普通選挙権を与へよ」という獲得要求が「日本に於ける情勢と日本共産党の任務に関するテーゼ」（三二年テーゼ）においては次のように変更されつつ、言明されている点からもうかがえる。

日本共産党の陣列内で以前主張されてゐたやうな、天皇制の役割を過小評価すること、議会および政党内閣は独自の、天皇制から独立したブルジョア国家形態であるかの如く、此等のものを天皇制と対置することは、根本的誤謬である。一九二五年の民衆運動の圧力の下に上から実行された男子選挙権の拡張は、天皇制と地主及び帝国主義的ブルジョアジーとの間に於ける一の政治的妥協を意味するに過ぎずして、それは労働者農民に対する搾取と抑圧の天皇制的＝ブルジョア的＝封建的支配の強固化を、議会主義的幻想の強化による国民の欺瞞を腐敗しつゝある独占資本主義の支配の新たな関係の下に於ける天皇制的官僚とブルジョアジーとのより緊密な結合の達成を目指したものであつたか、る結合は、選挙権の拡張、政党内閣の創設、国家権力に於ける金融寡頭制の役割の強化といふ形態で行はれたがしかしその際、絶対主義が何等縮小されることなく、天皇制的官僚の権利と権力が何等制限を受けなかつたのである(4)。

しかし、議会政治や政党内閣を「幻想」として全面的に否定することは、多年の努力によってようやく獲得された普通選挙そのものを否定することを意味している。もちろん、議会主義や政党政治が最良の政治的手段であるはずもなく、それがせいぜい国家に依存する社会民主主義に発展するものでしかないことは、最終的に大政翼賛会に合流することとなる昭和十年代以降の議会政治の動向を見れば明らかだろう。その点からいっても、彼らが議会主義や政党政治を「幻想」であると批判することにさほどの誤謬があるようにも思われない。しかし、当時の超国家主義的傾向の支配的な社会情勢のなかにあって、短絡的な議会主義批判はただちに軍部の台頭と独裁を押さえる抑止力としての議会機能の否定につながる。議会主義の否定は、結果的にファシズム勢力の台頭を早めることに貢献しているのである。

議会制度の否定は、武力による過激な天皇制打倒へと転化されてゆく。「国内の政治的反動と一切の封建制の残滓の主要支柱である天皇制的国家機構は、搾取階級の現存の独裁の鞏固な背骨となつて居る。その粉砕は日本に於ける主要なる革命的任務中の第一のものと看做されねばならぬ」「帝国主義戦争を内乱に転化し、ブルジョア・地主的天皇制の革命的転覆を招来する」（三二年テーゼ）という武装闘争戦術は、官憲側からの徹底的な弾圧と同時に党内部からの脱落者も導き出す。本来、プロレタリアートによるプロレタリアートのための政治を標榜していた共産党が、労働条件の改善や生活の向上といった現実に即した闘争をおろそかにして、議会政治の否定と「ブルジョア・地主的天皇制」の武力的打倒という急進的な戦術をあらわにしている以上、大衆や党員自身の支持までも急速に失っていったことは容易に推察することが出来る。実際、戦前・戦後を通じて、あくまでも三二年テーゼの正当性を主張し、戦前の日本帝国主義を「軍事的・封建的帝国主義」と「近代的帝国主義」という「二重の帝国主義」においてとらえた神山茂夫でさえも「党の戦略的スローガンたる『天皇制の打倒』を、一九三二年末時代において戦術的スローガンにひき下げ、ある場合には行動のスローガンとした」「当時の党指導部が、基本的には正しい戦略的立場に党をすえた功績にもかかわらず、これらの部分的弱点ゆえに党と革命的大衆団体に混乱を与え、革命的諸組織と大衆との政治的、思想的結合を弱める一つの主体的政治的要因をつくった点を無視してはならない」と述べて、その過激な方針を批判している点は注目するに値する(5)。一九三三年六月には、当時の最高幹部・佐野学と鍋山貞親が獄中より「共同被告同志に告ぐる書」(転向声明)を発表。以後、獄中にあった党員・シンパの多くが転向を表明するが、反対にそのことがますます党の路線を急進的なものにしてゆく。官憲側の弾圧も厳しさを増す。一九三五年三月、最後の中央委員・袴田里見の検挙によって、事実上、日本共産党は壊滅。機関紙「赤旗」も同年二月二〇日付の第一八七号で刊行不能の状態におちいっている。その後、関西地方委員会が中心となって、一九三六年八月一日、党中央再建準備委員会の名のもとに復刊「赤旗」が発行され、党の再建が試みられる。しかし、この時点でもはや共産党にその政治的な指導力、影響力が残されていなかったことはいうまでもない。彼らの戦術的な誤りが結果的にファシズムの台頭を促進させ、その抵抗勢力の中心となるべき党の解体までも導き出している。官憲側からの一方的な「弾圧」によって壊滅させられたという触れ込みは、党自身によって後に流布された「神話」にすぎない。

2　人民戦線と日本共産党

人民戦線の提唱

日本共産党の責任についていえば、いわゆる人民戦線運動の失敗をあげることも出来る。人民戦線とは、ナチス・ドイツに代表されるように、当時、各国に台頭して来た「金融資本の最も反動的、最も排外主義的、最も帝国主義的な分子の公然たるテロル独裁」としてのファシズム勢力を牽制する目的で、コミンテルン第七回大会（一九三五年七月から八月）において打ち出された中道・左翼政党、労働組合、その他の関係諸団体の連合による反ファシズム統一戦線の一般名称である(6)。それはディミトロフ報告と呼ばれる声明のなかで提唱された戦術であると同時に、コミンテルン創設以来、世界プロレタリアート革命を目標に掲げて来た国際共産主義運動におけるもっとも劇的な戦術上の大転換を意味している。

ディミトロフ報告に先立つ一九三四年二月六日、パリでは政府閣僚や国会議員を巻き込んだ金融スキャンダル（スタヴィスキー事件）の発覚を契機に擾乱が発生、ファシスト独裁政権を樹立せんと画策した右派勢力の陰謀が大衆および社会党、共産党、労働総同盟、統一労働総同盟などの抗議行動によって阻止されている。この擾乱を契機として、知識人たちのあいだで反ファシスト知識人監視委員会が組織され、作家のアンドレ・ジイドやアンドレ・マルロー、哲学者のアランたちが参加を表明、一九三五年六月には文化擁護国際作家会議が開かれている。また、一九三二年以来、ロマン・ロランやアンリ・バルビュスらによっておこなわれて来たアムステルダム・プレイエル運動の呼びかけに応じて人民総結集組織委員会が設置されたり、コミンテルンがモーリス・トレーズ率いるフランス共産党中央委員会に対して「分裂に抗して、統一戦線のために」と題した戦術を提唱したことによって、それまで対立関係にあった急進社会党と社会党、共産党、さらには労働総同盟や統一労働総同盟、反ファシスト知識人監視委員会などが参加する広範な統一人民戦線運動が成立(7)。一九三六年五月の議会選挙で勝利をおさめ、社会党のレオン・ブルムを首班とする人民戦線内閣が成立している。スペインでも、プリモ・デ・リベラ独裁政権の崩壊を受けて、左右両派の激しい対立の続くなか、一九三六年二月の総選挙で左派共和国主義者を中心とする人民戦線内閣が成立、これに叛旗をひるがえしたフランコ率いる右派勢力とのあいだで内戦が勃発している。スペイン内戦である。

平野謙の回想によると、当時、日本でも確かに人民戦線結成の兆しは見られたという。平野は一九三三年一二月に出版された鹿地亘のパンフレット『文学運動の新たなる段階のために』をその嚆矢として取りあげ、葉山嘉樹や平林たい子、岩藤雪夫など、当時、共産党からは「社会ファシスト」と呼ばれ、敵対視されていた作家たちを「同志」と呼びかけた鹿地の「大胆な戦術転換」に大きな衝撃を受けたことを記憶している(8)。一九二九年七月のコミンテルン執行委員会第一〇回総会において社会ファシズム論が採択され、社会民主主義は改良主義的な観点からマルクス主義運動を妨害するもっとも悪質な敵対勢力であると見なされていたからである。平野はさらに青野季吉の論文「能動精神の抬頭について」を「小林多喜二の虐殺に象徴されるような国家権力との激突、その結果もたらされたマルクス主義文学運動の崩壊という状況のただなかで」「後退戦をいかにたたかうかという視野のもとに」「反ファシズムという目標にまでたかめようと努めたもの」であると評価しつつ「文化集団」「文学界」「現実」「人民文庫」「世界文化」「土曜日」「批評」などの創刊および学芸自由同盟や唯物論研究会、独立作家クラブの結成などを、当時、さかんに論じられていた「能動精神」や「行動主義」とともに「一種の人民戦線的機運にうながされた結果とみることができよう」と指摘している(9)。一九三五年一一月には、ナチスによる焚書事件を契機として開催された文化擁護国際作家会議の演説を翻訳した『文化の擁護』も刊行され、編者の小松清が「巴里の作家大会にスタートした国際文化擁護の運動と、日本でも昨年来能動精神、行動主義の名において主張されてきた文化運動は、その組織や規模の上に於てこそ相差はあるにしても、その本質的なイデェに於て、その発生的な条件に於ては同一のものではなくとも、同じ方向と性格をもつたものである、と私は敢へて信じてゐる」と書き記している(10)。しかし、平野や小松の願いもむなしく、日本における人民戦線運動は、それ以上には進展することはなかったようである。

共産党を中核とする人民戦線戦術の展開は、ついに日本では起り得なかった。加藤勘十らの日本無産党と高野実らの日本労働組合全国評議会とのイニシアティヴのもとに、山川均らの労農派指導による、いわゆる合法左翼の人民戦線戦術がわずかに展開されかけたにすぎなかった。しかし、この事実は日本に人民戦線戦術の転換を必要とする底流がなかったことを意味しない。ただディミトロフやトレーズのような指導者が、日本にはいなかっただけである(11)。

実際、平野がいうように「日本に人民戦線戦術の転換を必要とする底流がなかった」わけではない。むしろ積極的に必要とされていたにもかかわらず、当時、その中核となるべき日本共産党が壊滅状態に追い込まれていたことはすでに見て来たとおりである。たとえば、野間宏によると「ディミトロフの文書は、昭和十年十月、日本にはいってきた」という(12)。ディミトロフ報告を受けて、当時、京都、大阪、神戸を中心として活動して来た野間らは「十二月、党関西地方委員会でスターリンの統一戦線樹立のために、これを中心にして論じ合うこととな」るが「統一戦線を樹立するにあたって、まず神戸市委員会を再建するかどうかで二つに意見が分れてしま」う。結局、再建説を否定し、党の組織を作ることなく「コンミュニスト・グループのままで出発するという決定がなされ」る。一九三六年二月には、モスクワを拠点として国外で活動していた野坂参三が「日本の共産主義者へのてがみ」を執筆、共産党に対して人民戦線結成の必要性を説いている。しかし、三二年テーゼからは人民戦線の結成に対する考え方が導き出せないこともあって、依然として、多くのマルクス主義者が三二年テーゼに固執していたことは、当時の左翼運動の実態を描いた野間の小説「暗い絵」のなかで、作中人物の永杉英作と木山章吾が「裏切者カウツキイか。人民戦線は破れるよ」「俺は人民戦線は好かんよ」といい合っていることからもうかがえる(13)。結局、日本においては、わずかに個々のマルクス主義者が影響下にある労働組合や農民組合とともに社会大衆党に参加し、社会民主主義勢力との統一戦線を組織せんと試みたにすぎない。しかし、それさえも、一九三七年七月の山田盛太郎や平野義太郎を中心とした講座派マルクス主義系学者グループの検挙(コム・アカデミー事件)や同年一二月の加藤勘十や鈴木茂三郎ら労農派系マルクス主義者四〇〇名以上の一斉検挙(人民戦線事件)、翌年二月の大内兵衛や有沢広巳、美濃部亮吉、宇野弘蔵ら大学教授グループの検挙によって、挫折の途をたどることとなる。

人民戦線の挫折と共産党の政治的責任

このような状況下にあって、当の日本共産党指導部はいかなることを考えていたのか。たとえば、戦後、宮本顕治は『宮本百合子全集』第七巻解説のなかで「今一つの問題は、当時のプロレタリア文学運動のヘゲモニイを確立するという正しい課題を求めつつも、一方において情勢が次第に必要としつつあった戦争と専制主義に反対する人民統一戦線の課題と結びつけて提起しえなかったことにある」と書いて、みずからをふくめた当時の指導部の活動について、率直に反省の弁を述べている(14)。しかし、一九三三年の時点で検挙されていた宮本――そして、それ以外の多くの「同志」たちに、一九三五年以降に顕在化する人民戦線運動の兆候を理解することが出来なかったことはいうまでもない。平野がいうように「戦後になって、ああ、あれが人民戦線のきざしだったんだな、と思いあたった」にすぎない(15)。したがって、人民戦線の挫折を代表的な例として、ファシズム勢力の台頭と帝国主義戦争を牽制するために有効な組織運動を展開し得なかった点において、日本共産党にも責任があると指摘する丸山真男の主張は正しい。もちろん、日本に限らず、人民戦線はファシズム勢力の圧倒的な攻勢やマルクス主義者と社会民主主義者のあいだの内部対立が原因で挫折を余儀なくされている。フランスでは、一九三七年二月、ブルム内閣によって打ち出された政策の一時停止が発表され、翌年三月の第二次ブルム内閣崩壊、続く急進社会党のダラディエ内閣によって、その政策に終止符が打たれている。スペインでもフランコ率いる右派勢力の攻勢によって、人民戦線内閣は崩壊の途をたどっている。その意味からいっても、人民戦線という戦術が反ファシズム統一戦線を有効に組織し得なかったことは明らかである。山極潔の『コミンテルンと人民戦線』によると、人民戦線の提唱自体がそもそもナチス・ドイツの東方進出に対抗するためにスターリンによって打ち出されたソヴィエト連邦一国防衛のための戦術にほかならない(16)。しかし、結果的に崩壊することになったとはいえ、フランスやスペインでは実際に運動が組織され、政治上のさまざまな施策も打ち出されている。そのときの記憶がナチス・ドイツ占領下のフランスのレジスタンスにもつながっている。一方、日本の場合、人民戦線はわずかにその「兆し」が見られた程度にすぎない。それはあくまでも認識論的な次元にとどまっており、宮本のように戦後になってから「思いあたった」か、当時にあっても掛け声程度のものにすぎない。この点からも、フランスやスペインの場合とは事情が大きく異なっていることがうかがえる。

もちろん、吉本や武井と同様、丸山の批判には戦前の日本共産党に対する戦争責任とともに戦後責任としての戦争責任の追及という観点もふくまれている。それは、直接的には一九五〇年代初頭に引き起こされた日本共産党内部(所感派・国際派)の党内抗争や五一年綱領にもとづいた極左冒険主義(火炎ビン闘争、山村工作隊運動、地域人民闘争)に対する批判を契機としてはじめられている。一九五五年、第六回全国協議会(六全協)によって事態はようやく収拾。しかし、それまでに党指導部はなぜ党内抗争を収拾することが出来なかったのか。その誤りを正そうとする動きが出て来なかったのかという疑問がわき起こって来るかも知れない。しかし、当時の指導部が徳田球一や志賀義雄、野坂参三、宮本顕治といった「獄中十八年」「亡命十六年」の「名誉」を誇る非転向マルクス主義者たちによって構成されていた点を見れば、その疑問はただちに氷解するに違いない(17)。敗戦直後、占領軍を「解放軍」と規定した誤謬に端的に表されているように、戦前から戦時中にかけて獄中に収監され、あるいは海外に亡命していた彼らにどうして日本の戦後の現実を踏まえた有効な闘争を組織化することが出来ようか。解放軍規定によった「平和革命論」（野坂参三）を経て、一九四七年の二・一ゼネスト挫折以降、占領軍による共産党攻撃が開始されるとただちに戦前からの武装闘争戦術を復活させている点にこそ、彼らの限界が明瞭に表れている。その点について、吉本は次のように批判している。

かれらは、逆に思想的節操を守った優越意識が潜在していたため、いやおうなしに戦争にひきずりこまれ、いやおうなしに戦闘に参加して、生活的にも精神的にも徹底的な打撃をこうむった敗戦後の大衆の意識と、「獄中」にあって慴伏していた自己の意識とのあいだに、どれほどの断層があるかを検討しようともせず、戦後革命運動を展開したのである(18)。

しかし、かつての非転向者が党を率いている以上、それ以外のものが彼らの誤りを正すことは至難の業である。何しろ、彼らは自他ともに認める戦時中の「偉大な抵抗者」にほかならないのだから。彼らに対して批判をおこなうことは、戦時中の彼らの態度そのものを批判することになる。この場合、彼らに対する批判は党への批判であり、党に所属するみずからの存在そのものを批判することにつながる。戦前に転向を経験したものならば、それはなおさら困難である。みずからの転向の負い目が、戦時中の「偉大な抵抗者」への批判を躊躇させる原因となっている。党内における批判勢力の喪失は彼らの存在が偶像化され、絶対化されていくことにつながる。そのことが、彼ら自身から現実的な客観的情勢を把握する能力までも奪い取ってゆく。その結果が極左冒険主義としての武装闘争路線である。共産党が戦前と同じ愚行を繰り返している以上、国民が当時と同じ反応を示すことも不思議ではない。一九五二年の総選挙において、共産党の占有議席が完全に喪失したことは、それを明瞭に物語っている。以後、議会勢力としての日本共産党は衰退の一途をたどり続ける。

天皇と日本共産党に対する戦争責任の追及は、丸山が彼らを「政治上の罪」（ヤスパース）の次元において裁断しようと試みていることを意味する。「政治上の罪」は、非転向という態度がいくら道徳的に正しくとも、政治的に有効な結果を残せなかったという点において認められる結果責任としてのそれに該当する。非転向マルクス主義者はもちろんのこと、天皇個人もあるいは戦争には反対であったかも知れない。その場合、道徳的な観点から見れば、彼らは確かに無罪となるだろう(19)。しかし、そのことと「政治上の罪」とは、明瞭に峻別されなければならない。なかでも非転向マルクス主義者の場合、戦時中は獄中に収監されていた関係で、戦争の防止に向けた有効な活動を果たしてはいない。戦後、彼らは単に占領軍によって「解放」された存在にすぎない。したがって、たとえ道徳的には無罪であっても、一人の政治家として、帝国主義戦争の防止に向けて有効な手段を取ることが出来なかった点において、彼らには「政治上の罪」が適応されなければならない。マルクスがいうように「彼が主観的にはどんなに諸関係を超越していようとも、社会的には個人はやはり諸関係の所産なのだから」(20)。その点からいえば、丸山はヤスパースのいう罪の四区分を踏まえたうえで、戦争責任におけるさまざまな罪の次元の確定化をおこなっているといってよい。罪の確定化によって、錯綜とした戦争責任問題の整理を試みていることがうかがえる。

3　「王様」批判と「先生」批判

『ニューヨークの王様』をめぐって

花田清輝は「笑って騙せ」のなかで、チャップリンの『ニューヨークの王様』を取りあげ、次のように書きはじめている。

チャップリンの『ニューヨークの王様』は現代生活における迷惑なものの一つに革命がある、といったような意味の字幕とともに、シャドフを殺しちまえ！　とかなんとかくちぐちに叫びながら、群集が門をやぶって王宮のなかへなだれこんでいく場面からはじまっている。シャドフというのが、その映画の主人公であるチャップリンの扮している王様の名前であるが、たしかに王様にとって革命は、たとえそれが、いかなる革命であろうとも――多かれ少かれ急速に社会主義革命に転化するブルジョア民主主義革命であろうとも、あるいはまた、ブルジョア民主主義革命の広範な任務を伴う社会主義革命であろうとも、この上もなく迷惑なものの一つであることに疑問の余地はない。映画からは、それが、ブルジョア民主主義革命であるか、社会主義革命であるか、ハッキリうかがうべくもないが――しかし、武器らしい武器をなに一つ持っていない、いかにものんびりした、非組織的な群集のうごきから想像すると、どうひいき目にみたところで、とうてい、社会主義革命といった柄ではない。王宮の階段をドタドタとかけのぼってみたり、かけおりてみたり、またかけのぼってみたりしたあげくのはて、人っ子一人いない、無数の紙屑の散らばっている、ガランとした大きな部屋をみまわしながら、泥棒め！　なにもかも持っていきやがった！　と失望落胆している群集のすがたには、せいぜい、フランス革命当時の古典的なモッブをおもわせるものしかない。エストロヴィアというのが、その国の名前であるが、第二次大戦後、王制を廃止して共和国になった東欧諸国には——ユーゴースラヴィアにおいても、ハンガリアにおいても、ブルガリアにおいても、あるいはまたアルバニアにおいても、これほど人のいい国民は、ぜったいに発見できないにちがいない。たぶん、エストロヴィア人に匹敵するような——いや、かれら以上におめでたい国民は、世界ひろしといえどもわれわれ日本人ぐらいのものであろう。われわれもまた、戦争責任を論じ、革命の戦略戦術を論ずるが、それは、ただ、論ずるだけのことであって、王様の迷惑になるようなことは、なに一つしでかさなかったばかりではなく、いまや国をあげて、王子の結婚を奉祝しようとさえしているのである(21)。

一見すると、全体の論旨はアメリカにおけるマス・コミュニケーションのあり方を問題にしているように見える。しかし、文中の各所で国を追われ、亡命先のアメリカで「マス・コミのスター」としての地位に甘んじざるを得なかったチャップリン演じる「王様」が昭和天皇に、結婚の奉祝を受けている「王子」が当時の皇太子にそれぞれ重ね合わされている点からいえば、それが「王様」（天皇）に対する批判を意図したものであることは明らかである。なかでも、ここでは花田が天皇個人の戦争責任に言及している点に注目したい。花田は「王様」が「第二次大戦中も、平和主義者だったはずだ。にもかかわらず、戦後になって、まず、まっさきに、戦争責任の問題で非難されたのは、かれだったのではなかろうか」と指摘し「かれの主観的な意図が、いかなるものであったにせよ、王様としてのかれが、客観的に、戦争の最高の責任者だったという事実を否定するわけにはいかない」と言明している。

それでおもいだしたが『思想の科学』（創刊号）の『戦争責任の問題』のなかで、鶴見俊輔が、戦争責任論参考文献の劈頭にわたしの『罪と罰』（『新編・錯乱の論理』所収）をあげ、そこでわたしの述べているような罪即罰といったような観点に立っているため、わたしが、最近、あらためて戦争責任を問題にしているかれや吉本隆明や武井昭夫のような若い感傷主義者のおもうようには、責任の所在はあきらかにならないであろうと考えている、といったような意味のことをかいているのは当らない。なるほど、わたしが、罪即罰といったような観点に立っているため、右の三人のように、戦争責任の追及に興味をいだいていないというのは本当だ。しかし、わたしが、かれらの戦争責任のとりあげかたを感傷的だと考えているのは、そういう観点にわたしが立っているからではなく、かれらが天皇の戦争責任にたいしてほとんどくちを緘し、主として文学者の戦争責任などを問題にしているからだ。鶴見俊輔のいうように、いまになってふたたび戦争責任の追及を試みるのは、かれが、敗戦直後、アメリカのイニシァティヴのもとにおこなわれた国際裁判を、そのままの形で支持し、負けて平伏しているものにたいして追い討ちをかける、といったような傾向にまきこまれまいとつとめたためだったとすれば——そして、わたしは、そういうかれの便乗拒否に心から同感するものではあるが——しかし、それならばなおさらのこと、現在、かれは、その当時、国際裁判の故意に無視してしまった天皇の戦争責任を、まず、まっさきにあきらかにしなければならないのではなかろうか。たぶん、鶴見俊輔は天皇の戦争中の善意を信じているのであろう。しかし、その善意にもかかわらず、すべての戦争が、天皇の名においておこなわれてきた以上、そこをみてみないふりをして通りすぎることは、かえって、国際裁判の行きかたに便乗することになるのではないかとわたしはおもう。

鶴見の発言を逆手に取って、戦争責任追及の動きが敗戦後のそれに対する不充分さにもとづいて現れて来たものであるからこそ「国際裁判の故意に無視してしまった天皇の戦争責任を、まず、まっさきにあきらかにしなければならない」と書かれている。すなわち、花田にとって、戦争責任とは文学者の戦争責任のようなものではあり得ない。明瞭な政治的責任を有する「王様」のそれにほかならない(22)。しかも、それは「王様の迷惑になるようなこと」にまで発展しなければならない。実際、丸山の指摘するように、日本の場合、天皇の責任を追及することなくして、ほかのものの責任を追及することは非常に困難なのだから。ところが、鶴見たちが「天皇の戦争責任にたいしてほとんどくちを緘し」たり、その責任を「善意」という道徳上の観点からとらえている以上、その批判の矛先は天皇個人とともに天皇の戦争責任を追及しない「若い感傷主義者」に対しても振り向けられざるを得ない。天皇の戦争責任追及を最優先課題としてとらえる花田にあっては、「王様」の責任を追及するという具体的な課題と政治的実践を回避しようとする彼らの「感傷」的な態度こそが、結局は「王様」の側にもっとも有利に働くと認識されているのである。

実際、天皇個人を天皇制という権力構造のなかの一つの項としてとらえた場合、その政治的責任は解消されてしまう。「関係の絶対性」にもとづいた吉本の言説からも明らかなように、天皇（個人）が天皇制という制度（関係構造）のなかの項の一つとしてあると見なされるならば、さまざまな因果関係のなかで生起して来た罪（責任）はそれ自体の原因性によって、反対に解消してしまわざるを得ない。しかし、戦争というものが現実の他者（外国）を相手とする対外的な側面を抜きにしてはあり得ない以上、本来、戦争責任は被害を被った諸外国との関係から問われなければならない。侵略された側に立てば、たとえ「かれの主観的な意図が、いかなるものであったにせよ、王様としてのかれが、客観的に、戦争の最高の責任者だったという事実を否定するわけにはいかない」のだから。敗戦後のドイツにおいて、ヒトラーがもしも国家元首の地位にとどまっていたならば、われわれはいったいどのようなことを感じ、どのようなことを思うだろうか。それと同様、外国（外部）からの視点に立てば、たとえ政治的責任が免責されていようとも、戦後も依然として同様の地位にとどまっている天皇は「象徴」などという曖昧な存在ではなく、やはり明確な「最高の責任者」であると見なされなければならない。したがって、天皇の責任に触れることを回避したり「善意」や「道徳」の領域に罪の所在を認めるような議論は、結局、その外部に立つ他者の視点を排除していることを意味する。それはあくまでも恣意的な国内向け（内部的）の言説にすぎない。たとえば、吉本は当時の皇太子の結婚パレードを取りあげて「天皇制というものは、現在、法制としてまったく消滅してしまっていると、わたしは理解している。天皇家が会社資本や銀行資本と親せき関係をむすんだりするそのことが、天皇制がすでに国家意志としての独自な役割をうしなったなによりの象徴である」「天皇を本質視したり、ブーム化したりするのは、政治的な作為でなければ、泡沫のような浮動的なものにすぎない」と書いている。しかし、そのように考えることこそが、他者（外国）の視線を排除する国内的（内部的）な言説にほかならない(23)。花田の眼には、天皇の戦争責任に目を向けない鶴見や吉本の言説がやはり天皇制の圏内にからめとられた自閉的な言説空間の産物としてうつっている。

『ニューヨークの王様』を取りあげながら、花田が国外に亡命した「王様」の振る舞いに注目する点には相応の理由がある。ここでは王権というものが国内的（内部的）な権威にすぎず、外国（外部）では通用するものではないという点が徹底的に暴かれていることに注目したい。国内的な権威が消滅し、客観的には「マス・コミのスター」として「テレビのコマーシャルに出演して、ウィスキーの宣伝に従事し」たり「ホルモン剤をのまない前と、のんだあととを、明瞭に視聴者にわからせるために整形手術を受けて若返り、エストロヴィアの首相と同様のポーカー・フェイスになったり」している存在であるにもかかわらず、主観的にはいまだにみずからを「王様」であると思い込んでいる主人公の滑稽なありさまを天皇や皇族の戦後におけるあり方と重ね合わせることは可能であろう。しかし、この場合、重視すべきは「王様」の活躍する舞台が本国であるエストロヴィアではなく、アメリカであるとしきりに強調されている点である。アメリカに亡命した「王様」はまさしく外部としての他者の視線にさらされる存在としてある。他者の視線にさらされる「王様」の戯画を通して、花田は天皇の戦争責任がすでに国内的な次元においては解消されている現実を踏まえながらも、彼を他者の視線に満ちた外国（外部）に引きずり出し、滑稽な役回りを演じさせることによって、あたらめて天皇個人の戦争責任に肉迫しようと試みているのである。

「先生」（専制）政治批判

一方、丸山と同様、花田は日本共産党の戦争責任についても言及している。花田が共産党に入党するのは、一九四九年のこと。「日共文化部の青山敏夫のすすめ」による(24)。以来、一九五二年には「新日本文学」編集長に選出されるものの、一九五四年には宮本顕治の論文掲載をめぐって編集長を更迭。一九六一年には「日本共産党第八回大会を前にして、党指導部を批判した『意見書』を、安部公房、大西巨人、岡本潤、栗原幸夫、国分一太郎、小林祥一郎、小林勝、佐多稲子、竹内実、菅原克己、野間宏、針生一郎、檜山久雄との連名で党中央委員会に提出」「『新日本文学会』の党員有志二〇名と共に、党内民主主義を破壊する党指導部を批判する声明『真理と革命のために党再建の第一歩をふみだそう』を出」して、党中央委員会書記局から除名処分を受けている。その背景には綱領草案（後の六一年綱領）の採択をめぐる党内多数派の専断に対する批判があったことが考えられるが、にもかかわらず、その生涯において、花田が一貫してマルクス主義を擁護する発言をおこなっている点は興味深い。吉本による花田批判の前提の一つに、花田がマルクス主義陣営の文学的イデオローグであるという点があげられている。しかし、花田の著作を読めば、実は花田が擁護しているのは日本共産党やソビエト共産党に代表される実体的な国際共産主義勢力ではなかったことが見て取れる。それは、一九五〇年にはじまる日本共産党の党内抗争において、花田がどちらの陣営にも属することなく、終始、彼らに冷ややかな視線を送っている点からもうかがえる。「『先生』政治」のなかで、花田は当時の党の幹部連中を「先生」と揶揄しながら、次のように書いている。

戦後間もなく、日比谷附近をあるいていたらアカハタをひるがえした一台のトラックが走ってきたので眼をみはっていると、トラックのなかからメガフォンをもった男が、これから飛行館で、連合軍の手で牢獄から解放された共産党員の歓迎会をやると怒鳴っている。筆者はうれしかった。こうこなくちゃァいけねえとおもった。そこでさっそくその歓迎会へ出てみたのですが、意外にも、ホーハイとして涌きたつような気分が感じられない。一人の若いコンミュニストが、平土間にいるわれわれにむかって皆さんのなかに、なんとか先生がいらっしゃいますか、かんとか先生がいらっしゃいますか、いらっしゃるなら、どうか舞台へあがってくださいとしきりに呼びかけている。ヘッ、コンミュニストも、先生なんていうのかなァ、と筆者はいささか意外な気がしましたが、なるほど、舞台の上にズラリとガン首をならべたそのなんとか先生やかんとか先生は、まさに文字どおり先生と呼ばれるのにふさわしいような人物ばかりでした。若々しいエネルギーのバクハツを期待していた筆者は、すっかり、裏切られたような気持になって、間もなく会場を出ましたが、飛行館のまわりにはちゃんとアメリカ軍の警戒網がはられており、一人の将校がつかつかと筆者のそばへ寄ってきて、モウ、スミマシタカ、ときれいな日本語で質問したのにはビックリしましたね。

その後十年、どうも最初に先生という敬称を耳にしてウンザリしたせいか、なんだか日共は労働者の党ではなく、先生の党のような気がしてなりませんでした。所感派と国際派とのゴタゴタにしても、筆者には、舞台の上にズラリとガン首をならべていた諸先生方の内輪揉めで、平土間にいるいっぱんの党員には、いっこう、関係のないことのようにおもわれました。日共にたいしてさえ、そんな感じをもってるほどだから、むろん筆者には、左社、右社の統一にしても、保守合同の問題にしても大先生や小先生たちの離合集散としか受けとれません。党首をだれにするか、書記長の椅子にだれをすえるかなんてことで蜂の巣をついたようになるんだから、まったくお話にならない。大衆討議の上に立って、万事、多数決でいくという仕掛けになっている政党なら、党首にはどんなバカをもってこようとさしつかえないはずです。組合その他の大衆団体のばあいは、なおさらのことだ。ところが、この方面にも、やはり、先生連がのさばっていて、毎度のことながら、総評の事務局長にだれがなるかというようなことで、みんな血眼になる(25)。

「歓迎会」とは、一九四五年一〇月一〇日、東京・日比谷の飛行館において開催された「自由戦士出獄歓迎人民大会」のこと。戦時中、獄中につながれていた非転向マルクス主義者たちの出獄を祝うためにもよおされた集会である。関根弘の回想によると、関根とともに会に参加した花田は、実際、その雰囲気に反発し、途中で退席している(26)。花田の反発は、おそらく一人取り残された関根が「伊藤憲一がオレは十七歳のときから国賊といわれ、と絶叫したり、かれらの出獄に感激した岩田英一が、自分の所有する代々木の映画館を党本部に提供したりするのをつぶさに眺め、最後にGHQ前までデモ行進して、『解放軍万歳』を三唱するのまでつきあったが、ここへきてさすがのわたしも変だと思わないわけにはいかなかった」と回想しているのと同じ思いからなされたものと思われる。

花田は「飛行館のまわりにはちゃんとアメリカ軍の警戒網がはられており、一人の将校がつかつかと筆者のそばへ寄ってきて、モウ、スミマシタカ、ときれいな日本語で質問したのにはビックリしましたね」と書いている。注目すべきは、花田の「先生」批判が「王様」批判とまったく同じ手続きのもとにおこなわれている点である。すなわち、外部としての他者性の導入である。「先生」たちの居すわる飛行館は、すでに他者としての占領軍（アメリカ軍）に包囲されている。というより、文字通り、彼らは占領された地に立って「『解放軍万歳』を三唱」している。それはアメリカ軍の将校が「モウ、スミマシタカ」と「きれいな日本語」を話している点からも明らかである。すでに日本語までも侵犯されているにもかかわらず「『解放軍万歳』を三唱」し続ける彼らの楽天的な振る舞いが、いかに現実離れした滑稽なものであったかということが明示されている。敗戦直後の占領軍＝解放軍という規定が同時代の世間一般や占領軍自身の抱いていた認識からもかけ離れたものであったという事実からいっても、彼らの主観（解放）と客観（占領）のあいだには大きなズレが横たわっている。花田はアメリカ軍の将校（他者）の視線を導入することで「先生」たちの主観と客観とのあいだのズレを顕在化し、戯画化する。花田の批判が一九五〇年代においてもなお「『先生』政治」（専制政治）を続け、極左冒険主義にまでおちいっていた同時代の共産党のあり方に対する批判でもあったことはいうまでもない。

以上、当時の花田のエッセイの多くが、実にさまざまな表現で党に対する批判を展開している点からいえば、花田の批判が非転向マルクス主義者によって代表される日本共産党の戦後責任としての戦争責任の問題と密接に対応していることがうかがえる。そのことは花田が当時の第二期文学者の戦争責任追及に対して「戦争責任は非常に現在の問題であり、戦争の責任、二・一スト前後の責任、戦後一〇年の責任、こういうものを追求してほしいと思う」と指摘している点からも明瞭に読み取れる。

戦争中の非転向をすばらしく上等で転向した奴はみなだめだという考え方これはある種の道徳的な見方にたっているので、非転向にしろ転向して妥協している様にみえるにしろ、そこらは非常に問題であって簡単に割りきることはできない。無論、非転向で過した人はそれが一応立派だが、それも一つの敗北の形であって別段自慢することはないと思う。例えば自分の面子のようなものばかり考えて引っこみがつかなくなって、遂に非転向で過したという人がまあないと思うけど有りうるケースだ。そういう点はニュアンスがあって一概にいえないが、それを判断する規準というものは戦後一〇年のそれらの人々の動きを検討してその上に立つより他にないと思う。だから戦後一〇年のさまざまな動き、特にその政治的な責任というようなものを追求すれば、文学者の場合果してその人は偽装転向していたか、本当に転向していたか、或は非転向であってもその人はレジスタンスの意志を失っていたかいなかったか大体わかってくるのではないか。その事実を見る立場というのが非常に問題ですけど(27)。

花田が戦争責任を「戦後一〇年のさまざまな動き、特にその政治的な責任」との関係においてとらえていることは、それが戦後責任としての戦争責任という観点からとらえられていることの証左となる。そして、そのことはゴットフリート・ベンの『二重生活』について書かれた書評「戦争責任の問題」のなかでより明瞭に言及されることとなる。

戦争責任の問題は、戦後責任の問題との関連においてとらえられなければ意味はない。しかるにわれわれの周囲において特徴的なことは、戦争責任を追及される側はむろんのこと、追及する側の大部分もまた、いずれもみずからの戦後責任の問題を回避しているということだ。
共産主義者の戦争責任を追及するのはよろしい。戦争責任を追及されるようなやつは、戦後もまたロクなことはしていないから。ただ、わたしにとって、いささか不可解でならなかったのは、同様に戦後、ロクなことをしているともみえない連中が、大きな顔をして戦争責任を追及している心理であった(28)。

以上の点だけを取り出してみれば、花田の認識は吉本のそれとほとんど変わらないことがうかがえる。しかし、その一方で「ただ、わたしにとって、いささか不可解でならなかったのは、同様に戦後、ロクなことをしているともみえない連中が、大きな顔をして戦争責任を追及している心理であった」と述べられているように、戦後責任としての戦争責任を追及している人々——吉本や鶴見たちに対しても批判の矛先が振り向けられている点にこそ、吉本とは一線を画す花田の批判の特徴があったといってよい。

4　批評の運動性

実感と理論——実践の回避

戦争責任は具体的に「王様の迷惑になるようなこと」に発展しなければならない。責任の所在を「ただ、論ずるだけ」では、何の意味も持たない。その点において、花田の批判の矛先は丸山に対しても向けられてゆく。花田によれば、丸山の批判もまた責任の所在を「ただ論ずるだけ」のものにすぎない。花田は「ひと昔前までは、『理論』と『実践』の関係が問題になっていた」にもかかわらず「いまでは、その『実践』が、さりげない顔つきをして『実感』にスリかえられ、しかも前にもまして大真面目に論議されている」現状を「まったく『ひでえもんだ』」と憤慨する。そして「きれいさっぱり、『実践』とは縁をきり、ひたすら『実感』の肩をもって『理論』を軽蔑している」高見順を揶揄しながら、次のように丸山批判に結びつけている。

たとえば右の座談会の記事（加藤秀俊、田口富久治、江藤淳、大江健三郎、橋川文三「『実感』をどう発展させるか」——引用者注）によってもあきらかなように、スターリン批判の結果、田口富久治のようなマルクス主義者は、すっかり、自信を喪失し、加藤秀俊のような大衆社会論者は、不意に解放されたような気分になり、要するに、社会科学者たちの大部分が、ふりだしにもどって、あらためて「実感」から出なおそうとしている時代に、「理論」の名においてではなく、「実感」の名において、かれらを断罪しようというのだから、変っている。むしろ、高見順は、決然として「実感」からの脱出を説いている大江健三郎や江藤淳のような文学者たちにむかって、かれの「提言」をしてみればよかったのである。もっとも、こんなことをいうと、高見順は、自分の問題にしているのは、そういった群小社会科学者たちではなく、かれのいわゆる「教祖」である丸山真男ただ一人だと答えるかもしれない。なるほど、丸山真男なら、高見順と同様、あざやかに「実践」から足を洗っている人物だから——つまり、一つ穴のムジナだから、かれにとって、からむのに適当な相手であることはたしかである。しかし、『日本の思想』のどこに、高見順のいうように、「理論」を尊重して、「実感」を眼の敵にしているようなところがあるというのであろう？　丸山真男は、ただ、単に、日本における社会科学者の「理論信仰」と文学者の「実感信仰」とをとりあげ、両者の発生の社会的原因を、手ぎわよく「解釈」してみせているだけのことではないか。むろん、その「解釈」もまた、一つの「理論」にちがいない。しかし、「理論」が、正しいかどうかをきめるものは、くりかえしていうが、「実感」ではなく、「実践」なのである。おもうに、高見順にしても、その程度のことがわからないはずはない。にもかかわらず、あえてかれが、おのれの「実感」を、相手の「理論」に堂々と対立させせて恥じないのは、おそらくかれが、そのどちらも、実践のプログラムのひきだせない点にかけては、五十歩百歩だと考えているためであろう。したがって、かりに二人が論争をしたところで、その対立からうまれるものは、「実感」と「理論」とのあいだのはてしないどうどうめぐりだけであって、要するに、それは、なんの役にもたたない、ただの遊びにすぎないのである(29)。

高見の擁護する「実感」に対して、丸山の「理論」が対置されつつも、実は両者が「一つ穴のムジナ」であることが指摘されている。「理論」が「解釈」としてある以上、一見、高見とは対立関係にある丸山の言説も「実践」という要素を欠落させているという点では、結局、共通する点があるではないか、と。花田からすれば「問題なのは、高見順や、丸山真男の遊びが、未来の『実践』につながるなにものかを、もっているかどうかということ」にかかっている。

丸山を指して、花田が「あざやかに『実践』から足を洗っている人物」と評するのも無理はない。たとえば、丸山は日本のような「永遠なもの——その本質が歴史内在的であれ、超越的であれ——の光にてらして事物を評価する思考法の弱い地盤に、歴史的進化という観念が導入されると、思想的抵抗が少なく、その浸潤がおどろくほど早いために、かえって進化の意味内容が空虚になり俗流化する」「価値の歴史的蓄積という契機はすべりおちてしま」うために「新思想はつぎつぎと無秩序に埋積され」てゆくことを指摘している(30)。「機軸」のない日本の思想的特徴をその「雑居性」に見出す丸山の指摘は、いわゆる「無責任の体系」を基礎づける前提条件とでも呼ぶべきものとしてある。しかし、その点にこそ、まさしく花田の丸山批判の要点がある。そのような日本の思想的特徴を「分析」する丸山自身が具体的な「実行」（実践）を果たすところまではいたっていないのではないか、「王様の迷惑になるようなこと」にまで発展しない丸山の言説そのものが、結局はもっとも追及されるべき人物の責任を回避することに貢献しているのではないかと考えられている。思想の「雑居性」にもとづいた「無責任の体系」は、確かに日本の近代以前から認められる特徴としてある。しかし、この場合、天皇の戦争責任を回避する要因とされているそれは、近代以前からのそれとは一線を画すものと見なされなければならない。後者とは異なり、前者は一九四六年の東京裁判開始の直前、連合国側の「政治的配慮」によってもたらされた政治的且つ歴史的な要因にもとづくものであるのだから。あたかもそれが日本の古くからの伝統（本質）であるかのように、丸山はそのあり方を明治維新から幕末期の国学にまでさかのぼって証明しようと試みる。結果的に天皇の戦争責任を追及するという本来の目的が閑却され、それ自体が学問の領域に自足する結果を導き出す。「あざやかに『実践』から足を洗っている人物」と批判される所以である。丸山にとって、日本の伝統的な本質であるとされる「無責任の体系」を過去にまでさかのぼって探究することは日本の言説空間を解明するための必要不可欠な試みであったに違いない。しかし、花田からすれば、丸山の試みこそが「無責任の体系」に正当な根拠を与え、天皇の責任追及を回避するための格好の口実として認識されているのである。

花田にあっては、おそらく「あざやかに『実践』から足を洗っている」丸山と戦争責任を道徳上の観点からとらえる「近代文学」派の文学者（山室静、荒正人、大井廣介、埴谷雄高など）の言説のあいだにはある共通性があると考えられている。たとえば、花田は「思想の平和的共存」をとなえる小田切秀雄に対して「いったい、小田切は、知識人だけを『人間』だとおもっているのだろうか。『人間』のなかには、プロレタリアートもいれば、農民もいる。そして今日、日本の知識人が、まず、まっさきに、お互いに信頼しあって、めいめいの立場をこえて協力しなければならない『人間』は、仲間の知識人なんかではなくて、日本のプロレタリアートだとわたしはおもう」と批判しながら、次のように書いている。

戦争中、日本の知識人が、抵抗らしい抵抗のできなかった最大の原因を、かれらの道義的な廃頽にではなく、かれらのプロレタリアートとの組織的な連係の不足にもとめないわけにはいかないのだ。

ところが、いまだに知識人のあいだでは、戦争責任の問題が単に道義的な観点からだけとりあげられているのだから情けない。もう二度と、あんな卑怯なマネをしない、などといくら誓ってみたところで、いまのような孤立した状態のままで、日本の知識人が、ふたたび戦争に突入していったならば、かならずかれらは、もう一度、手も足も出ない状態におちいるのは火をみるよりもあきらかだ。そして、それは、かならずしもかれらに、勇気がないためではないのである(31)。


モラリスト論争のなかの一節である。「王様の迷惑になるようなこと」を優先的に掲げる花田が、戦争責任を道徳的な観点から追及する「近代文学」派に批判的であったのも無理はない。「彼が主観的にはどんなに諸関係を超越していようとも、社会的には個人はやはり諸関係の所産なのだから」というマルクスの言葉を持ち出すまでもなく、いくら主観的（内面的）に罪を悔悟していようとも、個人というものが社会的な諸関係のなかにおいて存在している以上は、ふたたび戦争に巻き込まれてしまえばやはり同じ過ちを繰り返してしまわざるを得ないと考えられている。したがって、その流れに対抗するためにも、個々人の内面の充実にもまして、戦争の再発を抑止するための具体的な関係性の構築――「実践」が要請されなければならない。「実践」が優先的に主張される所以である。

モラリスト論争は、一九五〇年代前半の日本共産党内部の権力闘争や極左冒険主義（火炎ビン闘争や山村工作隊運動）が収拾される過程でおこなわれた論争として知られている。その点からいえば、一方の「近代文学」派の言説にマルクス主義陣営の人間性を蔑視した運動のあり方に対する批判が込められていることは明らかである。運動のためには個人を犠牲にすることもやぶさかではないとする共産党の非人間性に対して、彼らはかつてとなえられた「人間の顔をしたマルクス主義」の回復を目指す必要性に駆られている。しかし、花田からすれば、自己の「良心」や「道徳」といったヒューマニズムの観点から共産党批判（政治批判）を試みる彼らが、政治の領域に道徳的な観点を導き入れている点において、きわめて錯誤した存在であるととらえられている。「わたしは、マルクス主義の政治学を、科学的に基礎づけられた戦略戦術論以外のなにものでもないと考えている」という言葉からもうかがえるように、花田において、政治は政治の原則において裁断されるべきであり、そのあいだにヒューマニズムなどの要素が介在する余地は見当たらないのである(32)。実際、彼らが「異端者」としての立場から党を批判するのに対して「あらためてことわるまでもなく、日本共産党は、徳田（球一――引用者注）の党でもなければ、野坂（参三――引用者注）の党でもなく、日本のプロレタリアートの前衛の階級的組織なのである」といささか教条主義的な発言をおこなったうえで、花田は次のように書いている。

わたしは、率直にいうが、わたしほど、異端だとか、反俗だとか、反骨だとかを気どっている人間を憎んでいるものはすくないのではないかと考える。かれらは、なにを「悪」といい、なにを「善」というか。要するに、かれらにとっては、オーソドックスに反抗するものが「善」で、追随するものが「悪」なのだ。しかるに、わたしは、古在由重流に、いささか単純化していうならば、プロレタリアートおよびそれにつながる大衆の利害に役にたつものは「善」で、役にたたないものは「悪」だとおもっているのだ。なにが役にたち、なにが役にたたないかをきめてくれるものは、道徳ではなく、科学にほかならない(33)。

一九三五年の反復として

「プロレタリアートおよびそれにつながる大衆の利害に役にたつものは」「科学にほかならない」と考える花田からすれば、道徳的な観点から「異端者」を気取る彼らの党批判など、所詮は現実的な変革のための「実践のプログラム」などではあり得ない。なかでも、花田が彼らの言説に戦前に流行したそれを重ね合わせている点は興味深い。花田は「原子力の平和利用による生産力の増大を例にあげ、これまでのマルクス主義では、とうてい、予見することのできない『結末の意外性』を強調する」荒や「精神の物質に対する優位性を認めないマルクス主義を、くそみそにコキおろし、それにかわるものとしてフェビアン社会主義をもちだす」山室静などの発言を取りあげて、戦前にもテクノクラシーやテーラー・システムが話題になったこと、マルクス主義が時代遅れだということで鼻であしらわれたこと、文部省経由の「思想善導」によって、精神の物質に対する優位性を説くマルクス主義批判の論文が氾濫していたことなどをあげて「現在の知識人の発言がどうして三〇年代の知識人のそれにひどく似てきたのか」と疑問を投げかけている(34)。この場合、その原因は「かれらのなかに生きていたマルクス主義の根の浅さ」とともに「日本のマルクス主義――ひいては、日本の共産党の欠陥」に求められているが、実際、両者の言説に共通する点が多いことは事実だろう。それはマルクス主義勢力の壊滅的状況を契機として現れて来る点においても共通している。たとえば、平野は当時を振り返って、一九三四年二月のナルプ（日本プロレタリア作家同盟）解散を結末としたマルクス主義文学運動の崩壊が「転向文学の氾濫」「『不安の文学』『主体的リアリズム』の提唱など、人間存在の根源にかかわる虚無的・実存的傾向を、昭和の新文学全体にもたらした」ことを指摘している。

しかし同時に、マルクス主義文学の敗退は、それのもつ堅牢な規矩の消滅をも意味していたので、そこから従来の「敵」「味方」の枠を切りはらった新しい文学現象――文芸復興・浪漫主義再興・ヒューマニズム再建・行動主義文学の勃興などを結果した。知識階級論の再燃などをきっかけに、それまで並行線状態にあったプロレタリア派と芸術派は、ここで相交錯して、迫りくる戦争とファシズムに対して一種の共同戦線がしかれようとした。「能動精神」の提唱や雑誌《文学界》の創刊・改組などはそれの具体的なあらわれである(35)。

「文芸復興」と称される一九三五年前後の文学的状況下において、平野はマルクス主義という「堅牢な規矩の消滅」が「解放感」とともに「危機感」の蔓延をも引き起こしたことを指摘している(36)。しかし、そのどちらに比重が置かれていたかといえば「不安の克服とか称して、いろいろ新発見を楽しげに戦はしてゐるだけではないか。まるで不安とは文学の新しい技術だとでも言ひ度げに」という小林秀雄のエッセイのなかの一節からも読み取れるように、やはり「解放感」の方がより勝っていたことは否めないだろう(37)。それ以前の文学流派などとは異なり「各作家の独特な解釈を許さぬ絶対的な相を帯び」「内面化したり肉体化したりするのにはあんまり非情に過ぎる思想」（小林秀雄）としてあったマルクス主義の消滅は、結果的に私小説や転向文学をふくむ「文芸復興・浪漫主義再興・ヒューマニズム再建・行動主義文学」など、いわゆる「文学的なるもの」への回帰を引き起こしている(38)。「内面化したり肉体化したりする」ことの出来ない外部性（超越性）を誇っていたマルクス主義に対する反動として、私小説に代表されるような内面の優位性を誇るかつての「文学」が呼び戻されているのである。

マルクス主義の崩壊を受けて、平野は「それまで並行線状態にあったプロレタリア派と芸術派は、ここで相交錯して、迫りくる戦争とファシズムに対して一種の共同戦線がしかれようとした」と述べている。それはマルクス主義という「政治」の壊滅とともに、それまで逼塞状態にあったかつての「文学」がふたたび歴史の表舞台に押し出されて来たことを意味している。超国家主義的傾向の強まるなか、政治的に振る舞うことが不可能になった状況のもとで文学的に振る舞う態度に政治的な意味が見出されるということである。その点からいえば、文学各派による「共同戦線」とは「文学」による「政治」の主導という側面を持っている。「文学」の政治化と「政治」の文学化――一九二九年に発表された平林初之輔の「政治的価値と芸術的価値」以来、繰り返し論争されて来た「政治」と「文学」をめぐる問題系がここにふたたび顕在化する。しかし、その場合の「文学」がヒューマニズムや個人の内面性に一括されるような代物であった以上は「共同戦線」も個々人の内面に基礎をおいたものにならざるを得ない。いわば、マルクス主義という外部性（超越性）の欠落のうえになされた内面の「平和的共存」（小田切秀雄）のようなものにならざるを得ない。たとえば、戸坂潤は「人間学主義に立脚し」た「この自由主義者によれば、人間は或る一定の人間達だけと、一定の結合関係に這入るのであ」り「人間学的趣味判断の上から、好きな人間同志が、一つの社会的結合をする」ことを指摘している(39)。しかし、その結合に「客観的な、外部的(彼等によれば)な標準はな」い以上、それは「超党派的であるが故に、却ってセクト的」な状態にある。ここで、戸坂は「共同戦線」なるものがその名称とは裏腹にいかに「戦線」の分断が露呈したものであるかを如実に語っている。したがって、そのようなところに「本当の意味での政治はあり得ない」。実際、彼らの「共同戦線」が戦争という圧倒的な現実のまえに「手も足も出ない状態」に追い込まれていったことを踏まえていえば、それが何の実践にも役立たなかったことは明らかだろう。のみならず、それは一九三七年の日中戦争突入以降に顕在化する内部的な反省としての「日本的なもの」や「東亜協同体」を導き出すための思想的な下地を用意する役割さえも果たすことになるのである。

一九三五年の事態に対して、花田は戸坂と同じ視点に立っている。花田においても、一九五〇年代前半における日本共産党の混乱と衰退現象、それに対する「近代文学」派のヒューマニズム的な観点からの批判が、一九三五年前後のマルクス主義の壊滅とその後に流布した「文芸復興」期の言説の反復であったことが透視されている。いわば、一九五五年が一九三五年の反復としてとらえられている限りにおいて、その後の展開がいかなる結末をたどることになるかも充分に認識されていたものと思われる。後に見るように、そもそもマルクス主義の本質を「政治」と「文学」という二元論的図式(形式論理)に差異を導入することにあると考えている花田からすれば、平野の評価とは裏腹に当時の「共同戦線」に何の意義も見出せないばかりか、「政治」と「文学」という図式に対してもきわめて冷淡な態度でのぞまなければならなかったと思われる。そのことは平野がマルクス主義の壊滅を「解放感」と「危機感」の表裏一体的なものとして受け取っているのに対して「おそらくその『危機感』は、吉田茂などのなかにみいだされたものと、それほど質的に異なったものではなかったのではなかろうか」と批判しつつ「革命的インテリゲンチャのイデオロギー的武装解除の上に立った、モダーニズム文学とプロレタリア文学との統一が、はたして真の統一の名に値いするであろうか、といったような意味の平野謙批判を試みている佐々木基一のようなものの見かたのほうに同調」している点からもうかがえる(40)。プロレタリア文学に「イデオロギー」を、モダニズム文学に「方法」を当てはめて、両者の本来的な統一が「文芸復興」期に実現されたとする平野に対して、花田は「モダーニズム文学にもイデオロギーがあり、プロレタリア文学にも方法がなかったとはいえ」ない以上は「両者の闘争は、方法対方法、イデオロギー対イデオロギーの闘争であって」「それは文学の領域における階級闘争のあらわれ以外のなにものでもなかった」ととらえている。したがって、当時の現象はブルジョア側のプロレタリアートに対する勝利の結果以外の何ものでもなく、政治的な観点からいっても、その勝利はマルクス主義に対する反動以外の何ものでもないと認識されているのである。

他方、花田は一九五五年前後の状況に対しても同様の認識を抱いている。共産党の混乱と衰退に追い打ちをかける形で現れる「近代文学」派の言説が「リベラリズムへの後退が、あたかもコンミュニズムからの前進でもあるかのように、臆面もなく主張され」ている点において、それはやはり反動的なものであると考えられている。いわば、花田は彼らの言説をマルクス主義に対する反動勢力の側からのイデオロギー批判としてとらえている。「王様」の政治的責任が追及されなければならないときに戦争責任を道徳上の観点から論じたり、文学者の責任を追及したり、共産党やマルクス主義に対する道徳上からの批判を展開する彼らの言説が結果的に「王様」の責任を回避することに貢献している点において、きわめて政治的に機能していると花田は批判している。「政治上の罪」が結果責任としての側面を兼ねそなえている以上、「王様」の側に貢献している彼らの批判もまた「政治上の罪」の名のもとに裁断されなければならない、と。もちろん、花田の批判自体は、マルクス主義の擁護とは直接的には何の関係もない。それはヒューマニズムの否定ですらなく、単に「政治」の原則に道徳やヒューマニズムの観点を持ち込む思考に反対しているだけのことである。しかし、彼らからすれば、マルクス主義の非人間性を告発する自分たちを批判する花田の言説こそが、党を擁護する目的のために発せられたものであるとしか受け取られてはいない。「それは、『共産党に与するか、しないか』とでも呼ぶべき論争」でしかない(41)。両者のあいだのズレは決定的だが、そのズレは吉本との論争においても引き継がれてゆくこととなる。

「実践」のともなわない丸山の「理論」も結果的に「王様」の側に貢献する言説である点において、批判されるべきものとしてとらえられている。一九五五年を一九三五年の反復としてとらえる観点からいえば、丸山の「無責任の体系」も、あるいは「国体明徴問題」(一九三五年)を引き起こすことになった美濃部達吉の「天皇機関説」の反復として想定されていたのかも知れない。もちろん、だからといって、花田は丸山の「理論」に対して、無条件に「実践」の領域を称揚しているわけではない。花田は書いている。「わたしは、ここで、『実践』の重要性を強調しようというのではない」と。したがって、花田のよって立つところは、みずからの強調にもかかわらず、実際には「実践」でさえもない。花田は「実感」と「理論」の対立に対しては「実践」を対置する一方で、「実践」に対しては「遊びの精神」を対置する。「遊びの精神」は「実感」や「理論」のみならず「実践」さえも相対化するようなものとしてとらえられている。この「遊びの精神」こそが花田の言説を特徴づけるキーワードであり、花田自身のよって立つところであるといってよい。一つの立場にとどまることを拒否し、それぞれのあいだをたえず移動し続ける点において、それはきわめて批評的な言説であるといえる。

5　罪と責任の所在を求めて

灰色の世界

丸山と同様、花田もまた日本共産党の戦後責任としての戦争責任とともに天皇個人の責任も認めている。しかし、注目すべきは、花田がそれ以外にも罪と責任の所在を次のような次元からとらえている点である。

要するに、あなたは裁断ということを、朦朧とした灰色の世界から出発し、白か、さもなければ黒の、明確な、疑問の余地のない世界に到達することだとお考えになっているのに反し、わたしは、それを白と黒との同時に存在する世界に求めている点があなたとちがっており、したがって、わたしの裁断は、あなたのそれにくらべると、多少、複雑かもしれませんが——しかし、同様に明瞭であり、すこしも曖昧なところはないのです。わたしには精神分裂病者が、苦もなく、こういう白と黒との世界をわがものとしているのが、無性に羨しくてなりません。かれらは、最初から灰色の世界とは無縁な存在ですが、わたしは、この灰色の世界のなかにありながら、次々に黒と白との世界を発見してゆかなければならないのです。すくなくともわたし流の裁断をくだすためには、なみなみならぬ眼の訓練を必要とします。

（略）しかし、灰色の世界と訣別することをもって裁断と心得ている人びとには、白と黒とのいりまじっている世界、明るい部分も時に暗く、暗い部分も時にあかるく、ぼんやりした影のようなものの、あたり一面にひろがっている世界、ブリッジマンのいわゆる「不確かな半影」の世界に、いつまでもぐずついているわたしが、いかにも優柔不断な人間のようにみえるのに不思議はありませんが、わたしには、絶えず光と闇との戦っている、この中間の世界を隅々まで踏査してみようともせず、排中律にすがって性急に「裁断」をくだし、白か、さもなければ黒の世界にまっしぐらに飛びこんでゆく人びとのほうが、正直なところ、よほどわたしよりも脆弱な人間のような気がしてならないのです(42)。

白と黒の対立関係そのものが批判的にとらえられ、代わりに「灰色の世界」が対置されるという花田流の論法が展開されている。しかし、それを罪と責任の所在という観点から眺めた場合、花田がいくら「すこしも曖昧なところはない」と断定しようとも、その言説には若干の解説が必要であると思われる。何しろ、罪とは白（無罪）でもなければ黒（有罪）でもなく「灰色」であるというのだから。この場合、花田自身が追及しているはずの「王様」の責任についてはどうなるのか。おそらく、花田の認識は、次の一節を踏まえることなしに理解することは困難であると思われる。「灰色についての考察」の後に書かれた「罪と罰」のなかで、花田は次のように書いている。

ヤスパースの『我等に罪ありや』（『ヨーロッパ』8）についての感想を求められ、わたしの心に浮んできたものは、有罪か、無罪か――白か、黒か、よほどするどい眼の持主でないかぎり、容易に裁断をくだすことのできない、ほとんど排中律というものの適応不可能な、白でもなければ、黒でもない——いや、白であると同時に黒でもある、あの無限に複雑な陰影をもつ、灰いろの世界の奇怪な風景――われわれの周囲の姿であった。戦争中、戦争を支持したわけではないが、さればといって、戦争に反対したとも称しがたい――協力したと断定されると、いかにも協力したようでもあり、抵抗したと擁護されると、なんだか抵抗したようでもある、われながら愛想のつきるような曖昧朦朧とした気持で、すさまじい戦火のなかを、ただ無我夢中でくぐりぬけてきたドイツの人民が、ヤスパースのいうように、戦後、村々、街々に貼り出されたポスター――「これぞ汝等の罪」という説明のついている無署名のポスターを前にして、はげしい衝撃をうけたことは想像するにかたくない。

かれらは、突然、自分たちが、地獄のなかに投げこまれていることに気づき、審判者ミノースが、咆哮しながら、かれらの陥るべき地獄の環を、かれの尾を身に巻く回数によって示すのを、まざまざとみたように思ったのだ(43)。

そして、さらにダンテの描く地獄の「多種多様な罪の図」を踏まえて、次のように書き進めている。

かれは、ヤスパースのいわゆる有罪性の四形態(法的、政治的、道徳的、形而上学的)のうち、主として後の二つ、道徳的乃至形而上学的有罪性に注目し、一見、われわれのあいだで、無罪として通用しているような人びとをも俎上にのせ、死者・生者の区別なく、かれらの罪と罰とを、次々にあきらかにしていったのだ。「神の正義」という言葉が、あまりにも浮世ばなれしているように思われるなら、それを「歴史的必然」という言葉で置換え、「自由意志」という言葉が、あまりにも時代おくれのような気がするなら、それを「主体性」という言葉でいいなおしてみるがいい。『地獄』は、いまもなお、いささかも古びてはおらず、依然として、われわれにむかって、これぞ汝等の罪――とはげしく呼びかけているのである。「戦犯」と指定されたというので狼狽したり、ふたたびそれを取消されたというので威猛高になったりする文学者があるが、なんという浅薄な心の持主であろう。いやしくも文学者である以上、おのれの罪と罰との微妙な関係にするどい視線をそそぎ、仮借するところなく自己批判を試みるのが、当然ではなかろうか。仮に積極的に戦争を支持していなかったにせよ、あるいはまた、ひそかに戦争にたいして消極的抵抗をつづけていたにせよ、とにかく、ほとんどわれわれ大部分のものの位置は、すべて、白と黒とのあいだにある、灰いろの無限の系列のどこかにみいだされる。

花田は書いている。「かれらには罪はあるが、かくべつ、罰せられはしない。しかし、罰せられないということが、かれらの罪なのだ」と。ここでは「神の正義」（歴史的必然）と「自由意志」（主体性）という第三アンチノミー（カント）の観点から、罪と責任の所在が論じられている点に注目したい。第三アンチノミーを踏まえていえば「仮に積極的に戦争を支持していなかったにせよ、あるいはまた、ひそかに戦争にたいして消極的抵抗をつづけていたにせよ、とにかく、ほとんどわれわれ大部分のものの位置は、すべて、白と黒とのあいだにある、灰いろの無限の系列のどこかにみいだされる」という認識は、当然のものとして受け入れられなければならないのだから。もちろん、花田の認識は、敗戦の翌年に発表され、戦争責任の問題に触れている「ジーキルとハイド」のなかからも見て取ることが出来る。

いったい、君を、どんな名前で呼んだらいいものか。僕には、さっぱりわからない。戦争中のハイド氏が、敗戦の結果、失踪して、ジーキル博士として登場したのなら、事態は明瞭だ。僕は、あっさり君をヘンリー・ジーキルと呼ぼう。しかし、君のばあいは、もっと複雑だ。たしかにジーキルは出現したが、エドワード・ハイドもまた消滅してはいない。君は、いまもなおハイドの名前で、盛んに意見を発表している。ただ、その口吻が、若干、ジーキルのそれに似てきただけだ。反戦論者のジーキル博士は、大いに自己の達見を誇り、戦犯のハイド氏は、自己批判に忙しいというわけだ。

（略）一般に、昨日までのヘンリー・ジーキルは、今日では、エドワード・ハイドと呼ばれている。或いは、その逆だ。しからば、戦争中の君を、ハイドだ、ハイドだと思いつめていた僕は、実はジーキルをハイド扱いしていたのかもしれない。戦前の君のほうが、その頃では、却ってハイドの名にふさわしい存在だったにちがいない。しかし、いずれにせよ、同じことだ。敗戦を契機として、ジーキルがハイドとなり、ハイドがジーキルになったにしても、ジーキルであり、ハイドである今日の君は、いささかも価値の顛倒の影響をうけていない(44)。

この場合、ハイドは戦前の戦争協力者、ジーキルは戦後の民主主義者を指し示している。「灰色についての考察」や「罪と罰」との関係でいえば、ハイド＝戦争協力者＝黒、ジーキル＝抵抗者（後の戦争責任追及者）＝白という図式も成立する。しかし「敗戦を契機として、ジーキルがハイドとなり、ハイドがジーキルになったにしても、ジーキルであり、ハイドである今日の君は、いささかも価値の顛倒の影響をうけていない」と書かれているように、ここでは戦時中の戦争協力者が敗戦と同時に転向を果たし、民主主義者としての余命を保っていることよりも、むしろ彼らが認識のうえではまったく転向していないことが問題視されている。戦前の戦争協力者がみずからをジーキル＝白、抵抗者（おもにマルクス主義者）をハイド＝黒と一方的に規定して弾圧したように、戦後、今度はかつての抵抗者がみずからをジーキル＝白、戦争協力者をハイド＝黒と自己規定して、その戦争責任を追及している点では同じではないか。戦後、その立場を変えようとも「排中律にすがって性急に『裁断』をくだし、白か、さもなければ黒の世界にまっしぐらに飛びこんでゆく」点においては、依然として非転向のままではないかと批判されているのである。

「ジーキルとハイド」が発表されたのは「真善美」一九四六年八月号。新日本文学会主導の戦争責任の追及や平野謙「ひとつの反措定」の提示など、文学者の戦争責任をめぐる議論が活発に展開されていた時期に相当する。その渦中にあって、戦前のハイド＝黒と戦後のジーキル＝白の「口吻」に共通性が認められることが暴露されている。花田にとって、戦時中の文学者の戦争責任を追及する新日本文学会や新日本文学会を批判する「近代文学」派の「口吻」はかつての戦争協力者の「口吻」と共通するものがあるという点において「いつ果てるともない、灰色の世界を一歩、一歩たどってゆく辛抱強さを欠き、すべての対立の止揚されている、黒または白の世界へ、意気地なくも逃避してしまった人物」のそれにほかならない。「白と黒とのあいだにある、灰いろの無限の系列のどこか」に「罪」の所在を認め、それを「罰」との関係において規定する花田にとっては「罰せられないということが、かれらの罪なのだ」。おそらく、花田は彼らの非転向がはらむ問題点を分析したうえで、その後に訪れるであろう「罰」までも確実に予測していたものと思われる。その点において、花田の指摘は、戦後十年、あらためて問われることとなる文学者の戦争責任、日本共産党の戦後責任としての戦争責任に対する論点を先取りしたような予見性を持っている。吉本に代表される第二期文学者の戦争責任の追及がみずからの非転向については一顧だにせず、戦前と同様の認識のうえに立って活動している共産党やマルクス主義者たちの戦後責任としての戦争責任の追及としてあった以上、それはまさしく彼らに対する「罰」であったのだから。したがって、花田の批判は戦争協力者（ハイド）に対する戦争責任を追及する新日本文学会や戦争協力者から民主主義者（ジーキル）に転向したものの責任を追及した「近代文学」派のような道徳的な立場に対してなされたものではなく、戦前・戦後を通じて、むしろ転向しなかった彼ら自身の認識と態度そのものに重点を置いた批判であったということが出来る。

もちろん、われわれは花田の批判が単に共産党やマルクス主義文学者の振る舞いに対してのみ向けられていると考えるべきではない。「灰色についての考察」や「罪と罰」にふたたび立ち返れば、灰色の世界に罪の所在を求める花田のエッセイが、カントの第三アンチノミーとともにヤスパースの論文「我等に罪ありや」にもとづいて書かれている点を見逃すことは出来ない。矢内原伊作訳「我等に罪ありや——ドイツの自己批判」とは「ヨーロッパ」第八号（一九四八年）に掲載された『責罪論』の部分訳のこと。丸山が『責罪論』を踏まえて戦争責任を追及したのが一九五五、六年であることを考えれば、花田のヤスパースに対する言及はさらに早い。ちなみに本書で引用している橋本文夫訳『責罪論』が理想社より刊行されるのは一九六五年三月のこと。「仮に積極的に戦争を支持していなかったにせよ、あるいはまた、ひそかに戦争にたいして消極的抵抗をつづけていたにせよ、とにかく、ほとんどわれわれ大部分のものの位置は、すべて、白と黒とのあいだにある、灰いろの無限の系列のどこかにみいだされる」「死者・生者の区別なく、かれらの罪と罰」が認められるという花田の言説からは、花田が「罪」を「道徳上の罪」や「形而上的な罪」からもとらえていたことを物語っている。それはジーキルやハイドにのみ当てはまるものではない。「道徳上の罪」や「形而上的な罪」が一般的に罪には該当しないと考えられる人々に対しても向けられたものであるという点からいえば、われわれ一人一人に対しても突きつけられた問題として、それをとらえておく必要がある。

罪と責任の所在を確定すること

ただし、その場合、われわれは「灰色についての考察」や「罪と罰」「笑って騙せ」が発表された時代背景を無視するわけにはいかない。「灰色についての考察」や「罪と罰」が書かれた一九四八年当時は東京裁判が結審し、最終的に天皇の戦争責任が問われなかったことに対して、一部の学者や知識人のあいだでその責任を問う風潮がふたたび現れて来た時期に当たる。すなわち、天皇や東條英機以下の戦争犯罪人など、ある特定の人物の「刑事上の罪」や「政治上の罪」が追及されていた時期に相当する。花田はそのような時期に罪を「灰いろの無限の系列のどこかにみいだされる」と言明することで、万人に該当する罪があることを喚起している。一方、天皇の戦争責任を指摘した「笑って騙せ」が書かれるのは、一九五九年のこと。当時、吉本は共産党やマルクス主義者を念頭に置いて「自由な選択にかけられた人間の意志も、人間と人間との関係が強いる絶対性のまえでは、相対的なものにすぎない」ことを指摘して、罪の所在を万人に該当する次元においてとらえようと試みている。丸山も「無責任の体系」を指摘することで、戦争責任の問題をある特定の個人に対する追及といった次元にのみ帰結させるべきではなく、日本の社会構造全体における問題として把握しなければならないと説いている。いわば、彼らの追及は共産党や天皇の責任を問いつつも、最終的に「道徳上の罪」や「形而上の罪」にまで迫ってゆくものとしてあったということが出来る。そのような時期に、今度は天皇個人の「政治上の罪」や「刑事上の罪」が指摘されている。敗戦直後に提示された「刑事上の罪」や「政治上の罪」に対しては「道徳上の罪」や「形而上的な罪」が対置され、五〇年代後半に提示された「道徳上の罪」や「形而上的な罪」に対しては「刑事上の罪」や「政治上の罪」が対置されるという態度からは、いわゆる花田流の「遊びの精神」(批評精神)が読み取れるかも知れない。

もちろん、敗戦後に書かれた「灰色についての考察」や「罪と罰」と五〇年代の終わりに書かれた「笑って騙せ」のあいだの差異をもって、花田のいう「遊びの精神」に戦争責任を追及するものたちに対するイロニーを見出すべきではない。罪と責任の所在を雲散霧消させようとする悪意を見出すべきでもない。なぜならば、花田にとって、万人に該当する罪を問うことなしには、決して天皇の責任を問うことは出来ないと考えられているのだから。実際、天皇の免責事項が現実のものとなっている状況下において、それでも責任を問おうとするならば、すべてのものは罪深いという普遍的な認識を提示することによって、そのなかには天皇自身もふくまれていることを指摘するよりほかにない。罪は万人に該当するという認識を前提として、各人の罪の次元の確定化の果てに、天皇の罪もまた確定されるという流れに持ち込む以外にはない。その点からいえば、花田のいう「罪」とは、最初から「道徳上の罪」と「形而上的な罪」——特に後者——の次元にあったことがうかがえる(45)。花田はここでカントの第三アンチノミーを念頭に置いているのかも知れない。カントのいうように、この現実世界に「自由」の領域などはあり得ない（誰も罪からは逃れられない）以上、責任とはあくまでも形而上的なもの（統整的理念）にほかならないのだから。第一次戦争責任追及の時点において、花田が「道徳上の罪」と「形而上的な罪」――特に後者――の認識に重点を置いていることからいえば、次の段階はまさに個々人の責任追及の方に重点が置かれるべきである。その場合、もっとも優先的に追及されるべき対象が天皇の戦争責任である以上、戦後十年を経て、あらためて戦争責任の問題が浮上して来たとき、花田が「王様」の責任に触れたことはきわめて自然な展開であったということが出来る。

形而上的な次元を前提として、花田が個々の罪の次元を確定しようと試みている点は興味深い。おそらく、花田は天皇の戦争責任が「政治的配慮」によって免責されることを目の当たりにして「刑事上の罪」や「政治上の罪」にもとづいた責任追及の不充分さ、曖昧さを実感したものと思われる。「刑事上の罪」や「政治上の罪」は、支配者層の政治的な都合によっていくらでも改変・捏造可能なものとしてある。たとえ、それが国際法違反を前提としたものであったとしても、である。たとえば、国際法にもとづいた極東国際軍事裁判に対する批判を取りあげてみても、そのことがはっきりとする。近年、日本国内において、極東国際軍事裁判の正当性を疑問視し、その裁断を無効とするような言説がささやかれている。その言説の多くは、裁判といえども、それは戦勝国が一方的に敗戦国を裁断するというきわめて政治的で恣意性の高いものであったではないかという論調につらぬかれている。その場合、日本の戦争犯罪に対する連合国側の裁断に対して、では、アメリカによる原爆投下は許されるのか、それは国際法に違反する行為ではないのかといった反論がたえず繰り返されていることはよく知られている。そして、実際、多くの一般市民（非戦闘員）を犠牲にした無差別大量殺戮としての原爆投下は明らかに国際法に違反する戦争行為なのである。もちろん、現在のところ、原爆投下に対するアメリカ側からの謝罪はまったくなされてはいない。その責任も問われてはいない。その点一つ取っても、国際法にもとづいた戦争裁判といえども、所詮は勝者の敗者に対する一方的な処断にすぎないではないか、国際法といえども大国の論理によって機能する程度の代物ではないのかという指摘には一定の妥当性がふくまれている。国内法のような狭隘なものではないとはいえ、それが「超国家」という国家の法にすぎないことは間違いない。したがって、もしも「政治的配慮」によって免責されたはずの天皇の戦争責任を問うならば、その政治的な影響を凌駕するような罪の根源的な次元を持ち出して来ざるを得ない。本来的に罪を形而上的な次元において見出すことから出発する以外に、それ以外の「刑事上の罪」や「政治上の罪」の追及はあり得るはずもないのだから。花田の認識は、以上のような罪と責任の根源的な把握から導き出されたものであるといってよい。

6　責任の科学性

罪の内省化と実践のプログラム

罪と責任はまずもって形而上的な次元において把握されなければならない。それを前提とすることなく「刑事上の罪」や「政治上の罪」を追及することに、花田はさしたる意義を見出してはいない。しかし、花田のその態度こそが、吉本には批判されるべきものとしてあったように思われる。吉本からすれば、自分たちの追及を批判する花田があたかも共産党の戦争責任（戦後責任）を擁護する立場に立っているかのように見えてしまっているのである。もちろん、吉本の見解には誤謬がふくまれている。「かれらには戦争責任はないかもしれませんが――しかし、あきらかに戦後責任はあります」という一文からも明らかなように、花田もまた彼らの「罪と罰」を明瞭に指摘しているのだから(46)。「関係の絶対性」や「形而上的な罪」の認識を提示することによって、天皇や共産党の戦争責任を問うという観点だけを取りあげれば、両者のあいだにさしたる違いはないだろう。しかし、マルクス主義陣営の戦後責任を問うことから出発して「内部世界の論理化」へと向かう自己変革の過程に問題の発展的解消があると想定する吉本と「政治的配慮」によって免責された天皇の戦争責任を優先的に問う過程に問題解消の糸口があると考える花田のあいだのへだたりは、やはり大きいものであったといわざるを得ない。それは花田が次のように書いていることからもうかがえる。

ここ数年来、日本における前衛党の無気力が、いっぱんに、政党たのむにたらず、といったような傾向をうみ、大衆団体だけの力で日本の革命が実現できるかのような錯覚をうんだ。そういう錯覚に無縁な活動家たちのあいだにも、当分のあいだ、大衆運動のなかに、おのれを埋没させていく以外に手はない、とあきらめるようなものも出てきた。

わたしのみるところでは、吉本隆明は、その種のニヒリズムに便乗して、浅薄な反共的言辞を弄しているプロヴォカトールにすぎない。かれの戦争責任の追求が、つねにコンミュニストにだけ向けられていることに注目するがいい。わたしは、戦争責任を、つねに戦後責任との関連において、とくに前者よりも後者に重点をおいてとらえなければならないとおもうものであるが、いまだかつてかれは、一度もおのれの戦後責任を問題にしたことがないではないか。

共産党批判もけっこうだが、実践的なプログラムのひきだせないような批判は三文の値うちもないのだ。向坂論文ではないが党の停滞を打破するためには、まず、まっさきに「何から始めるか」が、あきらかにされていなければならない。内部世界の論理化だと? ヘソでもながめていればいいというのか(47)。

ここでは、吉本における戦争責任追及の特徴と問題点が的確に指摘されている。それが共産党の「無気力」に呼応して現れて来た「反共的言辞」であることや「戦争責任の追求が、つねにコンミュニストにだけ向けられていること」「実践的なプログラムのひきだせないような批判」であること、「内部世界の論理化」の必要性が強調されていることなど。なかでも、花田が「わたしは、戦争責任を、つねに戦後責任との関連において、とくに前者よりも後者に重点をおいてとらえなければならないとおもうものであるが、いまだかつてかれは、一度もおのれの戦後責任を問題にしたことがないではないか」と言明し、その追及のなかに吉本自身の戦後責任としての戦争責任が欠落していることを指摘している点に注目したい。批評というものを「オーストラリアの狩の武器、ブーメラングと同様、投げれば、かならず手もとへ帰ってくるもの」としてとらえる花田は吉本の言説が「ブーメラング」として、今度は吉本自身のもとに戻って来る点を突きながら、その問題点に切込んでいる(48)。吉本の戦争責任追及は、確かに「自然」の領域に重点を置いたものとしてある。その点からいえば、吉本の追及には原則的に吉本自身の戦後責任としての戦争責任も内包されていなければならない。「関係の絶対性」のまえでは責任の追及者に対する責任の追及、さらにはその追及者に対する責任の追及という因果関係の連鎖が必然的に導き出される以上、吉本よりも後の世代が今度は吉本自身のそれを追及するという事態が、当然、繰り返されることになる。後発者による先行者に対する批判と追及は、無限地獄のように繰り返される。しかし、すでに指摘して来たとおり、それは責任の所在を無限遠点の彼方へとたえず先送りにするという結果しか残さない。「自然」の領域からは決して責任が導き出せない以上、それは永遠に不問に付されざるを得ない。

もちろん、吉本の批判は罪と責任の解消を目的としたものではない。「関係の絶対性」の提示が、現実には反対に責任の所在を消し去ってしまうというパラドックスを内包するものであったとしても、それまで隠蔽されて来た共産党やマルクス主義者の罪をあぶり出すためには必要不可欠な手続きであったことは否定し得ない。したがって、実際上、問題の本質は花田の指摘するような責任追及の手続きにあるわけではない。むしろ、吉本が戦争責任の問題を「内部世界の論理化」という観点からとらえなおそうとしている点にこそあるのだ。それはまさしく罪の内省化である。しかし、一九五五年を一九三五年の反復としてとらえる花田にとって、戦争責任の問題を「内面」や「道徳」の次元においてとらえることは、それ自体が戦前に流布した「文学」への回帰を目指したきわめて欺瞞的な態度であると考えられている。天皇自身の具体的な政治的責任を問わなければならない局面に「内部世界の論理化」を提唱し、個々人の内面と主体の充実をはかることを優先的に主張する吉本が、結果的に責任追及の動きを挫折に追い込もうとしている点において「反共的言辞」を弄する存在であると見なされている。もちろん、戦時中のマルクス主義者がみずからの犯した罪を自覚し得なかったという事実を踏まえれば、戦後、吉本が自己変革の契機としての「内部世界の論理化」の必要性を強調したことも致し方ない。しかし「はたして芸術家のアヴァンギャルドは、政治家のアヴァンギャルドの眼を獲得するであろうか。むろん、芸術家のアヴァンギャルドは、即座に、政治家のアヴァンギャルドに変貌するであろう――もしもかれらが、いままで、内部の世界にそそいできたような視線を、外部の世界にむかってそそぎはじめるならば」と考える花田からすれば、それがいかなる「実践のプログラム」にもとづいてふたたび内部世界（内面）から外部世界（現実社会）にフィードバックされてゆくのか、現実の諸問題に対して働きかけてゆくのか、その具体的な課題がどこまでも詳らかにされてはいない点において、吉本の言説はやはり罪の内省化の段階に踏みとどまるものでしかなかったと受け止められている(49)。

目的と因果あるいは道徳と科学――自由と自然のアンチノミー

花田はどうやら「関係の絶対性」の強調とその絶対化そのものに吉本が内部世界に固執する原因

があると考えている。その強固な絶対性が反対に主体の側の責任（主体性）を解消させてしまうという危険性をもっとも熟知していたのは、吉本自身にほかならない。したがって、その絶対化に対峙するには、主体の側の「論理化」が強固に果たされていなければならない。内部世界の絶対化は「関係の絶対性」の絶対化の裏返しの結果である、と。したがって、激しい論争のさなか、吉本の蒙を開くためか、花田がわざわざ「自然」と「自由」の関係——カントの第三アンチノミーを提示している点は興味深い。一般に後手後手にまわる自己弁護に終始しているかのように見なされている「ノーチラス号応答あり」のなかで「べつだん、わたしにとっては、有利だとはおもわないけれども」と断りながら、戦時中、みずからが勤務していた「軍事工業新聞」紙上に「責任の科学性」と題した無署名の社説を執筆していたことを披瀝し、それを引用している。

目的の実現のためには実現の過程にたいする因果論的な検討が必要であり、また原因と結果とをたどるためには、そのみちびきの糸として、一定の目的が不可欠である。軍需会社法施行以来、社長は生産責任者と呼ばれることになったが、ここにすこぶる遺憾におもわれることは、これらの人びとの多くが、因果の世界と訣別し、もっぱら目的の世界の住人になってしまったのではないかとうたがわれることである。もちろん、これは自己の責任を痛感し、戦争目的の完遂に専念するあまりのことと考えられるが、目的の把握だけで、目的が実現されるものでないことはいうまでもない。実現過程における因果の系列を無視しては何ひとつできるものではない。いかに目的の世界に安住しようと試みても、因果の世界は亡霊のように追いすがる。目的の世界は倫理の世界であり、因果の世界は科学の世界である。すなわち一般に今日の生産責任者は、その道徳的責任の自覚の点では、ほとんど非のうちどころがないであろうが、その責任の科学的認識の点では大いに欠くるところがあるのである(50)。

そして、一例として、生産責任者の陣頭指揮を取りあげて「生産責任者たるものは、科学的であると同時に、あくまで道徳的でなければならない」と言明、次のように続けている。

なお、最後に問題にしたいのは、生産責任者にたいする政府の態度である。不能率のばあい、責任の所在をあきらかにし、生産責任者の解任を断行していることは、いうまでもなく戦時下における当然の措置である。しかし、そのばあい、政府は、生産責任者の責任を、いかなる観点から追及しているのであろうか。政府もまた、知らず知らず、いっぱんの生産責任者と同様、単に責任を道徳的にのみとらえているのではあるまいか。すくなくとも責任の科学的認識の点においては、なお、すこぶる不十分なものがあるようである。不能率であるとするならば、なにゆえに不能率か、経営の内部へ立ち入り、その原因と結果とを、あくまで仔細に検討すべきである。道徳的責任の所在だけを剔抉し、その原因のほうは不明のままにしておいたのでは、所詮、能率の画期的増大など期待できないことはいうまでもない。

『花田清輝全集』別巻2所収の久保覚編「年譜」によると、花田が軍事工業新聞社に勤務するのは一九四四年初頭のこと。翌年七月の退社までに社説やコラムなどを多数執筆、「責任の科学性」もその一環として書かれている。「自由」と「自然」の領域を峻別するカントの第三アンチノミーが、ここでは「目的」と「因果」あるいは「道徳」と「科学」の関係においてとらえられていることがうかがえるだろう。「目的の実現のためには実現の過程にたいする因果論的な検討が必要であり、また原因と結果とをたどるためには、そのみちびきの糸として、一定の目的が不可欠である」という一節からは、花田が責任というものを「目的」と「因果」あるいは「道徳」と「科学」の両方の側面からとらえようとしていたことを指し示している。したがって、この社説からは花田が責任というものをどちらか一方の領域にのみ見出していたと読み取ることは出来ない。それは責任を「目的」や「道徳」の観点からしかとらえない生産責任者や政府に対する「因果」や「科学」の領域からの批判であり、もしもその反対の場合であれば、花田の批判も「目的」や「道徳」の領域からの批判に変わることになったと思われる。両者は明瞭に峻別されながらも、そのときどきの局面において、ともに必要不可欠な要素としてとらえられているのである。あるいは、このような観点が罵倒の応酬のなかでわざわざ取りあげられていることから推測すれば、それは花田の吉本に向けたアドバイスであり、責任の問題をともに考えるための協同制作の申し入れであったということが出来るかも知れない。「自然」（因果）の領域に固執することで、反対に主体性（責任）が解消されてしまうという危険性をはらむことになった吉本の言説を「自由」（目的）の領域との関係からとらえなおし、より柔軟な「実践のプログラム」に仕立てあげてゆくための密かなたくらみであったのかも知れない。

責任の科学性とは

「自然」の領域にもとづいた責任追及を試みる吉本に対して、花田は責任の所在を「自由」と「自然」のあいだのアンチノミーのなかに見出す。そのうえで「戦争責任のばあいにも、まず、徹底的に追及されなければならないのは責任の科学性ということだとおもう」と指摘し、吉本に対して「データにもとづいて、一歩、一歩、ねばりづよく帰納していく努力が必要であって、そういう手つづきをへて、はじめてそこから実践的なプログラムがひきだせる」ことを教唆している。花田からすれば「内部世界の論理化」に対する志向を前提とする「吉本検事の論告は、要するに、『近代文学』流のヒューマニズムを、擬科学的な言辞によって粉飾しただけのもの」にすぎない。それはみずからが考える「責任の科学的認識」とは一線を画すものであるととらえられている。しかし、戦時中に書かれた具体的なプロレタリア詩を取りあげて、戦争責任の所在を追及して来た吉本からすれば、花田の批判はあまりにも不可解であったに違いない。実際、吉本は花田の批判に対して、次のように反論している。

読者は、とくにヤンガー・ゼネレーションの読者は、この擬装されたデマゴーグの発言にまどわされてはなるまい。これでは、データにもとづいて、ねばりづよく戦争責任論を展開している男が花田で、それを阻止しようとしているのがわたしのようではないか。盗人たけだけしいいいがかりである。乏しいデータを掘りかえしながら、ねばりづよく戦争責任論を展開し、まがりなりにも体系的な骨格をつくってきたのは、わたし（たち）であって、理解あり気なかおをしながら、もっとも強力に論の展開を切りくずしてきたのは、花田のほうであることを忘れてはならない(51)。

すでに見て来たように、実際、吉本は「前世代の詩人たち」や「芸術的抵抗と挫折」において、壺井繁治や岡本潤などのプロレタリア詩人によって書かれた戦時中の作品を具体的に分析することからはじめている。戦時中の抵抗詩人と呼ばれているものたちが、当時、いかに国策的な愛国詩を書いていたか。戦後、一度も自己批判を試みることもなく、ただちに「平和詩人」としての復活を遂げたか。吉本は具体的なデータにもとづいて彼らの欺瞞性を暴露してゆく。その点からいっても、吉本が「乏しいデータを掘りかえしながら、ねばりづよく戦争責任論を展開し、まがりなりにも体系的な骨格をつくってきたのは、わたし（たち）であっ」たと主張するのも無理はない。

花田はなぜ具体的なデータにもとづいた批判を展開している吉本を批判しなければならなかったのだろうか。この場合、花田と吉本、岡本潤のあいだでなされた座談会「芸術運動の今日的課題」における両者の発言を比較すると、花田のいう「責任の科学性」が吉本の考える「表現の責任」とは異なるものであったことが明らかとなる。たとえば、戦争責任をめぐって、吉本が「原則としてまず表現の責任を、書かれたものについての責任を」問わなければならないというのに対して、花田はそれが単なる「物的証拠」にすぎないことを指摘したうえで、重要なのは「その事実に対する意味」の方であると述べている(52)。「その意味は、その表現の置かれた、表現された時代との関連を無視してはできないわけだ」と。「表現というものがあって、その人の持っている問題をみんなあばくわけですよ」と主張する吉本に対して、花田は「非歴史的にしか表現ということがとらえられていない」と批判しながら「作品というものを、一応歴史的な条件との関連においてとらえなければまずいと思う。作品が独立した価値があるというようなことをいっても、実は価値はないんだ」ということを繰り返している。もちろん、吉本が「表現の責任」を問題にするのは、文学作品が「時代」と密接に「関連」しているからにほかならない。吉本がしばしば使う言葉を借りれば、それは「情況」を「表出」している点においてある。したがって、花田が吉本の主張を単なるテクストの自立性のようなものとしてとらえている点は誤解であるといわなければならない。しかしながら、それが「情況」との関係においてしかあり得ない点からいえば、文学作品はやはり最終的に「情況」のなかに回収されるという結末をたどることになる。その場合、問題はやはり個々の主体が「情況」というものをいかにとらえるかという「意味」の方にこそあるということが出来るだろう。さまざまな「物的証拠」を分析し、その背後にひかえる「情況」をいかに読み解くか。「情況」の読解が事後的になされる以上は、読み解く側の主体がそこにいかなる「意味」を見出すかという点において、本来、さまざまなあり方が生じるはずである。にもかかわらず、吉本の場合、戦時中の表現者はあらかじめ否定されるべき対象として言説のなかに位置づけられている。そのことによって、吉本のいう「表現の責任」は現実には非常に狭隘な範疇を指し示しているにすぎない。花田にとっての「責任の科学性」とは、単なるデータにもとづいた「物的証拠」や因果関係（自然）の追及によって指し示されるような「科学性」ではあり得ない。そこでは「物的証拠」や因果関係の追及（自然）とともに、それらをいかにとらえるのかという主体のあり方（自由）が常に柔軟に踏まえられていなければならないのである。

未来のイメージ

もっとも、花田は文学者の戦争責任などにはさしたる関心を抱いていない。天皇個人の戦争責任の追及を最優先に掲げる花田からすれば、文学者の責任を追及する吉本が結果的に天皇の責任追及を回避することに貢献している点において、きわめて政治的に振る舞っていることになる。しかし、一方、吉本からすれば、自分たちの追及に対して「もっとも強力に論の展開を切りくずしてきたのは、花田のほうで」はないか、花田の発言は共産党の責任を回避するために発せられたきわめて政治的な言説ではないかという思いが強くある。「政治」と「文学」の領域を鋭く峻別しつつ「政治」に「文学」を持ち込む態度を徹底的に批判する花田自身が、マルクス主義陣営のイデオローグとして、共産党（政治）に奉仕する存在のように見えている。一九五〇年代以降のマルクス主義陣営の退潮化現象のなかで、かつての勢いは失われたとはいっても、依然として圧倒的な優勢を誇る共産党の支配下において、吉本が自己の単独性と自立性を求めて孤独な闘いを強いられて来た点を鑑みれば、吉本が花田の言説に党のイデオローグとしてのそれを見出したとしても不思議ではないだろう。そして、その点にこそ、吉本の吉本たる所以があったことも事実である。しかし、その点については、結局、互いに水掛け論に終始せざるを得ない。一方が他方の発言を何か（誰か）に奉仕するものとして批判しようとも、そのように発言しているものもまた別の何か（誰か）に奉仕していることになるのだから。むろん、花田は党派的に党を擁護しているつもりはない。むしろ、戦後十数年が経過し、社会がふたたび保守反動化していくという状況下において、何がまず優先的になされるべきかということが前提とされていなければならないと考えているにすぎない。それが批評家としての責務であると見なしている。しかし、逆からいえば、そのためなら、いつでも党を擁護する立場にも立ち得るだろう。もちろん、それは党の絶対化を意味してはいない。吉本との論争よりも数年後に書かれたものではあるが、花田は貿易の自由化を例にあげて「わたしは、いま、日本はターニング・ポイントに立ってるとおもいます」と指摘している。花田は書いている。「国際市場の主要な商品が、重化学工業製品に変化してる現在、はたして日本は、堂々と競争にたえていくことができるでしょうか」と。

とすると、貿易の自由化は、必然に日本の支配階級をして、明治時代以来のかれらの慣用手段である労働力の濫費の上に立つ、ダンピング政策を強化させるにちがいありません。それもうまくいかないとなれば、例によって例のごとく、手っとりばやく戦争に踏みきらせるにきまっています。これが、日本の未来にたいしてわたしのいだいてる暗いイメージであります。批評家は、日本の現在が、そんな未来に転化していくのを、指をくわえてみてるわけにはいかないでしょう。文芸批評家もまた、例外ではありません。そういえば、日本の戦後文学もまた、一種の鎖国文学ではなかったでしょうか。

開国と共に、本当の危機がやってきます。しかし、クリティカル・モーメントがやってくるや否や、トタンにクリティックのいなくなるのが、これまでの日本の現状でした。過去へ逃避したり、現在に密着したりして、ぜったいに未来をみようとはしないのです。もっとも、先だってわたしが、新日本文学会の研究会で日本の機械工業について論じましたら、若い文学者たちは、ウンザリしていたようでした。もっと文学プロパーの問題をとりあげてもらいたかったのでしょう。しかし、わたしは「餅は餅屋」というコトワザを信じません。餅屋は餅屋であって、批評家ではないからです。つまり、未来のイメージがないからです(53)。

事後的に振り返れば、その大胆な予測にもかかわらず、花田の予測が見事に裏切られていることは明らかである。別の意味において、花田の指摘はむしろ資本のグローバル化を迎えた今日のような時代にこそ当てはまるのかも知れないが、ここでは内容の当否が問題なのではない。日本の未来に関する「暗いイメージ」が、まさしく花田を批評に駆り立てているという点に目を向けなければならない。確かに「未来のイメージ」を抱くこととそれを具体的に実現していくこととは別の課題である。吉本ならば、ただ「未来のイメージ」を述べてばかりいるように見える花田は、だからこそ「餅屋」にすぎない存在であると罵倒するところだろう。しかし、花田のいう「未来のイメージ」においては、たとえばどのようなことが想定されているのか。花田はあるべき「未来」をいかにとらえていたのだろうか。

（一九九八年秋・冬）

第Ⅲ章　自立した諸個人の協同性

1　吉本隆明と内部世界の論理化

意識変革と自立の思想

花田は「原点」を過去に求める発想を批判する。花田は次のように書いている。「なかには、原点へかえって、そこへ居すわったまま、永遠に再出発しないものもまた、いないわけではない。とすると、そんな連中は、みずからの過去に恋々として、原点の名において、かれらのノスタルジアを合理化しているだけのことではなかろうか」と。そのうえで、それを「人間のヘソのようなもの」と定義しながら「わたしは、原点という言葉よりも、原罪という言葉のほうに、はるかに深い親近感をもつ」と述べている。

たとえば戦争犯罪といったようなものがある。いまが八月だからというわけではないが、アメリカ人は、広島や長崎で大量殺人をやってのけた。わたしはあの原爆投下は、ソ連の対日参戦が内定したので、機先を制するために行なわれたものだとおもう。したがって、あのときと同じ条件が出そろえば、またしてもアメリカ人は、ためらうことなく、大量殺人をやってのけるであろう。

わたしは、あまりの大惨事にびっくりして、アメリカ人が悔いあらためて平和的になったといったような宣伝を、すこしも信じない。それは、とくにアメリカ人が残酷なためではないのだ。あらためてくりかえすまでもなく、ドイツ人にしても、日本人にしても――いや、もともと、人間そのものが、残酷なのである。

わたしは、その人間の条件反射に抵抗できない弱さを、原罪という言葉で呼びたいのだ。反戦運動とは、平和への決意を吹聴することではなく、国際的な見地から、戦争のおこらないような諸条件を、一歩、一歩具体的に積みあげていくということだ。わたしには、原点に固執してうしろ向きになっているよりも、原罪の自覚の上に立って、未来にむかって働きかけたほうが、まだしも生産的なようにおもわれる(1)。

人のなかにある「残酷」さや「条件反射に抵抗できない弱さ」を認める花田にとって「反戦運動とは、平和への決意を吹聴することではなく、国際的な見地から、戦争のおこらないような諸条件を、一歩、一歩具体的に積みあげていく」ことにほかならない。もちろん、花田は「諸条件を、一歩、一歩具体的に積みあげ」れば、ただちに戦争を抑止することが出来ると楽観的に考えているわけではない。過去の「原点」に固執したまま、何も働きかけないでいるよりは「まだしも生産的」であるといっているにすぎない。人の「残酷」さや「弱さ」は、社会の発達によっては決して解消されない。花田の認識はそのことを前提としている。しかし、花田と対立する吉本隆明からすれば、個々人の内面性を充実させる過程を抜きにしては、花田の言明も実現不可能な要求にすぎないととらえられている。吉本は壺井繁治や岡本潤の言説に「日本的庶民意識」を見出しながら、次のように批判している。

わたしのかんがえでは、庶民的抵抗の要素はそのままでは、どんなにはなばなしくても、現実を変革する力とはならない。

したがって、変革の課題は、あくまでも、庶民たることをやめて、人民たる過程のなかに追求されなければならない。

わたしたちは、いつ庶民であることをやめて人民でありうるか。

わたしたちのかんがえでは、自己の内部の世界を現実とぶつけ、検討し、論理化してゆく過程によってである。この過程は、一見すると、庶民の生活意識から背離し、孤立してゆく過程である。

だが、この過程には、逆過程がある。

論理化された内部世界から、逆に外部世界へと相わたるとき、はじめて、外部世界を論理化する欲求が、生じなければならぬ。いいかえれば、自分の庶民の生活意識からの背離感を、社会的な現実を変革する欲求として、逆に社会秩序にむかって投げかえす過程である。正当な意味での変革（革命）の課題は、こういう過程のほかから生れないのだ(2)。

ここでいう「庶民」とは前近代的な生活意識に根差した生活者、「人民」とはみずからを取り巻く現実社会に問題意識を投げかけ、その変革を志す人々を指すと考えればよい。「庶民」から「人民」へ。その過程にこそ「正当な意味での変革（革命）の課題」が生まれると考えられている。そして、その方策として吉本が提示するものこそ「内部世界の論理化」にほかならない。庶民としての生活感情を「現実とぶつけ、検討し、論理化してゆく」果てに、人民としての意識に目覚める。「内部世界」

を自己意識や内面という言葉に置き換えてみれば、吉本のいう「内部世界の論理化」とは、庶民としての自己意識（内面）を変革（論理化）してゆくことの重要性を説いたものであることがうかがえる。吉本からすれば「戦争のおこらないような諸条件を、一歩、一歩具体的に積みあげてい」こうという花田の提案も、それに参画する個々人の意識改革が果たされてはじめて成立すると考えられているのである。その限りにおいて、吉本の言明には一定の説得力があったことに疑いはない。しかし、ここで注意すべきは、吉本が「だが、この過程には、逆過程がある」と書いているという点にある。この場合、たとえ「逆過程」として「外部世界」（現実社会）を「論理化する欲求」が生じようとも、それは「論理化された内部世界」の成立——個々人の意識改革が優先的に果たされることを前提としている。しかも、それは「外部世界を論理化する」ための「欲求」にしかすぎないという。「内部世界の論理化」が「外部世界を論理化する」ための「欲求」を生み出す。「欲求」もまた内部世界の産物である以上、吉本のいう「内部世界の論理化」とは「内部世界の論理化」を志向する「内部世界の論理化」——意識変革のための果てしない意識変革の過程としてある。吉本の言説においては「外部世界」（現実社会）を「論理化」（変革）するための具体的な方途といえば「内部世界の論理化」（意識改革）以外には考えられてはいないのである。その点にこそ「ひとりぼっちで、自分のヘソをながめながら、『内部世界の論理化』について思案している吉本隆明」と揶揄する花田の吉本批判の眼目がある(3)。

「内部世界の論理化」とは、個々人の意識変革を優先させるものとしてある。人と人との結びつきよりも、まずは個々人の意識変革が優先される。吉本のこの認識は『言語にとって美とはなにか』のなかの「人間は現実においてばらばらにきりはなされた存在であることを認識したとき、ほんとうは連環と共通性を手に入れ、また不幸にしてこの現実で連環のなかにある存在だとみとめたとき孤立しているのだ」という一節からも読み取ることが出来るだろう。『言語にとって美とはなにか』において、吉本は文学作品のあり方を類からの孤立としてとらえている。正確にいえば、類からの孤立によって、はじめてほかの文学作品とのあいだに連関性が生じると考えられている。

ひとつの作品は、ひとりの作家をもっている。ある個性的な、もっとも類を拒絶した中心的な思想をどこかに秘しているひとりの作家を。そして、ひとりの作家は、かれにとってもっとも必然的な環境や生活をもち、その生活、その環境は中心的なところで一回かぎりの、かれだけしか体験したことのない核をかくしている。まだあるのだ。あるひとつの生活、ひとつの環境は、もっとも必然的にある時代、ひとつの社会、そしてある支配の形態のなかに在り、その中心的な部分は、けっして他の時代、他の社会、他の支配からはうかがうことのできない秘められた時代性の殻をもつ(4)。

吉本によれば、言語には対象物を単に指示表記するための「指示表出性」のほかにも「現実的な与件にうながされた現実的な意識の体験が累積して、もはや意識の内部に幻想の可能性として想定できるにいたった」ものを表出する「自己表出性」という機能がそなわっているという。「言語の指示意識は外皮では対他的な関係にありながら中心で孤立している」が「言語の自己表出性は、外皮では対他的関係を拒絶しながらその中心で連帯している」。したがって、それぞれの文学作品は互いに影響関係を持つことなく、それぞれが孤立していることによって、それぞれの作品に「情況」

が「表出」されているということになる。個々の文学作品が「情況」を「表出」するという考え方は、実践的な観点からいえば、孤立した個々人がそれぞれ「内部世界の論理化」を推し進めることによって、やがては「外部世界の論理化」へといたるという考え方と対応している。たとえば、吉本は次のように書いている。

わたしたちが核心的にいえることは、わたしたちが架空の組織に所属していようといまいと、自らによって立っているということだけである。きみやわたしがもし、じぶんを労働者だとおもいたいし、おもわせたいならば、まず、「団結せよ」ではなく、自身を大きく大きくして世界に耐えなければならない。隣人や同志たちを無効になった次元にもとめたり、少しばかり自身より気がきいているようにみえるイデオローグを求めるよりも、きみやわたし自身を情況に遍在させなければならない。また、きみやわたしが自身を思想者だとおもいたいならば、頭蓋にこびりついた「名分」の一片さえも見落とすことなく投げ落さなければならない。きみやわたしが、つまりわたしたちが、万有とともに保持したいような「労働者」や「思想者」などは、きょろきょろ見渡したところで世界史がじしんの手ですでに捨ててしまったのだから、それは存在しないのである。わたしたちのうちにしか、しかも、それが欠如として自覚されるところにしか存在しないのである(5)。

「社会主義」や「前衛」「知識人」「プロレタリアート」「大衆」など、当時、さかんにとなえられていた既成のイデオロギーや用語を「擬制」としてとらえ、その終焉を一九六〇年の安保闘争のなかに見出した吉本にとって「『団結せよ』ではなく、自身を大きく大きくして世界に耐えなければならない」という「自立の思想」が必然的なものであったことは明らかである。「自立」の提唱はさまざまな社会的関係によって規定された自己を「この私」という単独性のなかにあらためてとらえなおす試みにほかならない。したがって、実践的な社会運動の領域においても「自立組織が各種各様にある求心的な運動をつづけ、脈絡をつけては、核のほうこうへ繰込み、また脈絡をルーズにして各種各様の自律的な運動をつづけながら徐々に結晶してゆくよりほかなかろうさ」という見解が提示されることとなる(6)。それは「前衛」（党）の否定であり、個々人が革命運動の全体に責務を負うという発想の否定である。「烏合の衆はどれだけ集まっても烏合の衆である」以上、既成の前衛政党や政治的なイデオロギーから「自立」した単独者（この私）がそれぞれの問題意識と活動能力に応じて、個別に「内部世界の論理化」を目指す。多数の単独者による試みがやがては「情況」全体に変革（結晶）をうながす。「自立」の思想が既成の「前衛」（党）や政治的イデオロギーからの解放をもたらしたことは間違いないだろう。しかし、単独者がいかに「外部世界の論理化」を果たしてゆくのか、その点をめぐる吉本の見解があくまでも「内部世界の論理化」——意識改革のための意識改革という観点からしかとらえられてはいない以上は、吉本の抱く「未来のイメージ」も彼自身の「内部世界」の願望を表したものにすぎない。

吉本の批評性

もちろん、吉本の認識は、安保闘争を契機に変化したわけではない。その認識は少なくとも「内部世界の論理化」を主張しはじめた一九五五年ごろから段階的に準備されている。一般にいわれるように、もしも吉本のターニング・ポイントが安保闘争の敗北を前後とする一九六〇年代初頭にあるならば、それ以前の吉本の言説からは、以下に指摘するような批評の運動性が読み取れるという点に着目すべきであろう。戦前および戦時中のマルクス主義者の転向問題を検討した「転向論」のなかで、吉本は一九三三年に発表された佐野学と鍋山貞親の転向声明「共同被告同志に告ぐる書」に触れて、次のように書いている。

本多秋五は、『転向文学論』のなかで、佐野、鍋山の転向が、獄中生活の苦痛や日本国家による圧迫強制なしにも、不可避的に、声明書のような内容をもちえたかどうか疑問で、耳を覆って鈴をぬすむ背教者の仕業とみるのが、当時もいまも変らぬ健全な常識であろうと思う、とのべているが、わたしは弾圧と転向とは区別しなければならないとおもうし、内発的な意志がなければ、どのような見解をもつくりあげることはできない、とかんがえるから、佐野、鍋山の声明書発表の外的条件と、そこにもりこまれた見解とは、区別しうるものだ、という見地をとりたい。また、日本的転向の外的条件のうち、権力の強制、圧迫というものが、とびぬけて大きな要因であったとは、かんがえない。むしろ、大衆からの孤立（感）が最大の条件であったとするのが、わたしの転向論のアクシスである。生きて生虜の耻しめをうけず、という思想が徹底してたたきこまれた軍国主義下では、名もない庶民もまた、敵虜となるよりも死を択ぶという行動を原則としえたのは、（あるいは捕虜を耻辱としたのは）、連帯認識があるとき人間がいかに強くなりえ、孤立感にさらされたとき、いかにつまづきやすいかを証しているのだ(7)。

吉本にとって、戦前のマルクス主義者に見られる転向の要因は「大衆からの孤立（感）」にこそある。ここでは、吉本が「大衆からの孤立（感）」を対置することによって、知識人批判としてのマルクス主義者の転向を批判している点に注目したい。それは大衆の側に立った知識人批判としてである。その一方で「前世代の詩人たち」においては、壺井や岡本における庶民性や「庶民的抵抗」が批判的にとらえられている。この場合の庶民とは「転向論」でいわれるところの「大衆」であり、人民とは「知識人」に相応する。人民（知識人）が対置されることによって、今度は庶民（大衆）の側が批判される立場に立たされているのである。それは知識人の立場からの大衆（庶民）批判としてである。

　吉本は大衆の側に立った知識人批判とともに、知識人の側に立った大衆批判を展開する。知識人と大衆の両者をともに批判する態度をとるこの時期の吉本が、いかに活発にみずからの批評精神を発揮させていたかがうかがえるだろう。吉本にとって「大衆の存在様式の原像は、これをどんなに汲みとろうとしても、手の指からこぼれおちてしまうものをもっている」「大衆はまたどんなに意味をつけようとしても、意味のつけようがないといった矛盾をも裏面にはらんでいる」(8)。したがって、みずからを大衆のなかに埋没させ、同化させることは出来ない。しかし、一方、みずからを知識人の一人として位置づけることも出来ない。彼ら――なかでも左翼系文学者や知識人は、戦時中、積極的に戦争に協力していたにもかかわらず、戦後は民主主義文学者や平和詩人のような顔をして振る舞う欺瞞的な存在であったからである。彼らは敵対すべき存在にほかならない。大衆にも同化し得ず、知識人とも敵対関係を結ぶことを余儀なくされた吉本が大衆に対しては知識人の立場からの批判をおこない、知識人に対しては大衆の立場からの批判をおこなわざるを得なかったとしても不思議ではあるまい。その意味において、当時の吉本自身の孤立した状況が大衆と知識人に対する両面批判をなさしめた要因であるということも出来るだろう。しかし、それは吉本自身の個人的な問題とは別に日本の社会構造全体に対してもなされるべき批判としてあったことも間違いない。たとえば、吉本は戦前に試みられた芸術的抵抗が「芸術自体の構造としても、政治的思想との関係においても、日本の絶対主義がもっている『封建性の異常に強大な諸要素』と『独占資本主義のいちじるしく進んだ発展』とに、同時に対決する方法をつかみ出す困難な二面性をもたざるをえない筈だった」と指摘したうえで、前者を「庶民意識」に、後者を「前衛意識」に置き換えてとらえている(9)。敗戦によって、前者が物質的基盤としては消滅しつつも、その「残像」が依然として強固に残っている以上、それらに「同時に対決する方法」としての両面批判は戦後にあってもなされなければならない。それはファシズムを「農本ファシズム」と「社会ファシズム」に分類し、両者をともに批判してゆく態度とも通じている。吉本の認識が戦時中の代表的なマルクス主義国家論である神山茂夫の『天皇制に関する理論的諸問題』における「二重の帝国主義」論を踏まえていることは説明するまでもない。

一九六〇年の安保闘争を経て、吉本は「自立の思想」を掲げるにいたる。吉本が以上のような活発な批評性を発揮するのは、おそらくはそのあたりまでの時期に限られる。それ以前に見られたダイナミックな批評性が『言語にとって美とはなにか』から『心的現象論序説』『共同幻想論』へと続く一連の理論体系の構築のなかにおいて、次第に影をひそめていったことは明瞭に見て取れる。変化の理由としてはさまざまな要因をあげることが出来るだろう。「なんかやっぱり、ちょっと大げさなんだけれども、『言語にとって美とはなにか』以降の自分というのは、自信があるわけよ。(笑)だからやっぱりそういうところ、なにか世界思想というものの中でおれの場所というのはここにあるはずだ、そういうイメージがありますよ」という発言からもうかがえるように、一つの立場にとどまることなく大衆と知識人の両方をそれぞれの立場から批判していた吉本が「世界思想というものの中」に「おれの場所」を見出し、自足してしまったこととも関係があるのかも知れない(10)。そのことは、吉本が「どんなに汲みとろうとしても、手の指からこぼれおちてしまうものをもっている」「どんなに意味をつけようとしても、意味のつけようがない」はずの「大衆の存在様式の原像をたえず自己のなかに繰込んでゆく」という態度からもうかがえる。それは知識人としての自己が大衆を内面化することによって「自立」してゆく過程を表している。以後、吉本は知識人の立場から高度経済成長の影響によって伸長して来た大衆文化やマス・メディアを無批判的に礼讃しながら、それらを「たえず自己のなかに繰込んでゆく」作業に専念する。サブカルチャーから政治、経済、文学、芸術、その他、さまざまな現象が「たえず自己のなかに繰込」まれ、知識人としての吉本の「情況」分析のために貢献（奉仕）している。かつて「前衛」（党）という「名分」を否定し、個々人が革命運動の全体に責務を負うという発想を否定したにもかかわらず、吉本の「繰込」は逆説的に「吉本理論」という全体性を構築するための手段として機能しているのである(11)。しかし、その発端はかつての「内部世界の論理化」という言説のなかにすでに準備されていたものである点を踏まえておく必要がある。社会的諸関係のなかにおける「この私」という単独性を見出しながらも、結局、吉本の言説は自己の「内部世界」に自足することによって、具体的な生産諸関係の変革（外部世界の論理化）に頓挫するという結末を迎えているのである。

2　超越論的な自己とヒューマニズム批判

虚構としての「わたし」あるいは超越論的な自己

「内部世界の論理化」を徹底させる方向にこそ、吉本は大衆が庶民から人民へといたる可能性があると見る。一方、花田は「ひとりぼっちで、自分のヘソをながめながら『内部世界の論理化』について思案している」と批判しながら、吉本を揶揄する発言をおこなっている。花田にとって「外部世界」に目を向けない吉本の主張など、何の意味も持たないものとして退けられなければならない。花田は「ヤンガー・ゼネレーションへ」のなかで、次のように書いている。

まず、吉本隆明の「現代詩批評の問題」（十二月号）ですが、わたしは、そこから、いささかも運動にたいする積極的なプログラムを読みとることはできませんでした。相変らずかれは、「内部世界の論理化」という言葉を呪文のようにくりかえしています。内部世界が論理化されたあとで、外部世界にたいする論理化の欲求がおこらなければならない、というのが『文学者の戦争責任』以来のかれの主張ですが、これは、要するに、人間革命が、社会革命にさきだたなければならない、という戦後一時期流行した俗論を、少々、インテリ向きにいいなおしたものにすぎません。『現代日本の思想』のなかで、鶴見俊輔が、白樺派の「理想主義」を「観念論」と置き換えたのと同じ手くちです。社会革命の停滞期にこういう俗論が再生するのは、当然すぎるほど当然であるとはいえ、わたしは、このヤンガー・ゼネレーションのスチェパンが、ピョートルのような顔つきをして、戦争責任を追求してみたり、民主主義文学を批判してみたり、プロレタリア詩運動を戯画化してみたりするのをみていると、牛と大きさを競おうとして、空気を吸いこみすぎたため、ついに破裂してしまった『イソップ』のなかの蛙を連想しないわけにはいきません。

「内部世界が論理化されたあとで、外部世界にたいする論理化の欲求がおこらなければならない」とする吉本の主張も、花田にとっては「要するに、人間革命が、社会革命にさきだたなければならない、という戦後一時期流行した俗論を、少々、インテリ向きにいいなおしたものにすぎ」ない。実際、石井伸男も「もっぱら『考える』ことで自己変革が可能だという、こうした思想こそ、正当に『観念論』とよばれるべきものである」と指摘して、花田の批判を「さすがに急所をついた鋭いパンチである」と評している(12)。石井はさらにマルクスの『フォイエルバッハ・テーゼ』『ドイツ・イデオロギー』を引き合いに出しながら、吉本のいう「内部世界の論理化」がまずは「意識を変えよ」と主張したブルーノ・バウアー（聖ブルーノ）やマックス・シュティルナー（聖マックス）に代表されるドイツ観念論者たちの言明と類似している点を指摘している。「吉本隆明は、この『生活が意識を規定する』という唯物論的命題とは反対に、バウアーたちと同様に『意識が生活を規定する』と考えていたから、これを『内部世界の論理化』が『外部世界の論理化』に優先すると、いいかえたのである」。いうまでもなく、意識改革の先行性を説くバウアーたちに対して、マルクスは現実の個人が社会的な諸関係の産物であるという点を強調し、その変革なくしては意識改革もまたあり得ないと指摘している。『ドイツ・イデオロギー』のなかで、マルクスは次のように述べている。「意識が生活を規定するのではなく、生活が意識を規定する」のだ、と(13)。マルクスにとって「意識はそもそもはじめからすでに一つの社会的産物」にほかならない。それは「物質的労働と精神的労働の分割が現れてくる瞬間から」「現におこなわれている実践の意識とはなにか別物ででもあるかのように現実的にみずから思いこむことができ、現実的ななにものをもあらわしていないのに現実的になにものかをあらわしてでもいるかのように現実的にみずから思いこむことができ」る。「この瞬間から意識は世界から脱して『純粋な』観想、神学、哲学、道徳等々の形成へ移ってゆく」。したがって「環境の改変（社会変革——引用者注）と人間的活動または自己変革との一致はただ革命的実践としてのみとらえられ」なければならない(14)。花田が「もっぱら『考える』ことで自己変革が可能だ」と考える吉本に対して「いささかも運動にたいする積極的なプログラムを読みとることはできませんでした」と述べるのも無理はない。「意識を変えよというこの要求は、煎じつめれば、現存するものを違ったふうに解釈せよ、換言すれば、それをなにか別の解釈によって承認せよという要求にほかならない」からである(15)。

「内部世界の論理化」をとなえる吉本の主張は、自己という主体を自明のものと見なすことによって成り立っている。さまざまなイデオロギーや政治的な党派性は「擬制」にすぎない。しかし、自分という主体（この私）は確実なものとしてある。したがって、みずからの「内部世界」を「論理化」する方向にこそ自己変革のための正当な課題が見出されるのだ、と。しかし、そもそも自己とは何なのか。花田が吉本の言説に批判的であり続ける背景には「論理化」の前提となる主体に対する根本的な認識の違いがあるように思われる。なぜならば、花田にとって、自己とは次のようなものにほかならないからである。

わたしという一人物のなかには、さまざまなわたしが、まるで身うごきもできないほどぎゅうぎゅうに詰めこまれており、その結果それらのわたしは、たとえ隣りにいるやつの挙動が、すこぶる気にいらないばあいでも、とにかく黙って立ちすくんでいるほかはなく、あたりになぎっているもやもやした不穏の空気さえ無視するなら、わたしのなかのいろいろなわたしは、ほとんどひとりのわたしのように至極おだやかであり、その点、昔からわたしは、詰めこみすぎたお客のため、ふくれあがった胴体を絶えず小きざみに揺すりながら、喘ぎ喘ぎ走っている、近ごろの省線電車さながらの光景を呈しつづけてきたわけだが、それでも時時そのなかのひとりが、他のひとりをあんまり押すなと怒鳴りつけ、肘でこづきまわす程度の事件はあり、これがにらみあったままの売言葉と買言葉の交換となり、稀にはその論戦が、プラットフォームでの取っ組みあいにまで発展するようなこともないではなかった(16)。

実際、現実の個人が社会的な存在としてある以上、自己とは現象的にはさまざまな関係の「束」として存在している。関係性の如何によっては、当然、一個人のなかに互いに「取っ組みあいにまで発展する」ほどに矛盾し、対立するような自己のあり方もまた認められるだろう。大規模な分業による協業や貨幣を媒介とした交換原理にもとづく資本主義的生産様式は、従来の共同体に従属する狭隘な個のあり方を解放と自立化の方向へと導いてゆく。私的所有を前提とした自立した個々人の結びつきは、資本主義的生産様式において拡大し、深められることによって、そのあいだの関係性をより多様なものに発達させてゆく。もちろん、それが多様であればあるほど、個人は互いに矛盾する関係性のなかに置かれることとなる。したがって、生産関係をめぐる「革命的実践」を志す花田にとっては、それが現実の変革に関わるものであればあるほど、その矛盾した関係性を認めるところから出発せざるを得ない。しかしながら、自己というものを社会的諸関係の束として見なすことは、自己の同一性を仮象であると見なす――自己など存在しない――ことを意味しかねない。実際、戦時中、花田は「群論」のなかで、すでに次のように書き記している。「魂は関係それ自身になり、肉体は物それ自身になり、心臓は犬にくれてやつた私ではないか。（否、もはや『私』といふ『人間』はゐないのである。）」と(17)。後に見るように、この一節に花田の「ファシスム組織論」を見出す吉本からすれば、自己の同一性（この私）などは信じていないように見える花田の言説が個人の「内部世界」を捨象し、みずからのあり方を外部の超越的な集団としての前衛党（共産党）の指導に委ねよと説いているかのように見えてしまっているのである(18)。しかし、花田は別に「わたし」などは存在しないと考えているわけではない。花田はさらに続けている。

こういうとき、突然、わたしの頭にひらめいたのは、ワイルドがジイドにあたえた忠告――これからは、わたしという字を書いてはいけない、という言葉であった。正直なジイドが、この言葉を、文字どおりに受けとり、すこぶる不平満々だったことは繰返すまでもないが、法は相手をみて説くべきであり、もしもワイルドが、かれの忠告を次のように表現していたなら、あるいは即座に、ジイドは賛意を表したにちがいないのだ。これからは、わたしという字ばかり書かなければいけない。但し、そのわたしは、あくまで虚構のわたしでなければならない。

つまり、これからは、わたしのなかにひしめきあっているさまざまなわたし――現存在としてのわたしを問題にせず、存在するものの全体を超えるわたし――どこにも存在していないわたしだけに、わたしという字を使えばいい、ということになる。たしかにこういうぐあいにわたしの意味を限定し、遠慮会釈もなくわたしという字ばかり書いてさえいれば、案ずるよりも生むがやすく、読者は、容易に、わたしというものの正体を了解してくれるにちがいない。

そして、最後の一文もまた「わたしの評論におけるわたしのいかなるものであるかをあきらかにしようとした、この一文のばあいもまた、例外ではない」という言葉で締めくくられている。確かに、花田は「わたし」を虚構であると見なしている。しかし、同時に「わたしのなかにひしめきあっているさまざまなわたし――現存在としてのわたしを問題にせず、存在するものの全体を超えるわたし――どこにも存在していないわたしだけに、わたしという字を使えばいい」とも述べている。自己とは、現象的には虚構（仮象）にすぎないが「存在するものの全体を超え」たところには存在している。「わたし」などは存在しないと説いている「わたし」が存在しているように。実はこの「わたし」というものをめぐる超越論的な態度にこそ、花田の批判の際立った特徴が認められる。その指摘は後の章にゆずることにするが、ここでは「内部世界」を自明の前提として「この私」という単独性に固執する吉本に対して、花田が「わたし」という存在を以上のような観点からとらえている点に注意を喚起しておきたい。それは自己の存在を自明の前提とした一種のヒューマニズム批判としての意味合いも持っている。

ヒューマニズム批判の本質

花田が一貫して「わたし」や「人間」という観念を自明の前提としたヒューマニズム的な言説を批判して来たことはよく知られている。しかし、注意すべきは、だからといって、花田は単にヒューマニズムなるものを全面的に否定するだけの反ヒューマニストであったわけではないという点である。「わたし」などは存在しないと説いている「わたし」が存在するように、花田のヒューマニズム批判はむしろヒューマニズムの存立する場を新たに見出そうとする試みにほかならない。たとえば、花田は埴谷雄高の『虚空』を称賛しながら、次のように書いている。

桑原武夫のいうように科学や政治と関係のない「素朴ヒューマニズム」は、シャルル・ブリニエの『偽旅券』(板垣書店刊)をもちだすまでもなく、今日の段階においては、たちまちアナーキズムやトロツキズムに転化し、かえって、反ヒューマニズムの役割をはたすことになろう。

八木義徳の『癋面』(『文芸』)や椎名麟三の『火と灰』(『文芸』)などにあふれている感傷的なヒューマニズムよりも、あるいはモンテルランの『女性への憐憫』(『風雪』)にみなぎっている公然たる反ヒューマニズムのほうが、むしろ日本の読者にとっては、頂門の一針になるかもしれない。ヒューマニズムから脱出するためには、かれらは、一度、みずからの内部の現実を、埴谷雄高のように、徹底的に外部の現実として、とらえてみる必要がある。心理や観念を描きだすために、物質にむかって、肉迫してみる必要がある。元来、物質というやつはナンセンスなものだ。非常に冷酷なものだ。できればかれらは、埴谷雄高から、さらに一歩前進し、そういう物質から出発して、もう一度、心理や観念を、みつけだしてみる必要がある。『フランス知識人の動揺』（『展望』）のなかで、淡徳三郎は、カッスーやヴェルコールのようなヒューマニストたちの、十年一日のような、無限の自由にたいする欲求、型にはめられることにたいする嫌悪について述べている。ヒューマニストというのは、なんとヒューマニズムの公式にがんじがらめに縛られた、不自由で、紋切型の存在であろう。

それにしても、雑誌の編集者たちは、どうしてヒューマニズムにばかり注目するのであろうか。かれらは、真のヒューマニズムが、紋切型のヒューマニズムの否定によってしか、うまれないということを、かつて一度も考えたことがないのだろうか。今日のキリストは、案外、ユダのようなすがたをして、人びとの指弾の的になっているかもしれないのだ。さきにあげたブリニエの『偽旅券』は、その間の事情を、あますところなく描きだしている(19)。

吉本ならば、この一文から、花田における人間性の否定、党イデオローグとしての大衆支配、その主体性と自律性に対する官僚的統制の意志というスターリン主義者としての側面を導き出すだろう。しかし、一読すればわかるように、この一文をもって、花田を単なる反ヒューマニスト、スターリン主義者であると規定することは出来ない。それは「真のヒューマニズムが、紋切型のヒューマニズムの否定によってしか、うまれない」と書かれている箇所からもうかがえる。真のヒューマニズムを確立するためには「素朴なヒューマニズム」「紋切型のヒューマニズム」を否定するところからはじめなければならない。花田にとっての「ヒューマニズム」とは、そのような領域においてはじめて見出される。

花田は指摘する。「素朴なヒューマニズム」「紋切型のヒューマニズム」は「今日の段階においては、たちまちアナーキズムやトロツキズムに転化し、かえって、反ヒューマニズムの役割をはたすことになろう」と。実際、自己の内面や良心に固執し、具体的な「革命的実践」を忌避する態度は現実の党や組織、運動体を否定するという意味において、アナキズムの立場に立っているということが出来る。もちろん、一般に誤解されているように、アナキズムは他者との連帯を全面的に拒否する思想ではない。自己の内面性や良心、欲求はあくまでも堅持したうえでの個々人の連帯は想定されている。たとえば、シュティルナーの主張するような「エゴイストの連合」のように(20)。ある意味において、吉本の「内部世界の論理化」を「外部世界の論理化」に反転させると「エゴイストの連合」のようなものとなる。しかし、それは個々人の内面性や良心、欲求を先行させたうえでの「連合」にほかならない以上、やがては個々人の欲求が勝る結果を生み出してしまう。個々人の欲求の追求として「汝の必要とするものを掴み、取れ」という「万人にたいする万人の闘いが宣せられ」(シュティルナー)てしまう。その点において、アナキズム(ヒューマニズム)とはエゴイズムの裏返しの表現にほかならない。実際、花田自身も「資本主義の精神」をカルヴィニズム(ヒューマニズム)とマキャヴェリズム(エゴイズム)のなかに求めつつ「ヒューマニズムとエゴイズムとは、一応対立するようにみえるにせよ、結局、ともに共通の目的に奉仕しているのではなかろうか。そうして、いずれも否定的な役割をはたしているのではないか」と指摘している(21)。確かに、吉本は「自立」した個人がそれぞれの関心領域において「内部世界の論理化」を推し進めれば、やがては全体の「情況」に変化をもたらすことになると説いている。しかし『団結せよ』ではなく、自身を大きく大きくして世界に耐えねばならない」と考える個々人がそれぞれ「自身を大きく大きくして」ゆけば、いったいどういうことになるのか。それは個々人のエゴイズムの増大を促進させるだけのことではないのか。吉本のそれが「エゴイストの連合」と見なされる所以である。その点からいっても、花田がみずからの構想する「革命的実践」をいかなる観点からとらえていたかという点が検討されなければならない。

3　先行する「運動」の領域

内面的領域の括弧入れ

花田は「実践のモメント、運動のモメントのぬけ落ちているところで、どうして『内部世界の論理化』と『外部世界の論理化』とが対応することができましょう」と書いている。花田にあっては、意識改革よりも「実践のモメント」や「運動のモメント」が先行されなければならないと考えられている。花田は次のように書いている。

わたしは、今日、芸術というものは、芸術運動のなかからうまれるものであり、しかもその芸術運動は、政治運動ときってもきれない関係にあると考えています。したがって、運動という観点をぬきにした批評の基準など、わたしにとっては、まったく無意味です。そういうわたしの眼には、政治家の仲間からは、さっさと芸術家になってしまえばいいと陰口をきかれ、芸術家の仲間からは、要するに、あいつは政治家さ、などといってボイコットされているあなたが、典型的なヤンガー・ゼネレーションのチャンピオンのようにみえました。しかし、近ごろ、二、三の大学へいってみておどろきましたが、あなたのようなタイプは、もはやどこにもみあたりませんでした。とりわけ東大のばあいなどは、ひどかった。これは、一つには、五月祭の太宰治の『人間失格』を中心とするゼミナールだったので、センチメンタリストたちが、特別、どっさり、集っていたためかもしれませんが、愛だとか、誠実だとか、罪の意識だとか――おそろしく現実ばなれのしたテーマについて、ボソボソとしゃべっているのでクサってしまいました。同行していた平野謙が、少し聴衆をあったためてください、とわたしにささやくので、いささか機械的にわたしが反対意見をだしますと、リポーターが昂奮して立ちあがり、いったい、愛を否定して、革命が成功するでしょうか、とわたしにむかってくってかかりました。そこでわたしは、人間と人間とをむすびつける主要なモメントは、かれらのあいだにみいだせる共通の課題であり、仕事であり、運動であって、その間に愛といったようなものもうまれるかもしれないが、それはあくまで運動の副産物にすぎない、と説明しました。しかし、わたしのいうようなイムパーソナルな人間関係は、相手には、少しも通じなかったようです。どうやら『悪霊』のばあいとは反対に、いまの日本では、ピョートルが父の世代を――そして、スチェパンが子の世代を代表しているような気がわたしにはしました。

「愛」や「誠実」「罪の意識」といった内部世界（内面）の属性に対して、花田は「かれらのあいだにみいだせる共通の課題」や「仕事」「運動」（なかでも社会運動）にもとづいた「イムパーソナルな人間関係」を優先的に重視する。もちろん、花田は「愛」や「誠実」「罪の意識」を否定しているわけではない。それらは単に「運動」に先行するべきではないといっているにすぎない。したがって、その点をとらえて、花田が内部世界に関わる一切の要素を否定していると決めつけることは出来ない。花田の批判の眼目は「運動」や「政治」がそれ自体の固有の原則においてとらえられなければならないという考え方にある。戦時中、花田は「政治」のあり方に関して、すでに次のようなことを述べているのだから。

しかしながら、死者一人であったというマキャヴェリの淡々たる『アンギアリの戦』の記録も、その合理主義の猛烈さの点において、決してレオナルドに劣るものではない。こちらは真向からフィレンツェ人の愛国心に挑戦しており、その戦争におけるかれらの戦略戦術のまずさ加減から、戦後にかれらのはたらいた掠奪暴行の末にいたるまで、さりげない調子で事こまかに叙述の筆をすすめながら、いかにかれらの勝利が愚劣極るものであったかを描きだしている。マキャヴェリの狙いが、単に事実を事実として示すことにあったのではなく、人間の情熱のなかで最も非合理的な、政治的情熱の合理化にあったことはいうまでもない。レオナルドが物理的自然にたいして試みたように、「政治的自然」を対象とする科学を樹立し、そこから合理的な政治的技術を引きだすこと——これがマキャヴェリの生涯の念願であった。『フィレンツェ史』一巻は、かつて我々の祖先が、その法則のいかなるものであるかを知らず、原始的自然の暴圧下に脆くも屈服していたように、現に政治的自然の魔圏のなかにあって、思う存分、自然のために鼻づらをとって引き擦り廻されている、みじめな我々の姿を如実に伝えている。要するに、合理化とは、レオナルドのばあいであれ、マキャヴェリのばあいであれ、自然からの解放以外のなにものでもないのだ。解放は合理的実践によってのみもたらされる。しかるに、合理的実践の代りに、実践の合理化——実践の論理的な基礎づけにのみ忙殺されているのが、巷に氾濫している所謂合理主義というものの性格であった(22)。

花田にとって、マキャヴェリズムとは単なる冷酷非情な権謀術策主義ではない。マキャヴェリ自身が『君主論』において「政治」というものを道徳上から区別された固有の領域としてあることを述べているように、それは無規則・無原則で非合理な「政治的情熱」や「政治的自然」に対して「科学」としての「政治」の領域を確定することを目指したものにほかならない。その点からいえば、花田の認識は「政治と文学」論争の渦中に「一匹と九十九匹と」を発表した福田恆存の認識と通じるものが認められる。福田もまた「政治」と「文学」という対立に対しておのおのの領域を厳しく峻別することを提唱し、その二者択一的な思考方法を徹底的に批判している。

「運動」の領域に「愛」や「誠実」「罪の意識」などの要素を先行させることに反対する花田の意図は、マキャヴェリにおける「政治」と同様に「運動」という領域の確定化という点にこそあったというべきであろう。それは「愛」や「誠実」「罪の意識」を括弧に入れることによって「運動」の領域を浮かびあがらせ、確定化する試みとしてある。もちろん、括弧に入れるということは対象を否定したり、排除することとは異なる。別の局面においては、必要に応じて、逆に括弧がはずされなければならないのだから。実際、「愛」や「誠実」ならまだしも、現実の社会運動において、本来、ともに協同すべき関係にある運動者同士が互いに憎悪や嫌悪感などの個人的な感情を先行させてしまっては、運動そのものが挫折してしまう危険性が高まる。運動を前進させ、成功に導くためには、その障害となる可能性のある個人的な感情や内面性はひとまず括弧に入れられなければならない。繰り返していうが、それは個々人の感情や内面性を排除、消去することではない。花田のいう「インパーソナルな人間関係」とは人間性の否定を意味するものではなく、その限りにおいて考えられなければならない。それは自分以外の他者との関係性の重視を意味している。他者との協同なくして、社会運動の前進はあり得ない。その点について、花田はみずからが発起人を務める「記録芸術の会」発会式のときのエピソードに触れながら、次のように記している。

もっとも、最近のヤンガー・ゼネレーションは、綱領・規約などには、あんまり興味がないらしい様子です。発会式の夜、数人の退席者が出ましたが、それは、かれらが、綱領・規約に不満だったからではなく、かれらの考えでは、芸術至上主義の立場に立っている村松剛が、発起人の一人に名前をつらねているからだったのです。村松剛は、わたしの本が出るたびごとに酷評を加える生意気な人物であって、わたしもまた、かねがね、面白くない感情をかれにたいしていだいていたのですが――しかし、前にもいったように、運動というものは、インパーソナルな人間関係です。同人雑誌でもやろうというばあいなら、パーソナルな人間関係も問題になるでしょうが、運動の組織というものは、仲よしクラブのようなものではありません。ところが、いっぱんには、仲よしクラブのようなものが純粋で、運動の組織というようなものは不純だと考えられているようです。伊藤整の『組織と人間』なども、そういったものの見かたによってつらぬかれています。しかし、それは、実は、まったく本末転倒したものの見かたではないでしょうか。わたしは、綱領・規約を承認し、すすんで協力しようという村松剛が会員であることに、なんら反対すべき理由をみいだすことができませんでした。

花田が「発会式の夜、数人の退席者が出ました」と書いているのは、評論家の村松剛の参加をめぐって議論が紛糾し、武井昭夫や吉本隆明、奥野健男、大西巨人、清岡卓行、井上光晴が発起人会に加わることを拒否、退席したことを指し示している。しかし、花田にあっては、たとえ相手が「面白くない」人物であろうとも、彼が「綱領・規約を承認し、すすんで協力しようと」している以上は、決して排除することは出来ない。実際、思想的な立場からいって、当の村松が花田とは対極に位置すべき人物であったことは、村松自身の言説からも容易に見出すことが出来る。しかし、他者との協同にもとづいた「運動」の領域においては、当該の綱領や規約が遵守されなければならない以上、相手が「面白くない」人物であるという理由だけで彼を排除することは許されない。自分とは主義主張が異なるという理由だけで相手を排除していては、他者との協同性を保つことなど到底不可能なことだからである。その点からいっても、花田がみずからの内面的領域と実践的領域を厳しく峻別していたことがうかがえる。もちろん、この場合、当事者の一人である武井昭夫が、当時、自分たちの知らないところで決められた村松の入会に対して「話し合って決めたことを相談もなしに変えるというのはおかしい、非民主的ではないか」と詰問したことを回想し、退会の原因を「手続きの問題」に求めていることと花田個人の思想的特徴を探究することとはまた別の問題である(23)。

村松剛の入会の是非をめぐって、花田と吉本は決定的な対立関係に入ってゆく。もっとも、吉本が真に複数の人々との協同性にもとづいた芸術運動を認めていたかどうか、それはさだかではない。たとえば、吉本は花田に対する反論として書かれた「芸術運動とは何か」のなかで「わたしたちには、芸術運動にたいする不信があるらしいが、それは、おそらく戦争がわたしたちに芸術自体と実行自体を徹底的に尊重する習慣をうえつけるとともに、政治家からは芸術家の仲間と思われ、芸術家からは政治家の仲間とみなされる態のオールド・ジェネレーション好みの不徹底な人物を、徹底的に侮蔑する術をも体得させたためなのである」と言明している。吉本のこの一文からもうかがえるように、吉本は「かれらのあいだにみいだせる共通の課題」や「仕事」よりも他者に対する「侮蔑」といった個人的な観点から「運動」というものをとらえている。現実的にいえば、吉本のこの認識のどこから「運動」という領域を見出せるのか、はなはだ疑問であるといわざるを得ない。「内部世界の論理化」（意識改革）に固執し、安保闘争の敗北を契機に「自立の思想」をとなえるにいたった吉本が、当初の段階から他者との協同にもとづいた実践的な社会運動にいささかも積極的な関心を抱いていたようには思われない。後の「自立の思想」は、このときすでに準備されていたということが出来るかも知れない。

対話的空間＝論争の時代

一方、後年になってもなおみずからのことを「芸術は、芸術運動のなかからうまれると信じきっている馬鹿」と称していた花田が、その生涯にわたって、主義主張の異なる他者との協同にもとづく「運動」の領域に固執していたことは注目するに値する(24)。一九三九年九月、中野秀人とともに結成した文化再出発の会を皮切りに戦後の新日本文学会、総合文化協会、夜の会、記録芸術の会など、花田の活動の歴史が芸術運動の歴史であったことに疑いの余地はない。しかし、それは花田がそのような状況を意図的に形成しようと努めていたということを意味しない。「運動」の展開に対する現実的な下地が同時代に存在していたからこそ、花田の芸術運動もまたあり得たのではないか。たとえば、そのことは、当時、さまざまな論争が共時的に展開されていたことからも読み取ることが出来る。臼井吉見監修『戦後文学論争』を繙くと、戦後十年間の文学論争に限っても、主体性論争や文学者の戦争責任論争、戦後版「政治と文学」論争、第二芸術論争、星菫派論争、近代主義批判論争、知識人論争、風俗小説論争、チャタレイ論争、『異邦人』論争、国民文学論争、『真空地帯』評価をめぐる論争などさまざまな論争が繰り広げられていたことがうかがえる。それはさながら論争の時代であったといってよい。そもそも、花田－吉本論争そのものが文学者の戦争責任論争に端を発して立ち現れて来たものにほかならない。いうまでもなく、論争とは主義主張を異にしたさまざまな発言者が対立しながらも共存している状態を指し示す。それはさまざまな他者が共存する対話的空間としてあり続けている。いわば、論争もまた他者との協同にもとづいた「運動」の一種にほかならない。したがって、この場合の「運動」の重視は、将来的な展望にもとづいた花田個人の理念（理想）を語ったものではない。それはいままさに存在している現実の社会的条件を踏まえた言説としてとらえられなければならない。

もっとも、花田はみずからを取り巻く同時代的な状況をロシア革命当時のソビエト連邦の状況と照らし合わせて考えていた節が認められる。「転形期の精神」をとなえ、主義主張の異なるさまざまな他者との共存と対話関係を重視しながら、芸術運動の推進をもくろんでいた花田にとって、敗戦直後にはじまる論争の時代はロシア革命を挟んだ前後十数年間に展開されたさまざまな前衛芸術運動の時代と重ね合わせて認識されている。一九二〇年代後半のスターリン独裁体制にともなう社会主義リアリズム論が確立されるまでのソ連にあっては、文学や芸術、音楽、演劇、映画、建築、その他さまざまな分野において、アヴァンギャルドや未来派、シンボリスト、フォルマリスト、あるいはトロツキーに代表される政治派などの主義主張を異にする芸術家や政治家が現実的な対話的交流を深めながら、ジャンルを越えた横断的な芸術運動を展開している。諸ジャンルの対話的交流と「総合芸術」を提唱する花田の『アヴァンギャルド芸術』が、たとえば、マヤコフスキーやエイゼンシュテインに言及している点からもうかがえるように、花田におけるロシア・アヴァンギャルドや前衛芸術運動の圧倒的な影響力を無視することは出来ない。その点からいえば、花田の「マルクス主義」は、当時のマルクス主義者が信奉していた理論や言説とは明らかに異なる出自を持っている。文学の領域を取っても、それは決して蔵原惟人や宮本顕治の影響下から現れて来たものではない。一九一〇年代後半から二〇年代前半のロシアおよびソ連の芸術運動に見られるように、それはむしろ一義的で超越的な理論や言説の支配し得ないポリフォニックな対話的空間のあり方——いいかえれば、横断的で相互批評的な関係性そのものに影響を受けている。他者との協同にもとづく「運動」の重視。もちろん、他者との協同は、花田がマルクス主義やコミュニズムというもののあり方をいかにとらえていたかという点と密接に連関している。

4　非意味としての他者との協同

物自体としての外部世界

花田は他者との協同性にもとづいた「運動」の領域を重視する。しかし、それは決して個人的な感情や内面性（内部世界）を否定することを意味しない。そのことは花田の考える芸術論からも見出すことが出来る。花田にとって「創作方法の問題は、また世界観の問題でもある」のだから(25)。「世界観」のなかには、当然、みずからの「運動」に対する考え方もふくまれている。花田は次のように書いている。

わたしが、人間中心的な見方を捨て、もっと即物的にならなければならないといっているのは、むろん、客観だけが大切で、主観のほうはどうでもいいと思っているからではない。超現実主義者のダリは、かれの作品を、想像的な世界の手製の色彩写真だと称し、「主観描写」を問題にするがゆえに客観へおもむき、即物的な表現技術をつくりだした。わたしは、ダリとは逆の立場に立ち、「客観描写」を重要視するがゆえに、主観を閑却してはならないと考えているのだ。したがって、ダリのいわゆる客観は、客観的でありながら、しかも主観的だが――しかし、わたしのいわゆる主観は、主観的であるにもかかわらず、同時に客観的でもあるわけである(26)。

「アヴァンギャルド芸術を否定的媒介にして、社会主義リアリズムを超える」という花田の前衛芸術論の一節である。引用文からもわかるように、花田は決して主観（内部世界）を軽視しているわけではない。主観（内部世界）は客観（外部世界）との関係において、むしろ必要不可欠なものとしてとらえられている。なかでも、花田の場合、両者が次のような関係のもとにあることに注目しなければならない。

意識とは、意識された存在にほかならない。しかし、存在には、外的な存在と内的な存在とがあり、むろん、後者は前者によって規定されているが、両者はいずれもおのれのなかに、いまだかつて意識されたことのない暗黒の部分をふくんでおり、われわれの手によって、その不明の部分を一歩、一歩、あきらかにされてゆくのを待っているのである。――いや、あきらかにされまいとおもって、必死になって頑張っている、と、いったほうが、いっそう、実状に即しているかもしれない。これらの現実――人間のそとにある現実と、人間のうちにある現実とを統一し、現実そのものの正体に肉迫するのが、人間の実践というものなのであろう。『トルクシプ』の字幕ではないが、現実は頑強である。しかし、人間は、それにもまして頑強である(27)。

この場合、「外的な存在」は外部世界、「内的な存在」は内部世界にそれぞれ置き換えることが出来るだろう。花田は内部世界が外部世界によって「規定されている」と考える。別の箇所では「規定」が「反映」や「対応」という言葉で表されている。ここではその妥当性については問わない。むしろ、注目すべきは「両者はいずれもおのれのなかに、いまだかつて意識されたことのない暗黒の部分をふくんで」いると書かれている点である。花田によると「人間のそとにある現実と、人間のうちにある現実とを統一し、現実そのものの正体に肉迫するのが、人間の実践」にほかならない。「そとにある現実」とは「物自体」（カント）に、「うちにある現実」とは「無意識」（フロイト）にそれぞれ対応している。すなわち、「実践」を通して、外部世界における「物自体」と内部世界における「無意識」にそれぞれ「肉迫」することにこそ芸術の本質があると考えられているのである。シュールレアリスムなどに代表されるように、花田は二〇世紀前半のアヴァンギャルド芸術が内部世界の「現実」（無意識）を表現することにあくまでも固執し、外部世界における「現実」（物自体）を描くことを等閑視して来たと批判する。花田によると、むしろこれからの芸術は物自体としての外部世界に関心を払わなければならない。「外部の世界もまた、内部の世界と同様――いや、内部の世界にもまして、スリルやサスペンスにとんでいるかもしれない」のだから(28)。花田はセザンヌの描く「いささかもわれわれの食欲をそそらない、反エピキュル的な幾何学的図形の一種にすぎ」ない林檎をダリの「物理的重力によって裏づけられた超物質的林檎」と対比させながら「『超物質的林檎』などというと体裁はいいが、要するに、林檎の皮をかぶった理知を、林檎の皮をかぶった本能によって否定したがっているにとどま」ると批判している(29)。花田にとって「内部の世界を、即物的に外部の世界をとらえることによって表現しようとする」ダリは「林檎の感覚を林檎そのものと思いこみ、われわれの主観から独立した、林檎という物体の客観的存在を、いささかもみとめない」「典型的な観念論者」であるバークリーとさしたる違いはない。「たしかに、かれは、内部の世界と外部の世界とのあいだの断絶を意識していない。いや、むしろ、断絶を意識しないほど、おのれの夢に憑かれることを愛している」と考えられている。

あるがままの林檎は、本能的な林檎と同様、われわれの理知を超越しており、いまだかつて誰からも、あますところなくその正体をとらえられたことはないにもかかわらず、今日、そのすがたを執拗に思い描いてみようというひとのほとんどいないのは、まったく不可解というほかはない。もっとも、かくいえばとて、わたしは、自然主義へ帰れ、というのではない。あるがままの林檎のすがたに肉迫するためには、セザンヌの林檎やダリの林檎もまた、大いに参考になろう。要するに、わたしは、内部の世界と外部の世界との関係を、その差別性と統一性においてとらえた上で、これまで内部の現実を形象化するためにつかわれてきた、アヴァンギャルド芸術の方法を、外部の現実を形象化するために、あらためてとりあげるべきではないかと思うのである。さもなければ、わたしには、あるがままの林檎のすがたが、われわれの眼にふれる機会など、永久にこないかもしれないという気がするのだ。

カントの「物自体」

「あるがままの林檎」とは、物自体としての林檎を指し示している。『純粋理性批判』のなかで、カントは時間と空間の認識を「純粋直観」であると指摘し、それらがわれわれにア・プリオリにそなわっている主観的な感性の形式であると説いている。カントは「これまで、我々の認識はすべて対象に従って規定されねばならぬと考え」られて来たと述べている(30)。しかし、実際には「(感官の対象としての)対象は」「我々の直観能力の性質に従って規定される」。対象はつねにわれわれの主観の側にア・プリオリにそなわる時間と空間の形式を通してとらえられる。われわれは感性と悟性という二つの働きによって、対象を認識する。「感性によって我々に対象が与えられ、また悟性によってこの対象が考えられる〔思惟される〕」。したがって、われわれが認識し得る対象は、われわれの感性と悟性によって構成された表象（仮象）にすぎない。カントのいう「物自体」（可想的存在）とは、われわれの認識し得る対象としての「感覚的存在」（現象的存在）に対して、われわれの認識の範囲のおよばない対象としてあり続けている何かなのである。カントは「物自体」と「感覚的存在」を厳しく峻別している。したがって、実は物自体が積極的に存在するといういい方は矛盾をはらむこととなる。実際、カント自身、それは「消極的にしか使用せられ得ない」と述べている。「我々は、蓋然的には現象の領域よりも遠くへ達するような悟性をもつにしても、感性の範囲外で我々に認識を与えるような直観、従ってまた悟性が感性を越えて実然的に（assertorisch）適用され得るような直観はもとより、可能的な直観の概念すらも持ち合わせていない」以上は「感性の範囲外で何か積極的なものを設定するわけにはいかないの」だから。消極的ながらも、物自体は存在すると見なさなければならない。しかし、物自体を認識することは出来ない。それを認識した時点で、対象はすでに「感覚的存在」（現象的存在）となってしまっている。感性と悟性の働きによって、われわれは認識し得るものしか認識することが出来ない。この場合、われわれは、カントが物自体を積極的に存在すると見なす合理論（唯物論）とすべては主観によって構成された仮象にすぎないとする経験論（唯心論）のあいだに立たされている点に注意しなければならない。カントの「物自体」論とは、合理論に対しては経験論的な立場に立ち、経験論に対しては合理論的な立場に立つようなものとしてあり続けている。

非意味としての他者

セザンヌの描く「理知」としての林檎は、悟性の働きにのっとった合理論的な立場から描かれている。一方、ダリの描く「物理的重力によって裏づけられた超物質的林檎」はバークリーの観念論との関係が指摘されているように、あくまでも感性の形式にのっとった経験論的な立場から描かれている。花田はそれらに対して「あるがままの林檎は、本能的な林檎と同様、われわれの理知を超越しており、いまだかつて誰からも、あますところなくその正体をとらえられたことはない」と書いている。実際、花田のいう「あるがままの林檎」をカントのいう物自体としての林檎という観点からとらえれば、セザンヌ（悟性）によっても、ダリ（感性）によっても、それらは認識上の「二つの根幹」（カント）にすぎない以上、「あるがままの林檎」をとらえることは不可能であるといわざるを得ない。もちろん、物自体を認識することは出来ない。したがって、花田の意図はあくまでも物自体に「肉迫」する点にある。物自体に「肉迫」する態度こそがきわめて重要であるととらえられているのである。その場合、花田が「あるがままの林檎」を「ナンセンス」という言葉によってとらえなおし、物自体の対象の幅を広げようとしていることは明らかである。花田は書いている。「ナンセンスとは、センスの否定であり、グッド・センス（あるいはボン・サンス）のアンチ・テーゼであって無意味というような訳語ではかたづけられない重大な意味をもっている」と(31)。その典型的な例として、花田はゴーゴリの小説『鼻』をあげながら「ゴーゴリの提起した問題は、まだわが国の読者には、正当にうけとられてはいないようである」と指摘している。「要するに、ナンセンス以外のなにものでもない話から、強いて辛辣な諷刺や深刻な皮肉をみつけだそうと躍起になっているのは、いったい、どういうつもりなのであろう」と。

どうやら、かれらは、ゴーゴリの『鼻』が、文字通り、われわれの鼻を指しているにもかかわらず、実は、それが、鼻ではなく、なにかもっと意味深長なものの象徴だと、頑固に信じこんでいるらしいのだ。そこで、かれらは、眉を八字によせながら、謎々でもとくような意気ごみで、「鼻」の研究にとりかかる。そうして、かれらは、得々として、ゴーゴリの実存哲学を発見したりするのである。むろん、その発見は、発見の名に値いしない。ゴーゴリにしろ、キェルケゴールにしろ、サルトルにしろ——誰だって、不意に自分の鼻が消えてなくなれば、絶望して、「無のなかに投げだされる」にきまっているのだ。

かならずしもわたしは、かれらが、観念や思想や哲学に熱中するのを非難するものではない。しかし、わたしには、どうしてかれらが、かんじんのゴーゴリの笑いを——微笑でも、苦笑でも、微苦笑でも、嘲笑でもない、腹の底からほとばしりでるようなゴーゴリの哄笑を、ほとんど無視して顧みようとしないのか、いっこう、わけがわからない。

ゴーゴリは、観念を描くために物質を問題にしているのではない。物質そのものを描くために、観念を問題にしているのだ。物質とは、本来、ナンセンスなものである。したがって、ゴーゴリの作品のなかにみなぎっている笑いは、ナンセンスなものによってひきおこされる笑いなのだ(32)。

たいていの人は、ゴーゴリの『鼻』には「なにかもっと意味深長なものの象徴」が書き込まれているに違いないと考える。そのうえで、そこから「辛辣な諷刺や深刻な皮肉」を読み取ろうと試みる。いいかえれば、ある日、突然、発生した鼻の喪失という珍事件に「諷刺」や「皮肉」「意味深長なものの象徴」「実存哲学」といった「センス」(意味)を与えようと試みる。しかし、花田はいう。「誰だって、不意に自分の鼻が消えてなくなれば、絶望して、『無のなかに投げだされる』にきまっている」ではないか、と。花田にとって、鼻の喪失は何かに対する「諷刺」や「皮肉」などではない。単に人を「無のなかに投げだ」してしまうナンセンスな事柄としてある。その意味からいえば、いわば、ナンセンスとは「無意味」ではなく「非意味」であるというべきである。「無意味」と「非意味」は異なる。「無意味」はあくまでも「意味」に対する「無-意味」という「意味」の一種にほかならない。それに対して、「非意味」は「センス」(意味)の否定(ノン)としてある。それはまさしく「センス」(意味)が「無のなかに投げだされ」る状態を指し示している。鼻の喪失という珍事件に対して、人は何かしらの意味を与え、解釈をほどこさなければ気がすまない。サルトルの『存在と無』を引き合いに出すまでもなく、元来、人はみずからを「無」=「非意味」(ナンセンス)の状態に置くことには耐えられない存在である以上、それが因果関係を超えた「突然」の事態であるにもかかわらず、人はそこに何らかの「意味」(因果関係)を与えなければ、不安で仕方がない。いいかえれば、ナンセンスに触れるということはそれに直面し、決して退かないこと、それにひたすら耐えることにほかならない。われわれは決してナンセンスを「意味の体系」の圏内に回収(内面化)することは出来ない。それはまさしく物自体としての属性を兼ねそなえているといってよい。

外部世界に「肉迫」することは、ナンセンスとしての物自体に耐えることを意味する。「運動」という側面から見た場合、それは他者との協同による外部世界への「肉迫」だけを意味しない。他者との協同性そのものが外部世界の属性としてあると見なされるべきである。すなわち、その場合、ナンセンスとしての物自体とは、他者のことにほかならない。われわれは他者を内面化することは出来ない。それは他者との関係を内面化することが出来ないことを指し示している。しかし、他者から逃れることも出来ない。「運動」が具体的な協同の意志と共通のプランにもとづいておこなわれるものである以上、それはまさしく他者との関係性に耐えるところからはじまるのだから。もちろん、他者とは内面化し得ない存在であるといっても、それが決して分かり合えない存在であるということを意味するわけでもない。一度、分かり合えない存在であると規定してしまえば、その意味において、その規定はすでに他者を内面化してしまっていることになる。それは「非意味」ではない。「無意味」である。他者とは、あくまでも分かり合えない相手かどうかすらも分からない「非意味」としての存在である。したがって、協同の意志とプランにもとづいているといっても、それが他者との関係を前提にしている限りは、事態は決して予定調和的な展開をたどることなどあり得ない。反対に他者性を内面化し、それに「意味」を与えることは、結局のところ「運動」における個々人の協同性を喪失させる結果を導き出してしまう。花田の芸術論は、その背後に他者に対する「実践」をふくんだ「運動」のあり方を前提としているのである。

5　対立のままの統一

非ユークリッド幾何学

「芸術は芸術運動から生れる」という芸術観の背景には、従来、内部世界の「現実」（無意識）を描くことに専念して来た前衛芸術が、今後は外部世界の現実（物自体）に目を向けなければならないとする花田自身の思いが横たわっている。花田はこれからの芸術が「抽象美の表現から、機械美の表現を通り、自然美の表現に復帰するであろう」と予測しながらも、それが「時代錯誤のようにみえるであろう」と書いている。

しかし、ヒュームが幾何学的芸術について語るとき、いったい、かれは、いかなる幾何学を頭に描いていたであろうか。かれのいわゆる幾何学とは、ユークリッド幾何学ではなかったか。それゆえにこそ、かれは、プラトンと同様、内部の世界における抽象美を、幾何学的な形態としてとらえたのではあるまいか。もしもそうだとすれば、わたしの予感よりも、かれの予感のほうが、はるかに時代錯誤だとはいえないだろうか。非ユークリッド幾何学は、幾何学の根底を、自然における運動に——自然の存在のもつ力に求めることによってうみだされた。わたしは、単にリーマンにならって、あたらしいリアリズムを予感しているにすぎないのだ。そこでは、幾何学的空間のなかにおかれていた抽象的なものが、物理的空間のなかにおかれていた具体的なものと、弁証法的に統一されているのである。おそらくリーマン空間のなかにおかれている将来のオブジェは、ダリのそれよりも、いっそう、奇怪であり、いっそう、われわれを驚異の情でみたすにちがいない。そうして、そのオブジェをとらえた、あたらしいリアリズムが、あるいは、社会主義リアリズムかもしれない。非ユークリッド幾何学の創始者のひとりであるロバチェフスキーをうんだロシアにおいて、芸術革命が、シュプレマティズムの抽象美の表現から、コンストラクティヴィズムの機械美の表現をへて、次第に、あたらしいリアリズムに落着いていった過程は、わたしにとって、大へん、暗示的である(33)。

かつて「機械を薔薇の花のようにうつくしい」と称賛したロージャー・フライに対して、花田は「二十世紀における芸術の変貌を、生命的・有機的芸術から幾何学的芸術への推移に求め」るT・E・ヒュームを対置する。ヒュームにおいては、フライとは反対に「薔薇の花を機械のようにうつくしい」といわなければならないことになるが、花田はさらにヒューム自身も批判しつつ、次のように言明している。ヒュームは機械を「幾何学的な形態によって構成され、薔薇の花を、一つの特殊の形態としておのれのなかに含むような普遍的形態」としてとらえている。しかし、それは「多かれ少かれ、内部の世界における抽象美を――プラトンのいわゆる特殊の理由、あるいは目的によってではなく、それ自身の本来の性格によってうつくしい、メタフィジカルなもののもつうつくしさを、反映している」にすぎない、と。「外部の世界に視線を転ずる」ことを強調する花田にとっては、ヒュームの「薔薇の花」もまた内部世界の反映物にすぎない。花田はヒュームのいうところの「幾何学」がユークリッド幾何学にもとづいている点を批判し、これからの芸術に必要とされるべき幾何学的構成を非ユークリッド幾何学のなかに求めている。その点において、これからの芸術を「抽象美の表現から、機械美の表現を通り、自然美の表現に復帰するであろう」と予測する花田の「自然美」とは、外部世界における物自体としての「自然」にほかならない。繰り返していうように、それは単なる現象としての自然の風景などではあり得ない。いわゆるリアリズムが現象としての対象を忠実且つ克明に描写することを心がけるものであるとするならば、花田のいう「自然美」はむしろ対象をありのままに描写することの不可能性を認識するところから出発している。それはいわゆるリアリズムではなく、リアリズムによってはとらえられないリアルなもの（物自体）に「肉迫」する試みであるといってよい。両者の差異は決定的でありながらも、誤解される可能性も大いに秘めている。花田が「時代錯誤のようにみえるであろう」と述べる所以である。

この場合の「あたらしいリアリズム」としての「社会主義リアリズム」の妥当性は置く。「リーマン空間のなかにおかれている将来のオブジェ」なるものが具体的にいかなる様相を指し示したものであるのかという点についても置く。注目すべきは、花田が新しい芸術と芸術運動を非ユークリッド幾何学の観点からとらえている点である。いうまでもなく、非ユークリッド幾何学はユークリッド幾何学の第五公準（平行線に関する公準）を否定しつつ、その他のユークリッド幾何学の公準と合わせて成り立っている。ユークリッドは『幾何学原本』のなかで「直線外の一点を通って、その直線に交わらない直線は一つしかない」という公準を提示する。しかし、この公準自体はほかの公準からは導き出せないこともあって、反対に「平行線は存在しない」あるいは「平行線は無数に存在する」という公準を持つ幾何学も成立し得る。非ユークリッド幾何学である。ロバチェフスキーとボヤイは直線外の一点を通り、これに平行する直線は無限に多く引けることを示唆する。それに対して、リーマンはみずからの考えるリーマン空間の曲率を定義して、ロバチェフスキーらのそれが負の曲面上の場合における幾何学であることを指摘、正の曲面上における幾何学をリーマン幾何学と名づけている。リーマン幾何学においては、空間は球面上で対心点と同一視され、直線が大円として定義される。球面上の二直線は大円弧である以上、必ず交わる。したがって「直線外の一点を通り、これに平行する直線は存在しない」という公準が踏まえられることとなる。ロバチェフスキー幾何学にせよ、リーマン幾何学にせよ、非ユークリッド幾何学においてはユークリッド幾何学における「平行する二直線は交わらない」という公準は否定される結果となっている。もちろん、それらは「公準」としてある以上、どちらが正しいかという議論は意味をなさない。ユークリッド幾何学は具象的（視覚的）で、非ユークリッド幾何学は抽象的（非視覚的）であるという議論も無意味である。そもそも「平行する二直線は交わらない」という公準そのものがきわめて抽象的なものなのだから。したがって、それは世界がユークリッド的に成り立っているのか、非ユークリッド的に成り立っているのかという二者択一的な真理の問題ではない。それらは世界というものをとらえる場合の別々の観点にすぎない。ただし、アインシュタインの相対性理論がリーマン幾何学にもとづいていることからもうかがえるように、非ユークリッド幾何学の登場によって、従来、世界をユークリッド幾何学の観点からしかとらえられなかったわれわれの眼に新たな世界の姿が映し出されるようになったことだけは疑いない。

花田は非ユークリッド幾何学の認識を前提として、みずからの考える芸術と芸術運動を構想している。いわば、それは「平行する二直線は交わらない」という考え方に対して「平行する二直線は交わる」という考え方にもとづいている。決して内面化し得ない他者との協同性にもとづいた「運動」の領域を模索する花田にとって、それはまさしく「平行する二直線は交わる」ことを意味している。したがって、花田の見方に対して、そんなことはあり得ないとする批判は的外れである。花田にとっては、そもそも「平行する二直線は交わる」という公準が踏まえられている以上、それを別の公準から批判することには何の意味もないのだから。そして、それは花田がしばしばとなえる「対立のままの統一」という言葉からも見て取ることが出来る。たとえば、それは次のような場面において使われている。「岡本（太郎——引用者注）の滞仏作品には、かれの最近の作品のように、並はずれた騒々しさはみとめられず、うわべは悠々と落着きはらっているとはいえ、うちに沈んでしまっている闘志には気ちがいじみたはげしさがあり、クレッチユマー風にいうならば、焼けつく太陽をさえぎる鎧戸でとざされ、森閑としてしずまり返ってはいるが、内部では、盛んな祭と酒宴の行われているローマの別荘に似ており、単純で、堅固で、抒情的で——古典的な理知の構築のするどさと、浪漫的な心情のながれのあざやかさとが、対立したまま、みごとに統一されているかのようである」と(34)。花田は岡本太郎の作品のなかに「古典的な理知の構築のするどさ」と「浪漫的な心情のながれのあざやかさ」——「理知」と「本能」が「対立したまま、みごとに統一されている」状態を見出す。それは「平行する二直線は交わる」という非ユークリッド幾何学の観点そのものであるといってよい。

花田式弁証法

「対立のままの統一」を標榜する花田の「弁証法」は、一般に想起される弁証法とは大きく異なっている。たとえば、ヘーゲルのいう「対立物の統一」（対立するテーゼとアンチテーゼが揚棄され、統一される）であれば、いわゆる弁証法の典型としてとらえることが出来る。しかし、花田のそれはテーゼとアンチテーゼがあくまでも「対立のまま」に「統一」（止揚）されている状態であるという。もちろん、それはテーゼとアンチテーゼが均衡を保って、それぞれ静的に共存している状態ではない。岡本の作品を分析する花田の言葉に従えば、弁証法的な統一を目指して、それらは互いに激しくぶつかり合っている。しかし、その点については、花田自身が誤解されることを恐れたのだろうか、次のような但し書きも書き加えている。

しかし、誤解を避けるために一言しておくが、これらの作品をつらぬいているものは、「芸術」にとって不可欠のものとされている例の「黄金の中庸」――理知的にせよ、本能的にせよ、とにかく、極端に走らず、いい加減のところで、対立するものの闘争を終焉させ、妥協や折衷以外のなにものでもない、小綺麗にまとまった、みかけ倒しの「統一」や「調和」をもたらす、あの分別臭い「黄金の中庸」ではなく、相反するもの同士が、いずれも同等の力をもって対立するため、対立したまま、戦線の膠着してしまうばあいにうまれる力学的均衡の原理――論理的にいえば、テーゼとアンティ・テーゼとが、ともに均衡の論拠をもって主張されるばあいの法則――ピュロンのいわゆる「アンティ・ロギア」であり、したがって、そこに表現されているものが、明瞭な輪郭をもち、毅然とした風貌を帯びていれば帯びているほど、それは、それを表現する側の懐疑の深さを――おそろしい緊迫感をたたえた、判断中止の状態を思わせる。（略）もっとも、わが国には、「絶対矛盾の自己同一」と称し、有即無だとか、一即多だとか、はなはだ奇怪なセリフを口走りながら、きわめて無造作に対立物を統一していく、絶対弁証法という絶対に便利な弁証法があり、これが、「黄金の中庸」と同様、対立物の闘争を粘り強くたどってみようというわれわれの意欲を大いに減殺し、苦しい懐疑の過程を通らず、いきなり本来の意味の統一や調和に到達することができるかのような安易な気分をわれわれにいだかせるため、「芸術」愛好者たちが、岡本のかつての懐疑のはてにうまれた作品に、世のつねの「芸術」をみいだし、いささかもそれを異常とは感じないのは、あるいは当然のことかもしれない。統一や調和を性急に求める、このような観念弁証法の信奉者たちに欠けているものは、区別し、比較し、分類する操作であり、あれほど弁証法を強調したヘーゲルでさえ、認識が、まず区別からはじまると指摘している事実を、かれらはまったく忘れはてているかのようだが——しかし、要するに、かれらは、きびしい実践の世界から遊離した存在にすぎず、それほど、ひらきなおって、問題にする必要もあるまい。

ここでは「戦線の膠着」や「力学的均衡」「判断中止の状態」という言葉をとらえて、対立する関係にあるテーゼとアンチテーゼを固定的にとらえてはならない。それはむしろ徹底した対立関係の深化としてあり続けている。果てしない対立の彼方にやがて統一が実現されるのではない。徹底的な対立関係の深化そのものが「統一」を意味するものとして考えられているのである。すなわち「平行する二直線は交わる」。ユークリッド幾何学においては「平行する」ことと「交わること」は相互に矛盾する関係に置かれている。しかし、非ユークリッド幾何学においては、従来の関係はすでに意味を失ってしまっている。便宜上、花田も確かに「対立」と「統一」という言葉を使う。しかし、両者はいわゆる弁証法的な意味合いを持ち合わせてはいない。あえていえば、ここでは従来の「対立」と「統一」という弁証法的な関係自体がすでに破棄されている。したがって、花田の「弁証法」においては「統一」にほとんど関心が払われていない。対立の深化こそが統一にほかならないと考えられている以上、対立とは別のどこかに統一の次元があるわけではないからである。

「統一」に回収されない「対立」

統一（止揚）とは、徹底した対立の深化の過程以外の何ものでもない。しかし、注意すべきは、それが決して何らかの「統一」を前提とした対立関係としてあるわけではないという点である。この点は微妙であるといわざるを得ない。テーゼとアンチテーゼの対立関係そのものが統一を意味するといってしまえば、今度はそれ自体が「統一」という止揚の圏内に回収されてしまう。それはもはや「対立」という名を借りた「統一」（止揚）の状態にほかならない。しかし、花田のいう「対立のままの統一」は、それとは微妙に且つ大きく異なる。花田においては「統一」は事後的な結果としてあるにすぎないと考えられている。したがって、花田はみずからの「弁証法」を「黄金の中庸」や西田幾多郎のいうところの「絶対矛盾の自己同一」のようなものではあり得ないと言明しなければならない。たとえば、主観と客観、精神と物質という二項対立にもとづいた西洋近代哲学に対して、西田がそれ以前の主客未分の状態における何ものかを指して「純粋経験」と名づけていることはよく知られている。それを手掛かりとして、西田はその最終的に到達する地平に「絶対無」という「場所」の思想を設定する。いわゆる「絶対無の自覚体系」としての「無の論理」である。西田によれば、さまざまな対立や矛盾は表層的な次元における表れにすぎず、それらは根源的に「絶対矛盾の自己同一」によって統一（止揚）されている。そこから空間の方向に抽象化されていったものが物理的世界、時間の方法に重点を置いているものが生命的世界、その両方をふくみながらも「矛盾的自己同一」の世界を体現しているのが人間的世界であり、科学から芸術、宗教にいたるあらゆる現象が「絶対無」のなかに包摂されている。したがって、この場合の「絶対無」は「無の自覚的限定」という観点からとらえなおさなければ意味をなさない。西田においては「絶対無」という領域がある(存在する)と想定されているのだから。数学的にいえば、それは「無限」という数を示す単位(領域)の名称を指し示しているということが出来るだろう。しかし、現実に「無」という領域があるわけではない以上、それはわれわれの側が「絶対無」という領域を「自覚」(構成)することによって成り立っている「無」にほかならない。したがって、そのなかではさまざまな対立や矛盾が解消されているとする西田の言明も恣意的な観念上の操作を前提としたものにすぎない。その点において、花田はおそらくみずからの考える「弁証法」と西田におけるそれとを明確に峻別しなければならなかったものと思われる。花田が西田を「観念弁証法の信奉者たち」の一人に数えあげている点も無理はない。統一よりも果てしない対立の側に重心を置く花田にとっては、結局、西田のいう「無の論理」とは「対立物の闘争を粘り強くたどってみようというわれわれの意欲を大いに減殺し、苦しい懐疑の過程を通らず、いきなり本来の意味の統一や調和に到達することができるかのような安易な気分をわれわれにいだかせる」ものにすぎないのだから。いいかえれば、花田は「絶対無」という無限の領域にもとづいた西田の弁証法自体が観念的であるといっているのではない。あらかじめ「絶対無」という領域を設定したうえで、それを前提としながらさまざまな対立や矛盾を包摂(統一)してしまう態度こそが観念的であると批判しているのである。

「対立のままの統一」は、常に「対立」という名の「統一」に回収されてしまう危険性をはらんでいる。しかし、それはすでに花田の考える「対立のままの統一」などではあり得ない。西田の場合、テーゼとアンチテーゼの対立は「絶対無」という領域のなかに包摂（統一）されることによって、対立の構造そのものを無化する結末を導き出している。しかし、それはあくまでも観念論にすぎない。花田は西田を代表とする観念論者に対して「要するに、かれらは、きびしい実践の世界から遊離した存在にすぎ」ないと批判する。この点からもうかがえるように、花田は「対立のままの統一」を提示しながらも常に「統一」の側に回収されてしまう傾向を「実践」という領域によって打開しようと試みているといってよい。花田のいう「実践」とは、具体的には物自体としての他者との協同を指し示している。他者は自己の内面に回収し得ないナンセンス（非意味）な存在にほかならない。花田は他者との協同という「実践」の領域にこそ「対立のままの統一」のありかを見出している。

もちろん、西田の弁証法においても、他者は踏まえられてはいる。しかし、西田における他者は、自己とのあいだに絶対的な距離を保持した存在にほかならない。それは絶対的な距離を保持しているという「意味」を持ち得る存在であり、その点ですでに自己の内面の側に回収されてしまっている存在である。それ自体が「絶対無」の圏内にとらわれているような存在としてある。一方、花田のいう他者とは絶対的な存在ではない。それはすぐ隣りにいるあり触れた存在であり、西田のような絶対的・思弁的な存在ではあり得ない。そのような他者との協同性にこそ「統一」の側に回収されてしまう傾向を打開する方途があると考えられている。いいかえれば、すでに見たように、花田が「実践」の領域を称揚しながらも決して「実践」を絶対化することなく、常に「遊びの精神」（批評精神）においてとらえているのにも理由がある。ここで考えられている他者が西田の想定している絶対的な存在ではなく、むしろ相対的な存在としてあり続けている以上、そのような他者との協同にもとづいた「実践」もまた相対的な領域としてとらえられなければならないからである。

6　ドン・キホーテ主義とサンチョ・パンザ

他者としての大衆

他者は決して自己の内面に回収することの出来ない存在としてある。もちろん、それは何も特別な存在を意味しない。他者の典型的な対象として、花田は大衆を例にあげている。知識人と大衆。社会運動の領域において、両者の関係がしばしば取り沙汰されることはあえて説明するまでもあるまい。その点からいえば、大衆を他者としてとらえる花田の認識には、知識人としての花田自身が大衆といかに対峙するのかという「実践」（主体性）の問題がふくまれている。たとえば、花田は「わたしは、第一次大戦後のドイツ革命が、ヘーニッシュのいうように、世界史上『歌』をもたなかった唯一の革命であったかどうか、いささかうたがわしいとおもう」と疑問を呈しつつ「もしかすると、ドイツ革命は、ありあまる『歌』のために、むなしく中途で挫折してしまった、世界史上、唯一の革命かもしれない」と書いている(35)。「歌」とは「大衆を行動にむかって駆りたてる、革命のヴィジョン」としてある。花田は「『歌』の現象形態」である日本の流行歌のなかに「革命のビジョン」を見出そうと、実際に「歌」の現場に出掛けて行ったときのエピソードを披露している。

せんだってわたしは、ビクターの歌手たちのうたうのをきくつもりで、国際スタジアムのかぶりつきの席にすわっていた。「歌」の真髄をとらえるためには、上からみおろしているよりも、大衆のなかにとけこんで、下からみあげていたほうが、はるかに効果的にちがいないとおもったからだ。ところが、それはとんでもない素人考えというもので、「民衆の中へ《ヴ・ナロード》」といったようなスローガンは、もともと、センチメンタリズムの産物にすぎないのである。舞台の上に、オリンポスの神々が、一人ずつ登場しはじめるやいなや、わたしのまわりにいた少女たちは、突然、騒々しいバッカスの巫女のむれに変貌してしまった。とりわけ山田真二という神々の一人のあらわれたときの熱狂ぶりなどはすさまじいもので、いっせいに立ちあがって、わたしの頭ごしにテープをなげるやつ、わたしの前を花束をかかえて駆けていくやつ、真ちゃんこっちみてエ！　と金切声をあげるやつ——いやはや、雑然紛然として、わたしは、まるで颱風にまきこまれて、ふりまわされているような気分になってしまった。とうてい、「歌」の真髄をとらえるどころのはなしではない。てんで歌の文句さえきこえはしないのである。もっとも、わたしは、投げられたテープをたくみにとらえ、テープをひっぱったまま、うたいつづける歌手たちの優雅な身ぶりや、舞台の下からおずおずとさしだされる花束をうけとって、握手をしながら、にっこりするときのかれらの表情や——要するに、上からみおろしていたのでは、ぜったいにうかがい知ることのできないさまざまな風景を、つぶさに観察することができた。しかし、かんじんの歌がきこえないのでは問題にならないではないか。

この滑稽なエピソードのなかに、花田の大衆に対する見方が明瞭に指し示されている。すなわち、大衆とは決して自己の内面に回収することの出来ない他者であるということ。この場合、文中に見られる「上」や「下」という語句を単にステージに対する花田の位置関係を示すものとしてとらえることは適切ではない。それらの語句は大衆という他者に対する花田自身のあり方を示したものでもある。花田は「『民衆の中へ《ヴ・ナロード》』といったようなスローガンは、もともと、センチメンタリズムの産物にすぎない」と書いている。花田の指摘はみずからが大衆と同じ位置（下）に立つことは出来ないという意志を表したものであるといってよい。しかし、だからといって、それは花田の大衆に対する嫌悪感の表れなどではあり得ない。「大衆芸術からきりはなされたアヴァンギャルド芸術などというものは存在しない。大衆からきりはなされた前衛というものがないように、前衛とは、大衆のエネルギーの集中的表現にすぎない」と考えられているように「『歌』の現象形態である歌は、むろん、大衆を基盤とした芸術運動のなかからしかうまれない」のだから。実際、コンサートの後日、花田はふたたび「日本劇場のてっぺんの立見席のしんちゅうの手すりに両肘をついたまま、森閑としずまりかえった場内をみおろしてい」る。そして、今度は「山川草木のにおいを、あたりにまきちらしながら、大衆の夢の象徴であるアポロ像のようにではなく、大衆の熱狂の象徴であるディオニュソス像のように、われわれの眼前に突っ立っている」三橋美智也の歌に高い評価を与えている。「てっぺんの立見席」（知識人）から「場内」（大衆）が見下ろされながらも、後者の前者に与えるエネルギーには好意的な眼差しが注がれている。

「上」（知識人）と「下」（大衆）のあいだの隔たりにこそ、花田の大衆に対する距離感が指し示されている。しかし、花田においては「平行する二直線は交わる」という非ユークリッド幾何学が踏まえられているように、両者のあいだのこの大きな隔たりにむしろ「上」（知識人）が「下」（大衆）とつながる契機があると考えられている。それは、当時、さかんに議論されていた芸術の大衆化をめぐる問題（芸術大衆化論争）に対する花田なりの回答でもあったと思われる。すなわち、花田にあっては「上」が「下」に下降してゆくこと——大衆の動向にあくまでも追随し、大衆芸術を無批判的に礼讃することなどあり得ない。所詮、それは『民衆の中へ《ヴ・ナロード》』といったようなスローガン」にもとづいた「センチメンタリズムの産物にすぎない」のだから。実際、花田は「大衆芸術を否定的媒介にして、あたらしい芸術をつくりだそう」と述べている。大衆芸術はそのままでは「あたらしい芸術」に移行することは出来ないと考えられている。しかし、その一方で「下」を「上」に引きあげること——大衆をその通俗性においてとらえ、前衛意識を持った知識人が「後衛」としての彼らを「指導」することも出来ない。知識人は大衆をあらかじめ前衛意識に乏しい通俗的な存在と見なしている。しかし、彼らを何らかの範疇に還元する行為自体がそもそも知識人の側の幻想であり、結局はみずからの大衆蔑視という自己意識を大衆の側に投影しているにすぎないのだから。したがって、前者が大衆というものを過大評価しているとすれば、後者は大衆を過小評価している。しかし、そのどちらもがみずからの自己意識を大衆に投影しているにすぎないという点では一致している。もはや、そこからは他者としての現実の大衆の姿を見つけ出すことは出来ないだろう。その点において、花田は大衆に対する無自覚的な追随に終始するいわゆる俗流大衆化論者とともに、大衆の通俗性を蔑視しつつ、みずからの前衛意識を押しつけようとする知識人の態度をともに批判する立場に立っていることがうかがえる。花田にあっては、大衆はあくまでも内面化することの出来ない他者として存在しているのである。もちろん、この場合、もっとも重視されるべきは、花田の芸術大衆化論争に対する批判や見解などではない。それは『歌』の真髄をとらえるためには、上からみおろしているよりも、大衆のなかにとけこんで、下からみあげていたほうが、はるかに効果的にちがいない」と思いめぐらせていた花田が、実際には大衆に揉みくちゃにされながら『歌』の真髄をとらえるどころのはなしではない。てんで歌の文句さえきこえはしないのである」と嘆いている点にこそあるというべきである。「わたしの頭ごしにテープをなげるやつ、わたしの前を花束をかかえて駆けていくやつ、真ちゃんこっちみてエ！　と金切声をあげるやつ——いやはや、雑然紛然として」「まるで颱風にまきこまれて、ふりまわされて」いる瞬間にこそ、花田は内面化し得ない他者としての大衆にまさしく直面しているのである。

ベアトリーチェという他者

もちろん、他者としての大衆は不特定多数の存在だけを意味しない。それはみずからのもっとも身近かな存在であるはずの家族の一員のなかからも見出すことが出来る。花田は「わたしのベアトリーチェ」に誘われて、一緒に競輪場を訪れたときのエピソードを書き記している。かつて、友人のヴェルギリウスとともに訪れた「地獄」（競馬場）において「大衆とともに賭けないものに、大衆の気持などわかるはずはないのだ」という信念のもと、みずから馬券を買い求め、ものの見事に「完敗した」経験を持つ花田は、突然、「あたしも賭けてみようか知ら」といい出したベアトリーチェを「なんという阿呆らしい女であろう」「ヘッ、勝手にしやがれだ」とせせら笑う(36)。花田によれば、競馬や競輪は「決して僥倖をアテにして、乾坤一擲の勝負に出るようなものではなく、反対に、テーラーやギルヴレスにまさるともおとらぬほどの精密な思考を必要とするもので、すくなくとも確率論の初歩くらい心得ていなければ、とうてい、勝目はない」ものである以上、彼女のように「偶然の法則のいかなるものであるかを知りもしないで、賭けようなどとは狂気の沙汰という」ほかはない。競馬の際の完敗に懲りている花田は「生活綴方をかいている連中が、しだいにおのれの抽象能力を喪失して、山下清に近づいていくことによってもあきらかなように、このさい、わたしにとって、なにより必要なことは、ふたたび競輪で、亡者のむれにまじって熱をあげることよりも、競馬や競輪における偶然の法則について——ある者は宿命と呼び、ある者は摂理といい、ある者は確率と名づける、偶然の法則について、徹底的に考えぬいてみることではあるまいか」と考える。「わたしには、もはや大衆とともに陶酔する余裕はない。わたしは、あくまで純粋観客として終始しなければならないのだ」。そして、競輪の選手や審判員らしき人々や「いかにもここは地獄だよといっているみたい」な「真赤な服をきたメフィストフェレスをおもわせるような男」の様子などを観察しながら、観客席の「てっぺん」(上)から大衆の動向とレースの行方(下)を見下ろすのである。

第九レースがおわり、着順と配当金の額が掲示された。わたしは、ベアトリーチェのほうをむいて、どうだい、うまくいったかい、とたずねた。わたしが、少々、皮肉な顔つきをしていたことに疑問の余地はない。かの女は、すっかり、鼻白んで、ダメらしいわ、とつぶやき、ハンド・バッグのなかから券をとりだして調べている。自分の買った券さえおぼえていないやつが、賭けるも賭けないもないものである。ところが、意外なことに、つぎの瞬間、かの女は、ああ、あったわ、と叫び、わたしのほうをむいて、六千円ばかり儲かっちゃったア、とニコニコしながらいった。そして、じゃア、お金を貰ってくる、といって、ふたたび靴音高く階段をおりていった。第十レースでも、かの女は、ほぼ、同額の金を儲けた。わたしは、すこぶる不愉快な気持になったので、かの女をうながして帰ることにした。後楽園の前の歩道を水道橋にむかってあるきながら、わたしは、かの女にむかって、なにか御馳走しないかね、といった。かの女は、ニコニコしながら、ええ、コーヒーならおごるわ、と答えた。わたしは、ますます、クサらないわけにはいかなかった。

ベアトリーチェの勝利のまえには「テーラーやギルヴレスにまさるともおとらぬほどの精密な思考」や「偶然の法則」に思慮をめぐらす花田の思惑も敗北せざるを得ない。そこでは「偶然の法則」を凌駕するような「偶然」が立ち現れている。いわば、花田においては、本来、もっとも近しい存在であるはずの「わたしのベアトリーチェ」でさえも他者としてとらえられている。そして、それは「運動」というものをめぐる重要な構成要素の一つとしてもとらえられている。その点について、花田は戦前に書かれた「サンチョー・パンザ論」のなかで『ドン・キホーテ』の登場人物であるドン・キホーテとサンチョ・パンザを対比させて、われわれの「家庭」をめぐるある思いがけない結論を導き出している。

ドン・キホーテは家庭生活を営まない。かれは結婚しない。なるほど、かれには意中の佳人ドルウルシネア姫――実はエル・トボソオ村の百姓娘、本名アルドンザ・ロレンゾオがいるにはいる。とはいえ、結婚などとは思いも寄らない。かれはもしもかの女と結婚したならば、やがてかれの貴婦人がただの百姓娘にすぎないことを知らねばなるまい――その幻滅の悲哀を無意識のうちにかれは恐れているのである。のみならず、ドン・キホーテ主義は、現世的な喜びを悉皆く拒絶する。それは、過去のものであれ、未来のものであれ、かれの胸にいだく理想を追求するためには、それらの喜びが、たちまち桎梏に変ずると考えるからである。事実、僕らの周囲の政治運動に従うドン・キホーテの連中は——必ずしも政治運動に限らないが、すべてこの禁欲主義をうやうやしく奉じたものだ。一切か無か——これがかれらの標語であった。かれらがこれを文字通り実行したか否かは知らないが、少なくとも表面、この禁欲主義は絶対命令として尊重されていた。そうして真剣に家庭生活について思いをひそめることなどは、言語道断な小市民的振舞とされた(37)。

そのうえで、花田はエンゲルスの言葉を引きながら「未来をあまりにも性急に現在にもたらそうとするための禁欲が、結局、老い朽ちた過去を現在に呼び戻さんがための禁欲に変貌」してしまうこと、すなわち「極左が極右に移り行く」結果を導き出している点を指摘しながら、現代のドン・キホーテがかつてのそれとは異なり「非理想的な、暗い、厭世的に権力を信じているドン・キホーテ、残忍なドン・キホーテ」に変貌していることを述べている。後年の花田自身の回想に従えば「現代のドン・キホーテ」とは「戦争中のファシスト」を指し示している(38)。しかし、敗戦後、今度は「ファシストにかわって、コンミュニストが、ドン・キホーテの役をひきうけ」ており、現在(一九五七年)では「コンミュニストからバトンをうけとった」ヒューマニストがその任に当たっているという。「日本のドン・キホーテたちは、かならず景気のいいほうへ就く」。時代の変化に応じて、ドン・キホーテの役割を演ずる主体は変化する。しかし、その内実にまったく変化は認められない。その点からいえば、日本の革命運動をになって来たマルクス主義者という「日本のドン・キホーテたち」を、花田の指摘するように、敗戦後にのみ限定してとらえる必要はない。それは日本のファシストの多くがマルクス主義からの転向者によって占められているという事実からもうかがえる。

ドン・キホーテ主義としてのマルクス主義

戦前から戦時中にかけて、当時のマルクス主義者の多くが「現世的な喜びを悉皆く拒絶」する代わりに禁欲主義を「絶対命令」として信奉し、革命運動に従事していたことはよく知られている。その際、家庭はコミュニズムという理想の実現のための桎梏として見なされ、忌避されている。たとえ、家庭というものが重視される場合であっても、小林多喜二の『党生活者』に描かれているように、それは非合法活動にたずさわる彼ら自身の逃走と潜伏のための棲み家（アジト）として利用されていたにすぎない。実際、一部の男性党員が世間や官憲の目をごまかすために「同志」やシンパの女性と偽装的な夫婦関係を演じていたことは、かつて平野謙に批判された「ハウスキーパー問題」によっても明らかである。その途上、陰惨な男女問題がしばしば発生したことも指摘されているとおりである。いいかえれば、そこに大衆の他者性は認められない。彼らにとって、ハウスキーパーの女性たちは革命運動のための手段にすぎない。もちろん、彼らをそのような実践活動に駆り立てていった背景には、彼らの「殉教精神」を支えるだけのコミュニズムという理想が存在している。当時、その理想の実現に具体的な指針を与えていた中心的なテーゼこそ、コミンテルンによって発せられた二七年テーゼと三二年テーゼにほかならない。なかでも「国内の政治的反動と一切の封建制の残滓の主要支柱である天皇制的国家機構は、搾取階級の現存の独裁の鞏固な背骨となつて居る」と指摘しつつ「地主的天皇制」の打倒を第一目標として掲げた三二年テーゼが、日本のマルクス主義者たちを過激な「ドン・キホーテ的実践」に駆り立てていったことに間違いはあるまい(39)。しかし、彼らのとった戦略と戦術があまりにも現実から乖離したものであったことは、やがて佐野学と鍋山貞親による共同転向表明「共同被告同志に告ぐる書」の発表を契機として、獄中のマルクス主義者が大量に転向しはじめたことからも読み取れる。その場合、コミンテルンと三二年テーゼに代わって、彼らの指標として現れて来たものこそ天皇という存在にほかならない。実際、佐野・鍋山の声明を敷衍してゆけば、戦後、佐野によって明瞭にとなえられることになる天皇を頂点とした「東洋的社会主義」の確立というような論旨にまでいたる。いわば、それは天皇の権威を利用することによってなされるコミュニズム実現のための言説としてである。平野義太郎のように、ウィットフォーゲルの影響にもとづいてアジア的生産様式を考察しつつも、やがては停滞するアジア社会の解放をスローガンに積極的に侵略戦争に協力していった事例も存在する。平野の場合にあっても、マルクス主義者としてのみずからの理想を実現するために天皇や国家にしたがう道が選択されていたにすぎない。その点からいっても、彼らの果たした転向を容易に批判することは出来ない。彼らのコミュニズムに対する飽くなき希求こそが、天皇のまえにひざまづく転向ファシストへの変貌を導き出しているのだから。

マルクス主義者のドン・キホーテ的理想主義・禁欲主義的な実践活動の結果が、マルクス主義運動そのものの壊滅と天皇制ファシズムへの転向を導き出している。それに対して、花田はサンチョ・パンザを評価しながら、次のように書いている。

これに反して、サンチョー・パンザは、最初から、テレザ・パンザと結婚している。かの女はそれ以外に本名をもたぬ。正真正銘の田舎女房だ。そうして、かれの望むところは、この幻滅しようにもしようもない女房と、自分自身とをよろこばせるに足る、ささやかな家庭の幸福にすぎない。なるほどかれもまた一時、家庭を捨てる。ドン・キホーテにしたがって、苦難の旅にのぼる。しかし、それはどこまでも、現世的な幸福を求めてである。ドン・キホーテ主義は破産する。かれは無一文で戻ってくる。本来ならば、打算的なサンチョー・パンザは、「やれ、やれ、くたびれ儲けであったよ」とでも呟くところである。しかるにかれはなんと女房に話したか？

「世の中にゃ、えらい人になって、武者修行の家来になって、そして冒険を捜がしに行くより面白いことはないぞよ。尤も出くわすことは、大抵此方の望み通りに面白うは行かんがの。百のうち九十九は意地悪う逆さになるからの。時によると毛布上げにされたり、また時によるとぶん殴られたりして来たので、身に覚えがあるのじゃ。」

実に平然としているのである。しかもかれは、この苦い経験によって、それまでかれを閉じ込めていた狭い家庭の小天地から脱して、豁然とかれの前にひらけた、広大な社会的視野によって、女房を導こうとつとめるのである。そうしてかれは、家庭を理想実現のための桎梏としてではなく、逆にスプリング・ボートとして、以後、役立てて行こうとするのである。かくのごとく変貌したサンチョーにとっては、かれと志を同うする両親があり、子供があれば、いっそう結構なことにちがいない。かれの生活はいささかも英雄的でない、一見、他奇のない、平和な小市民的生活とも見えよう。しかし胸に燃えさかる火をいだいて、どこまでも大地に足をつけながら、快活に、だが執拗に理想を求めて歩いて行くサンチョーの生活は、実はドン・

キホーテ主義の最も堅固な城塞なのだ。

理想に燃えて、家庭を桎梏としてとらえるドン・キホーテと小市民的な幸せを願いつつ、家庭を理想の実現のための「スプリング・ボート」としてとらえるサンチョ・パンザ。みずからの理想を実現するためには他者を手段としてとらえ、その犠牲もやむを得ないとするドン・キホーテ主義者（マルクス主義者）に対して、花田はサンチョに「ドン・キホーテ主義の最も堅固な城塞」を見出している。もちろん、サンチョにとって「正真正銘の田舎女房」にすぎないテレザ・パンザは「幻滅」とも「理想」とも関係のない価値判断の彼岸に位置しているような存在としてある。彼女は理想実現のための手段でもなければ、大衆の理想化された存在でもない。しかし、花田は「正真正銘の田舎女房」にすぎないテレザとともに生きるサンチョのあり方にあるべき未来の姿を見出している。コミュニズムという名のマルクス主義の未来を。その場合の「家庭」とはかつての革命運動において忌避された家庭とも、革命のための手段として使われた家庭とも異なるものとしてある。ある意味において、花田の理想とするコミュニズムはサンチョの「家庭」にもとづいている。問題はそれがいかなるものとしてとらえられているのかという点にある。

7 「家」から「家庭」へ

共同体的な「家」と遊牧的な「家庭」

エンゲルスの『ドイツ農民戦争』が引き合いに出されているように、花田の「サンチョー・パンザ論」がマルクス＝エンゲルスの『ドイツ・イデオロギー』を念頭に置きながら書かれていることは明らかである。花田にとって、マルクス主義とは「現在の状態を廃止する現実的運動」としてある。「この運動の諸条件は今、現に存在している前提から生じ」なければならない(40)。たとえば、それはサンチョの妻であるテレザの手によって書かれたとされる「テレザ・パンザの手紙」の記述からもうかがえる。花田はテレザに仮託しながら「いかに英雄的なものであるにせよ、日常生活と関係なく行われる闘争というものが、単に無益であるばかりではなく、有害でもある」と指摘する(41)。実際、プロレタリアートの労働条件の改善や生活の向上という現実的な運動をおろそかにして、天皇制打倒や議会制民主主義批判を展開して来た戦前のマルクス主義運動が、日本の現実的な諸条件からはあまりにもかけ離れた運動であったことはいうまでもない。それに対して、花田は「いささかも英雄的でない、一見、他奇のない、平和な小市民的生活を目指してなされる」運動の体現者としてのサンチョを対置する。花田にとっては、サンチョの運動にこそ本来のコミュニズムにいたる可能性があることが透視されている。その場合、運動の現実的な基盤となるものに「家庭」がある。いうまでもなく、急進的なマルクス主義者（ドン・キホーテ主義者）にとって、それはコミュニズムという理想の実現のためには桎梏以外の何ものでもなかったものである。

もとより家庭は、或意味ではサンチョー・パンザを束縛するにちがいない。またそこには時として家族の間に摩擦がおこるにちがいない。おそらくかれは、反動化した孤独なドン・キホーテよりも非常に「自由」ではないだろう。しかしながら自由とはいったいなんであろうか？トーマス・マンがセルヴンテスのもっていた基督教徒および臣民としての制約についていったように、サンチョー・パンザのうけている家庭的制約は、却ってかれの社会的批判の人間的意義を高めることにならないだろうか？

僕らは東洋における家庭——家族制度というものが、いかに一般に厄介なものであるかを身を以て知っている。封建社会の社会的単位としての家庭は、もちろん、完全に滅ぼさなければならない。サンチョー・パンザの家庭は、道徳的に習慣的に、すなわち形式化した儒教主義の残滓によって、僅かに余喘を保っている家庭が解体してしまった後、家族相互の因襲を脱した関係によって、あらためて結びつけられたものなのである。サンチョーが、かれの父母や、かれの妻や、かれの子と住むのは、かれらが父母であり、妻であり、子であるからではない。そういう名前のためなのではない。もっと直接的に、かれら相互が人間として各〻必要とし合い、すくすくと自分を伸ばし得んがためであり、これを足場として歴史の針を押しすすめんがためである。

もちろん、花田は現在の家庭のあり方がそのまま発展すれば、やがてはコミュニズムに到達するといっているわけではない。「家庭」とは「道徳的に習慣的に、すなわち形式化した儒教主義の残滓によって、僅かに余端を保っている家庭が解体してしまった後、家族相互の因襲を脱した関係によって、あらためて結びつけられたもの」にほかならない。サンチョにおける「家庭」がドン・キホーテとともに家を捨て、諸国遍歴の旅に出掛けるという前提なしには築かれるはずもなかったように、その成立には「封建社会の社会的単位としての家庭」――すなわち「家」の解体が先行的になされていなければならない。「家庭」とは、共同体を出た諸個人がふたたび新たに結びついた空間にほかならない。

「家」から「家庭」へ。もちろん、この場合の「家」（イエ）は単に家族や血縁者による集団のみを指すわけではない。それは生活共同体のみならず、幾世代にもわたって続く観念的な持続的集団を意味している。「家」の頂点には常に家父長的な存在者が君臨する。「村」（ムラ）はそのような「家」の寄り集まった集合的な共同体としてある。ウィットフォーゲルの指摘を待つまでもなく、共同（集団）労働にもとづく水田耕作をおもな生産手段とするアジア的共同体においては共同体内部の成員が自立し、個人化する契機が確かに極端に抑制される傾向にある。もちろん、現代においても「ムラ社会」という言葉が残されているように、それは東アジアに強固に残存する共同体のあり方であるとはいえ、ある地方にのみ該当するような性質のものではあり得ない。それは共同体に固有の要素として内在する本質的な傾向であると見なされるべきものとしてある。内部的に自己完結した共同体は、外部としての他者性を排除する傾向を持つ。その内部的な反動としては、個人というものの発達を抑制し、拘束するという機能を果たす。その中核をになっているものこそ「家」という制度にほかならない。古代以来、氏族制度の下位集団としてあった「家」は封建制の時代にも受け継がれ、しだいに強化されてゆく。明治以降の近代化の過程において、多くの前近代的な制度や風習が西洋的に改良され、あるいは廃棄されていったなかにあって、伝統的な「家」制度だけは堅く保持されている。家長に強力な戸主権が与えられた帝国民法が発布されるのは、一八九九年のこと。帝国民法に見られる強力な戸主権はかつての武士階級に見られた「家」制度を規範として作られており、その後の家族国家的体制としての天皇制ファシズムを形成する要因の一つともなっている。そこでは日本という国家が一つの大きな「家」として見なされている。もちろん、その場合、家父長的地位に君臨するのは天皇自身にほかならない。当時、しばしば語られた「日本国民は天皇の赤子」「天皇を大御親として」という表現は、そのことを如実に物語っている。対外的には、それが「八紘一宇」という大東亜共栄圏のイデオロギーとして機能することとなる。「家」制度の解体は、第二次大戦後の旧支配体制の崩壊とそれに続く民主主義体制への移行期を待たなければならない。もっとも、日本のような後進国においては、たとえ法的な根拠が撤廃されようとも、いまだその遺制が強固に残されている点に留意しなければならない。戦後の高度経済成長を成し遂げる原動力となった日本型の企業組織などは、その典型的なものとしてある。

花田が考える「家庭」はあくまでも「家」とは対立する関係にある。後者が個人の自立性を認めないのに対して、前者はあくまでも自立した個人というものを前提としている。別のいい方をすれば、後者では自立した個人と内面化し得ない他者（個人）との対等な関係性（協同性）が踏まえられている。それは「サンチョー」が、かれの父母や、かれの妻や、かれの子と住むのは、かれらが父母であり、妻であり、子であるからではない。そういう名前のためなのではない。もっと直接的に、かれら相互が人間として各〻必要とし合い、すくすくと自分を伸ばし得んがためであり、これを足場として歴史の針を押しすすめんがためである」という言葉からもうかがえる。「家庭」において、その成員は単に血縁者としてあるのではない。彼らはそれぞれ対等な個人としてある。したがって、彼らをもしもみずからの理想の実現のための手段として取りあつかうならば、その瞬間に「家庭」は従来の「家」へと転落するだろう。戦前のマルクス主義運動の壊滅的状況下にあって、花田がサンチョ的な「家庭」のあり方にコミュニズムにいたる可能性を見出している点も無理はない。マルクス主義運動の壊滅の過程とは、まさしく理念としての「家庭」から現実としての「家」への転落（転向）の軌跡そのものにほかならなかったのだから。

マルクス主義という名の「家」

本来、マルクス主義やコミュニズムは資本主義社会の非人間性や支配－被支配関係を超克し、人が人らしく暮らしてゆける自由で平等な社会を実現することを理念としている。花田によれば、それは自立した個々人の協同性にもとづく「家庭」のあり方を出発点としている。しかし、戦前から戦後を通じて、花田の目にしたそれが「家」（共同体）に奉仕するための単なるイデオロギーにしかすぎなかったことはすでに見て来たとおりである。戦前の日本共産党指導部が「マルクス主義」という名の「家」を形成して、コミンテルン（実質的にはソビエト連邦）という家父長的存在に盲従する立場に立っていたことは、先に述べた佐野・鍋山の共同転向声明からも読み取ることが出来る。二七年テーゼにせよ、三二年テーゼにせよ、戦前の日本のマルクス主義運動に影響を与えた活動指針がコミンテルンの「指導」にもとづいたものとしてあったという事実を直視しなければならない。二七年テーゼ（二段階革命論）から三一年政治テーゼ草案（一段階革命論）へ、三一年政治テーゼ草案から三二年テーゼ（二段階革命論）への劇的な方針転換の過程においても、彼らは単に右往左往しただけの存在にすぎない。彼らは常にコミンテルンの「指導」に平伏しながら現状分析をおこない、戦略・戦術を行使する。テーゼの内容が変更されれば、その変更に合致した形の現状分析をおこない、戦略・戦術の変更をおこなう。その一方、国内の党員やシンパに対しては、党中央みずからが家父長的な存在となって、その中央集権的な権力を行使し続ける。コミンテルンの与える活動方針は絶対的に正しい。われわれはコミンテルンを信奉している。したがって、われわれの「指導」もまた絶対的に正しい。方針に異議をとなえるものはすべて「解党派」であり「トロツキスト」であり「社会民主主義者」である、と。その言説はもはやマルクス主義という名の一義的（一神教的）な「教義」にのっとった「家」制度そのものの表れにほかならない。コミンテルン経由のマルクス主義という「教義」を絶対的に信奉する彼らの目には、自分たちとは異なる価値観や思想を抱く他者の姿などまったく見えてはいない。その点において、彼らが内面化し得ない他者（自立した個人）との協同性にもとづいた「家庭」の成員とはおよそかけ離れた存在であったことは明らかである。花田の観点からすれば、彼らのどこからもコミュニズムにいたる要素を見出すことは出来ない。

もちろん、戦前から戦時中の圧倒的に不利な状況下にあっても、個々人の協同性を重視したものがいたことも事実である。たとえば、西田哲学の流れから登場した三木清は、民族主義や近代主義、自由主義や共産主義、家族主義や全体主義といった既成のイデオロギーを弁証法的に統一したものとしての「協同主義の哲学」をとなえ、当時の天皇制ファシズムにもとづいた超国家主義的傾向に対して「東亜協同体」論を提唱している。三木は書いている。「大事件はすでに起つてゐる。すべての好悪を超えてすでに起つてゐる。これをどう導いてゆくかが問題だ」「すでに起つてゐる事件のうちに何等かの歴史の理性を発見することに努めること」「新たに意味を賦与することに努めることが大切である」と(42)。現実の進行状況を容認しつつも、三木は当時の超国家主義的傾向に対する「意味」（解釈）の転換をはかろうと試みている。好意的に見れば、三木の提唱は当時の知識人に残された唯一の抵抗の手段としてあったという見方も出来るかも知れない。しかし、その考え方は間違っている。一九二九年の世界恐慌以降、世界経済のブロック化が急速に進行するなかで、アジア諸国に対する日本の帝国主義戦争が、国家独占資本主義段階に向けた資本主義的再編成と日本を頂点としたアジア・ブロック経済圏の確立を目的とするものであったことはいうまでもない。その点からも明らかなように、三木の「協同主義」こそがむしろ大東亜共栄圏（東亜協同体）の構築を名目とした日本の帝国主義戦争を合理化し、正当化するためのイデオロギーとして機能しているのである。したがって、対外的に見れば、それはいわゆる「世界史の統一的な理念」や「世界史の哲学」のような言説に転化せざるを得ない。「協同主義」のもとではさまざまなイデオロギーが超克され、統一されているように、さまざまな民族や階級の共存共栄を目指した東亜協同体の現場においては確かに彼らのあいだの差異や矛盾もまた観念的には解消されてしまっている。その点において、一見、彼らはすべて互いに自立的に「協同」し合う関係性を構築しているように見える。三木自身もその点に東亜協同体の理想を見ていたに違いない。しかし、彼らのあいだの差異や矛盾の解消は、あくまでも彼らが天皇を頂点とした日本国家のまえに平伏することによってのみ可能となる。天皇のまえではすべてのもの――支配者であろうが被差別者であろうが、日本人であろうが外国人であろうが――は平等であるとする「一君万民の国是」にもとづいた「国民融和」「民族協和」の呼びかけはその証左としてである。もちろん、それらは日本の帝国主義戦争や支配‐被支配関係を隠蔽するための欺瞞的なイデオロギーでしかない。現実的にいえば、彼らは国家独占資本主義段階における単なる収奪の対象でしかあり得ない。

しかしながら、三木をはじめとするかつてのマルクス主義者の多くが東亜協同体の建設に積極的に加担していったのも無理はないといえるだろう。なぜならば、それがたとえ現実的なものではなかったとはいえ、彼らの積極的な加担は天皇という存在を利用することによって、差別のない平等な社会を実現するというコミュニズムの理念を一歩でも前進させんがための試みとしてあったのだから。それは何もマルクス主義者にのみ限ったことではない。部落解放運動の推進者しかり。女性解放運動家しかり。植民地解放運動家しかり。もちろん、それは天皇を頂点とした天皇制ファシズムを是認することによってのみ可能となる。おそらく、彼らのマルクス主義から天皇制ファシズムへの思想的転換（転向）はきわめてスムーズになされたものと思われる。マルクス主義者の場合、マルクス主義から天皇制ファシズムへの方向転換は、みずからがかつてコミンテルンに平伏することで革命運動を貫徹しようと試みた発想と何一つとして変わってはいない。変化している点があるとすれば、その家父長的存在がコミンテルンから天皇に移行しただけのことにすぎない。それは単にマルクス主義という「家」から天皇制ファシズムという「家」に移行しただけのことにすぎない。三木の東亜協同体論に代表されるように、彼らの「協同主義」なるものが、実際のところ、花田の「家庭」とはまったく異なるものであったことはもはや明らかだろう。天皇という存在のまえではすべての差異や矛盾が解消されてしまうという欺瞞的な東亜協同体に対して、花田の「家庭」においては、あくまでも果てしなく矛盾し、対立し続ける内面化し得ない他者（自立した個人）の存在が前提とされている。そこでは、本来的に協同し得ない他者同士の「協同性」――対立のままの統一が前提とされている。その点からいえば、一九三八年にはじめて言及される花田の「家庭」論は、同時代に流布していた東亜協同体論者の「協同主義」に対する徹底的な批判でもあったということが出来る。

「沙漠」の思想としての協同性

花田のいう「家庭」について、花田はみずからをテレザに仮託しながら次のように書いている。

イスラエル族は、賢明にも、陥穽にみちた沙漠の生活を見すて、水にめぐまれたカナーンの地へ移住してしまいました。しかし、私には、どうしてもそんな気持はおこりません。危険の切迫を告げる燃えるような空気が、いよいよ私の沙漠への愛着をつのらせます。沙漠の狂暴は、沙漠の静寂にもまして、私の心をときめかせているのです。それにしても私たちの周囲には、沙漠に住んでいながら、それを沙漠だと気づいていない人びとの、なんと多いことでしょう。イスパニアは沙漠です。私はあくまで、荒れくるう砂塵のなかで生きてゆきます。こういう私の心のうごきは、私が、敵にうしろをみせず、負けるとわかっていても、決して持場を放棄しようとはしなかった、イスパニアの武士の血をうけているためでしょうか。そうではありません。武士の勇敢さなど多寡のしれたものです。それはつねに一定の利害関係によって支配されており、手柄をたてて、封建領主になりたいという願望が、かれを向うみずにしているだけです。カナーンの地でならいざしらず、沙漠のなかでは、絶対に封建領主にはなれますまい。のみならず、沙漠の旋風は、武士の誇りの象徴である帽子の白い前立毛を、一瞬にして吹きちぎってしまうでしょう。要するに、私は、イスパニアの理想主義が、ドン・キホーテによって代表される時代は、すでに終ったと思うのです。率直に申しますが、私は、かれにかわるべき人物として、私の夫を推薦したいと考えます。転形期とは、脇役が主役となり、家来が主人になるような時代ではないでしょうか。

「水にめぐまれたカナーンの地」とは「家」という制度にもとづいた共同体の別称にほかならない。この場合の「水」がオアシスのようなものを指していようとも「水にめぐまれたカナーンの地」では、やがて封建領主や王のような存在が台頭して来るだろう。東洋の専制国家が「水」の公共的管理の必要性から必然的に要請されて来るという歴史的事実が、それを明瞭に物語っている。治水・給水事業の大規模且つ強大な執行権が行使されるところから、専制的な国家権力者が必要不可欠な存在として立ち現れる。権力者は強大な専制権力を握る家父長的存在として民衆のうえに君臨する。「水」という一つの中心が存在する以上、それによった国家は不可避的に内部と外部を隔絶する共同体の形式をとらざるを得ない。

一方、テレザは「水にめぐまれたカナーンの地」の対極にあるものとして「沙漠」を対置する。それは「家」(共同体)の外部であり、より正確にいうならば、共同体(水にめぐまれたカナーンの地)と共同体のあいだに位置する場にほかならない。テレザはみずからの生き方がドン・キホーテのそれよりも「はるかに古い」ことを指摘している。「なぜというのに、かれの場合は封建的ですが、私たちの場合は、いわば、遊牧的ですから」。テレザのいう「古さ」を単に生産様式の後進性を意味するものとしてとらえてはならない。それは共同体に回収される以前の状態を意味する「古さ」である。ここではテレザが「私はあくまで、荒れくるう砂塵のなかで生きてゆきます」と述べている点に注意したい。テレザの言葉は、共同体（家）に安息することを拒絶し「沙漠」（共同体の外部あるいは共同体と共同体のあいだ）にとどまる決意を述べたものである。しかし、だからといって、それは決して移動の拒否を意味してはいない。「乾燥した砂は、わずかな風にもするどい反応を示し、一時もじっとしていることはありません。沙漠は、静止しているような印象をあたえるときでも、たえず戦慄しているのです」という言葉からもうかがえるように、それはむしろ共同体の外部を指向する脱中心化としてのたえざる移動を意味しているのである。もちろん、その過程にある個々人の関係のあり方もまた単なる共同体的な結びつきではあり得ない。テレザは「沙漠」における「家庭」のあり方を次のように説明する。「私たちは結婚し、家庭をもち、たしかに夫であり、妻ではありますが、またそれと同時に、沙漠のなかの共同の働き手としても結びついており、したがって、私たちの愛情には、夫婦としてのそれと、同志としてのそれが、絶えずまじり合っているように思われます」と。そこでは人は互いに肉親や血縁者であるとともに「共同の働き手としても結びついて」いる。マルクス主義運動においては桎梏以外の何ものでもなかった「家庭」が、テレザ（花田）においては、新たに自立した個々人のあいだの「共同」という関係性のうえにとらえなおされているのである。テレザはそれを称して「桎梏を転じてバリケードにする」と述べている。

誤解をさけるために申しそえておきますが、桎梏を転じてバリケードにする、という私たちの主張は、むろん、私たちだけの片隅の幸福を守るために、家をバリケードにする、という意味ではありません。反対に、そういう家中心の考え方こそ、私たちの家庭を桎梏にしてしまうものであり、まず綺麗さっぱり、家というものを捨ててしまわなければ、とうてい、家庭をバリケードに転化することはできない、という意味なのです。壁にとりかこまれた家は、私たちには、たまらなくばかばかしいものに思われます。壁とはなんでしょう。なんというけちくさいエゴイズムの表現でしょう。

目的の国としてのコミュニズム

もちろん、テレザに仮託して語る花田の「家庭」論は花田自身の独創的な考え方ではない。たとえば、カントは「啓蒙とは何か」のなかで、みずからの理性を「公的に使用すること」の重要性を説いている。この場合、それは国家や共同体（家）の外部に出ることを意味している。国家や共同体を「私的なもの」としてとらえるカントにおいて重視されるべきは、理性の「公的使用」にもとづいた世界市民的な領域――理性の公的使用によって、国家や共同体の外部に出たもの同士が、他者であると同時に親密に結びついた人間社会の形成という点にある。いわゆる「目的の国」である。

およそ理性的存在者は、各自が常に自分の意志の格律によって、自分自身を普遍的に立法するものと見なさねばならない、そしてこの観点から、自分自身と自分の行為とを判定すべきである。ところでこのような理性的存在者の概念は、この概念と緊密に関連する極めて豊饒な概念――すなわち目的の国という概念に到るのである。

ところで私は国というものを、それぞれ相異なる理性的存在者が、共通の法則によって体系的に結合された存在と解する。この場合に法則は、その普遍妥当性を建前として目的を規定するものであるから、もしすべての理性的存在者の個人的差異と、彼等の個人的目的の含む多種多様な内容とを度外視すると、いっさいの目的（目的自体としての理性的存在者と、各自が自分自身のためにそれぞれ設定する〔特殊的〕目的と）を体系的に結合した全体——すなわち、上述したいくつかの原理に従うことによって可能であるような目的の国というものが考えられるのである。

それというのも、理性的存在者は自分自身ならびに他のいっさいの理性的存在者を単に手段として扱うべきでなく、いついかなる場合でも同時に目的自体として扱うべきであるという法則に服従しているからである。そうすると共通の客観的法則による理性的存在者たちの体系的結合、すなわち一個の国が成立する。この国では、これらの客観的法則の意図するところは、理性的存在者たち相互のあいだに、目的と手段という関係を設定するにある、それだからこのような国は、目的の国（もちろん一個の理想にすぎないが）と呼ばれてよい(43)。

カントのいう「目的の国」は「共通の客観的法則による理性的存在者たちの体系的結合」を前提としている。それは「それぞれ相異なる理性的存在者」としての個人（他者）同士が「共通の法則によって体系的に結合」（協同）した領域としてある。なかでも、カントが「理性的存在者は自分自身ならびに他のいっさいの理性的存在者を単に手段として扱うべきでなく、いついかなる場合でも同時に目的自体として扱うべきである」と書いている点は重視されるべきである。個人（他者）を「手段」としてのみならず「目的」としてあつかうこと。その根底にはカントが『純粋理性批判』のなかで提示した「自由」をめぐる第三アンチノミーの問題が横たわっている。「目的の国」においてもまた「自然必然性の法則」に拘束された「手段」と「自由」の領域としての「目的」は両立すると考えられている。その意味からいえば「目的の国」は「自由の国」といいかえることが出来るだろう。もちろん、カントのいう「目的の国」は、現実に存在する国家のようなものではない。カント自身、それを指して「一個の理想にすぎない」と指摘しているように、そのようなものは現実に存在しているわけではない。それはマルクスが「共産主義はわれわれにとっては、つくりだされるべきなんらかの状態、現実が則るべき〔であるような〕なんらかの理想ではない」と明言していることとも対応しているだろう。マルクスが『ドイツ・イデオロギー』のなかで想定している未来社会が自由意志にもとづいた「諸個人の連合化」によって成り立っていることと同様、カントの「目的の国」もまたマルクスの想定しているようなコミュニズムの領域において認識されるべきではなかろうか。いわば、カントは「目的の国」(コミュニズム)の実現を「自由」という倫理的な領域に想定し、マルクスはそれを資本主義の超克において想定しているといってよい。

花田のいう「家庭」はカントにおける「目的の国」やマルクスのいう「諸個人の連合化」という観点からとらえられなければならない。人は「家庭」においては肉親や血縁者であるとともに「共同の働き手」でもあるというテレザの言葉は、個人(他者)を「手段」としてのみならず「目的」としてあつかえというカントの言葉と対応している。われわれにも思い当たる節があるように、しばしば「手段」としてあつかわれてしまいがちな肉親や血縁者に対して、テレザは彼らが同時に「共同の働き手」でもあることに注意を喚起しようとしている。テレザの言葉には彼らを「目的自体」(個人)として見なせという要請が込められている。あるいは「運動」のあるべき姿としての他者との協同性とは、マルクスのいう「諸個人の連合化」そのものと対応している。したがって、本当は花田の言説を同時代のマルクス主義者やファシストに対する批判という観点からのみとらえることにはさほどの意味はない。むしろ重視するべきは、花田の言説がカントの「目的の国」やマルクスのいう「諸個人の連合化」を指向したものであるという点にある。花田の批評活動の営為は、戦前・戦後を通じて、まさしく「目的の国」としてのコミュニズムにいたる道筋を見出す試みであったといってよい。その第一歩こそ、内面化し得ない他者との協同性にもとづいた「家庭」の構築にあったものと思われる。繰り返していうように、花田の理想とする「家庭」は一義的な理念にもとづいて、他者を「手段」としてのみあつかう「家」とは決定的に異なる。それはあくまでも「かれら相互が人間として各〻必要とし合い、すくすくと自分を伸ばし得んがためであり、これを足場として歴史の針を押しすすめんがため」のものとしてある。もちろん、理念としての「家庭」を語ることとそれを具体的に条件づける物質的基盤を確立することとは別の話である。

（一九九九年春・夏）

第Ⅳ章　近代の超克としてのコミュニズム

1　「文学」という意味の外部へ

『異邦人』論争

花田の批評性は、たとえば「文学」という「意味」（根拠）に差異を導入する形で表される。その典型的な例として、ここでは『異邦人』論争を取りあげる。『異邦人』論争とは、カミュの小説『異邦人』の評価をめぐって、一九五〇年代前半に廣津和郎と中村光夫のあいだでかわされた論争である。廣津は『異邦人』に一定の評価を与えつつも「読み終ると疑問が残り、滓が残り、後味が甚だよくない」点を指摘し、その原因が「ところどころ妙に神経に引つかかる」物語上のディテールと展開にあると述べている(1)。それらがあたかも「クロース・ワーヅ・パッヅル」の「暗示の鍵」のような役割を果たしており「常識人がそれに引つかかつて一つの解釈に達するのと、『それは違ふ』といつて見たいところにこの力作の目的がある」と断定している。それに対して、中村は「氏のこの小説に対する批難は、まず主人公の思想や行動が、氏の気に入らぬこと、氏の言葉をかりれば、『ところどころ妙に神経にひつかゝる』ことから始りますが、氏のムールソオに対する攻撃は、まつたく既成道徳の通り一遍の常識をでず、そこらの頑固親爺が伜にむかつて『近ごろの若い者は』と説教するのとまるで選ぶところがありません」と書いて、廣津とは反対に『異邦人』を擁護する態度に出ている(2)。中村はむしろ廣津の批判する「ところどころ妙に神経に引つかかる」箇所にこそ「ぼく等が今まで意識せずに通りすぎた心理の暗所に鮮やかな照明を投げてくれ」る契機が見出される点を指摘し、それが「ぼく等のぼく自身に対する考えを変える力さえ持つている」ことを高く評価している。「このような力を多少でも持つ作品が現代の小説の氾濫のなかでいかに稀であるかは言うまでもないことです。同時にこういう小説の主人公はすでにぼく等の精神にその機能の一部として生きるのです」と。中村は『異邦人』を「作者の心理実験室での遊戯」と見なす廣津の批判が「大正期の作家に共通する氏の『リアリズム』にもとづく偏見」以外の何ものでもないと言明する。廣津にとっては「『異邦人』が『事実』にもとづいて書かれていないのが気に食わない」のであり「知的に構成された『実験』であることが、どうも『生活』には関係のない『遊戯』に思える」「頭ででつちあげた『つくりもの』はどうしてもウソだと」思えてしまう。

廣津と中村のあいだの論点の一つ一つを取りあげ、検討することはここでの目的ではない。したがって、ここでは「不条理」という言葉をめぐる両者の観点の違いを中心として見てゆく。「不条理」というものをいかにとらえるかという点にこそ、廣津と中村のあいだを分かつ大きな対立点が存在しているのだから。中村の批判に対して、廣津はカミュのいう「『不条理』の思想」を次のように説明している。

カミュの「不条理」の思想は特に新しいものではないやうである。併し第一次世界大戦、それにつづく第二次世界大戦、そしてドイツ軍の首都占領、さうした異常な不安混乱の中で、若い心が改めてWHAT IS LIFEといふ事を自分の頭で真剣に考へ直さうとしたといふ事は想像出来ない事ではない。そしてその若い心を最も強くとらへたものは、「神」への疑惑、「神」の存在に対する否定であつた。恐らく「神」なくして生きて来てゐるわれわれ日本人には到底考へられないやうな烈しさで、この「神」との対決がなされたに違ひない。ムルソーが死刑宣言をされた後で、司祭が度々面会に来てもそれを拒絶したり、その司祭が終に押して彼の独房に入つて来て、「神」について語らうとした時、たうとう腹を立てて狂暴に司祭を罵り、「消えてなくならなければ焼き殺すぞ」と怒鳴つたりしたところにも、「神」に対する憤怒と呪詛が迸つてゐる。

そして「神」に対決し、「神」を否定して見つけたものが、「不条理」といふ観念だつたのである(3)。

廣津は『異邦人』がムルソーという「不条理人」を描いた「哲学小説」であると考える。すると「この甚だしく曖昧な小説の意味も少しづつ解つて来る」という。たとえば、廣津自身が「妙に神経に引つかかる」箇所の一つとしてあげているムルソーとマリイ・カルドナとの対話部分についても「わたしを愛してくれてゐるのか」と問いかけるマリイが一般的な日常生活者（普通人）として訊ねているのに対して「そんな事は意味のない事だけれども、恐らく愛してゐないだらう」と答えるムルソーがみずからの不条理の哲学にもとづいた「哲学的答」としての返事を返していると推測されている。

つまり、不条理を時々刻々に見つめて、未来を信ぜず、明日を信じない彼の哲学に取つて、愛を誓ふなどといふ事は意味をなさぬ事なのである。つまりそれは二十五歳の不条理哲学者の哲学的答なのである——私は、前には此処で納得の行かなさに不愉快を感じたのであるが、かう解つて見ると、今は女の問に対して、次元を異にした返事をしてゐるこの青年に、稍ゝとぼけたユーモアを感ずる。

一方、中村は廣津が「『不条理』をたんなる『観念』と受取つてしまつ」ていると指摘しつつ、カミュの『シジポスの神話』のなかの一節を取りあげながら「彼（カミュ――引用者注）にとつて『不条理』とは時代の現実のなかに実際生きたものとして『見出される』感覚、または感情なのであり、『哲学』であるまへに、時代の生活感覚のなかに、彼自身の肉眼でとらへた『発見』なのです」と言明している(4)。廣津が「ドイツ軍のパリ占領」という事態に「不条理の感覚」を見出しているのに対して、中村は「『この時代』の生活そのもの、更に具体的に云へば現代の機械主義による生活の画一化と繰り返し」のなかにそれを見出す。「それは廣津氏の考へるやうな、思想的、観念的なといふ意味で内的なものでなく、もつと感覚的、社会的といふ意味で、外的なものなのです」。中村においては、現代社会における現代人の自己疎外論的なあり方が描かれている点にこそ「カミュの作品の現代性、世界性」があると考えられている。

したがつて同じ「精神の病」の具象化である「異邦人」が、我国で多くの読者を得たといふやうなことは、たんに「外国小説」にたいする盲拝または浅薄な好奇心だけにもとづくのではありません。さういふ軽薄な空気が文壇の一部にあることは事実ですが、広い範囲の読者が身銭を切つて本を買ふにはもつと切実な動機がある筈です。
おそらく彼等の本能は、この風変りな外国小説が結局彼等と同じ生活の地盤の上で書かれてゐることを感ずるのです。「不条理」などといふ聞馴れない言葉も、その事実は彼等自身と共通の感情を呼吸してゐることをかぎわけるのです。

果たして、カミュのいう「不条理の感覚」とは「『神』への疑惑、『神』の存在に対する否定」から発せられたものなのか。それとも「現代の機械主義による生活の画一化と繰り返し」によって見出されるものなのか。両者の対立は論争に対するカミュ本人のコメントが発せられた後にあっても、決して解消されることがなかったことを念のためにつけ加えておこう。

論争の「盲点」

一方、彼らのやりとりに対して、花田は次のような意見を述べている。彼らの論争にはある「盲点」が横たわっている、と。花田は「さあ、坊や、桃太郎の話をしてあげるから、おとなしくおねんねするんだよ、とかなんとかいって、至極無造作に、坊やを寝床のなかに呼びいれたおやじさんが、お伽噺なら、うろおぼえのおやじさんよりも、はるかによく知っている坊やから、あべこべに、さんざん、桃太郎の話をきかされ、とうとう、ミイラとりが、ミイラになってしまって、いつの間にか、すっかり寝かしつけられてしまう、という有名な落語がありますが、広津和郎と中村光夫の『異邦人』論争は、どうもぼくに、あの落語を連想させます」と評しつつ、次のように書いている。

元来、『異邦人』という作品は、桃太郎の話と同様、お伽噺にすぎません。いや、ぼくなんかには、前者のほうが、後者よりも、はるかにバカバカしい感じがします。フランス領のアルジェリアで、匕首をひらめかしながらおそいかかってきたアラビア人を、もののはずみで射殺してしまった一人のフランス人が、同じフランス人の裁判官たちによって、故殺だとみなされて、死刑にされてしまうというのが、この小説のあら筋ですが、いったい、こんな、「不条理」な話があるものでしょうか。たとえ本当に故殺だったにしても、正当防衛だとみなされて、無罪放免になるというのが、この殺人者のたどる当然の運命ではないでしょうか。これでは、まるで、鬼が島で、鬼を殺したというので、お供の犬や猿や雉が桃太郎によって、死刑にされてしまうようなものではありませんか。それとも、アルジェリアにおけるフランス人の裁判官たちは、それほど民族的な偏見から解放されて、フランス人にたいしても、アラビア人にたいしても、一視同仁の態度をもって臨んでいるのでしょうか(5)。

「不条理」というものを「観念」や「感覚」「現代社会における象徴」などの点からとらえる廣津や中村に対して、花田は『異邦人』という小説が「フランス領のアルジェリア」という植民地を舞台にしている点に注目する。廣津や中村があくまでも主人公であるムルソーの視点から論争を展開しているのに対して、花田はムルソーによって射殺されたアルジェリア人の視点から『異邦人』を理解しようと試みている。花田からすれば、廣津のように「不条理」というものを「観念」からとらえようが、中村のように「感覚」や「現代社会における象徴」からとらえようが、どちらもムルソーというフランス人（支配者）の立場からとらえられた視点にすぎない。そこでは、射殺されてしまったアラビア人（被支配者）の立場からの視点が抜け落ちてしまっている。もちろん、アラビア人を単なる脇役としてあつかうことは出来ない。なぜなら、彼はムルソーを死にいたらしめる直接の原因を作った人物であり「クロース・ワーヅ・パッヅル」の「暗示の鍵」の一部分を占める重要人物にほかならないのだから。端的にいえば、彼らの論争では、フランス（宗主国）とアルジェリア（植民地）のあいだに横たわる植民地問題、階級問題の視点が欠落している。植民地における裁判システムの恣意性、宗主国（支配者）側の特権性という視点が欠落している。日本とフランス、アルジェリアのあいだの政治的差異の視点が欠落している点において、彼らの論争は形而上的な議論にすぎないといわざるを得ない。その点にこそ、花田のいう「盲点」がひそんでいる。

ぼくたちは、皆、盲点をもっています。そうして、その盲点は、ぼくたちの眼のなかにだけあるのではありません。論理的な盲点、心理的な盲点、倫理的な盲点、等々、実に、ぼくたちの盲点はたくさんあって、枚挙するに暇がないほどです。カミュは、『異邦人』のなかで、こういうぼくたちのさまざまな盲点を、あますところなく描きだそうと努めているようにみえます。しかし、かれにも、自分では気づいていない盲点がないわけではありません。それは政治的な盲点です。さきにぼくの指摘した、植民地における支配民族と被支配民族との関係の例によってもあきらかなように、かれには、リアル・ポリチックスというやつが、全然、わからないのです。いくらか政治的なセンスのある広津のおやじさんが、なんとなくこの小説を、子供っぽいと思って、「絵探し」だなどというゆえんですが、しかし、そんな皮肉をいったところで、中村の坊やには、少しも通じません。なぜなら、この坊やもまた、カミュに輪をかけた、政治的な盲点の所有者であるからです。

もちろん、花田は政治的な立場からの読解こそが『異邦人』の正しい読み方であるといっているわけではない。中村がいうように「彼にとつて『不条理』とは時代の現実のなかに実際生きたものとして『見出される』感覚、または感情なのであり、『哲学』であるまへに、時代の生活感覚のなかに、彼自身の肉眼でとらへた『発見』なので」あればこそ、作品の舞台となっている「フランス領のアルジェリア」という植民地の問題、植民地における裁判の恣意性などが問題にされなければならないはずである。もちろん、それこそが「時代の現実」というものだろう。ましてや『異邦人』論争と平行して、当時、伊藤整（翻訳者）と小山久二郎（小山書店店主）を被告とする『チャタレイ夫人の恋人』の出版をめぐる裁判（いわゆる『チャタレイ』裁判）が続けられている。一九五一年五月八日に第一回公判がはじまり、翌年一月一八日の第一審判決にいたるまでに計三六回の公判が開かれている『チャタレイ』裁判は、文学が裁判を通じて国家権力や社会性と直面する機会となったものとしてある。当の中村自身も傍聴人の一人として法廷で傍聴している以上、『チャタレイ』裁判においては裁判のあり方に関心を払い、一方の『異邦人』における裁判のあり方には目を向けないということは考えられない。花田の「中村の坊や」に対する批判には、当然、その点に関する批判も込められていると考えてよい。

「不条理」をめぐる廣津と中村のあいだの形而上的な議論に対して、花田は「リアル・ポリチックス」を標榜する。そのことによって、彼らの議論に差異を導入しようと試みる。その場合、花田の指摘を政治的な党派性やイデオロギーの観点から見ることにさしたる意義はない。むしろ形而上的な議論に対する「現実」（他者）という差異の導入にこそ「リアル・ポリチックス」があると見なされるべきである。『異邦人』論争という文学論争において、それは「文学」に対する「政治」の導入ではない。「文学」の内部で完結する傾向を持つ形而上的な議論に差異（外部性）を導入することよって見出される「現実」（リアルなもの）の発見であるといってよい。文学上の論争が「文学」の内部でかわされるとき、そこに盲点が生まれる。その場合の盲点とはまさしくそのよって立つところの「文学」という根拠そのものにあるということが出来る。いいかえれば、花田は「文学」というものを自明の前提としてはとらえてはいない。しかし、同時に「文学」というものの根拠を否定することも意図してはいない。「文学」は「文学」以外の領域との関係において、その自明性を疑う果てにしかあり得ないと考えられている。この場合の「文学」を個人の内面性や近代的自我を基盤とした近代小説の意味としてとらえれば、花田の考え方は平野謙とのあいだでかわされた深沢七郎の『笛吹川』評価をめぐる論争——いわゆる『笛吹川』論争の過程からもよく見て取れるだろう。一九五八年四月、中央公論社より刊行された深沢七郎『笛吹川』を取りあげた「群像」誌上「創作合評」欄（評者・花田／平野／寺田透）において、花田は『笛吹川』を支持しつつ、その末尾に次のような「附記」をつけ加えている。「私の『アヴァンギャルド芸術』は、この作品あたりからはじまる。戦争中から戦後へかけて、私は終始一貫、『近代の超克』を意図している」と(6)。それは「花田清輝の評価を聞いていて、私は戦争中の『近代の超克』という討論を思いだしたが、それについて言及する暇がなかつたので、ここに一言附記しておきたい」と書く平野の「附記」を受けて書かれたものにほかならない。

2　「凸型構造」の超克を目指して

『笛吹川』論争

深沢七郎『笛吹川』の評価をめぐって、平野謙とのあいだでかわされた『笛吹川』論争について、花田は次のように書いている。

『群像』（六月号）の「創作合評」で、わたしと平野謙とは、深沢七郎の『笛吹川』の評価をめぐって対立した。そして平野謙は、その座談会の速記のあとに、つぎのようにかいた。「花田清輝の評価を聞いていて私は戦争中の『近代の超克』という討論を思いだしたが、それについて言及する暇がなかったので、ここに一言付記しておきたい。」と。

わたしは、かれの連想をいささかも不当だとはおもわない。なぜなら、戦争中『文学界』にのった右の討論は、『文学』（四月号）の小田切秀雄の『「近代の超克」論について』によれば、およそわたしとは相反する立場からの発言らしいが、しかし、その当時からいまにいたるまで立場こそちがえ、わたしもまた、終始一貫「近代の超克」を意図してきたからだ。近代の確立していないところで、「近代の超克」を説くとは矛盾しているではないか、といったような古い歌にはききあきた。その昔、ツァーリ・ロシアにおいても、同じ歌がうたわれた。そこでレーニンは、獄中で『ロシアにおける資本主義の発展』をかかなければならなかったのである。はたしてツァーリ・ロシアや革命前の中国にくらべて、今日の日本は、近代化が不十分であろうか(7)。

花田は『笛吹川』という小説に「近代の超克」の可能性を見出す。文学的な観点から見れば、それは近代文学の超克であり「文学」批判としての文学を指向するものとしてある。花田は論争の発端となった「創作合評」欄において「われわれの経験してきた戦争というものをかなりうまく生かして使っているのじゃないかと思う」「生のままで観念としては出ていないけれど、底を支えているものに非常にメタフィジカルなものを感じました」と述べながら「全体としてぼくは退屈だった」「そういう六代にわたる一家の殺され方が綿々と書かれているわけだけど、陰にこもった一家の執念みたいなところはどうもない」と否定的な見解を述べる平野に対して、作品自体が「非常に叙事的になっている」点を指摘している。あるいは「作者自身、自分の戦争体験を文学的に解釈しようと思ってこの歴史小説を書いたのじゃないという気がぼくはしたんだがね」という平野に対して「むろんそうですね。自分を押し出して書いてなくて、非常に客観的に書いているわけですね」「平野さんの批評にこだわっていえば、おもしろがらせない小説というものを最初から意図していたように思うんです」と言明している点からも、花田が『笛吹川』に近代小説（近代）を超える要素を見出していることがうかがえる。

「近代の超克」「近代小説の超克」という花田の意図を透視しつつ、それを発展的にとらえようとしていた一人に当時の江藤淳がいる。たとえば、江藤は「『はしか』にかかることによってはじめて子供は大人になる——笛吹川論争をめぐって」のなかで『笛吹川』をめぐる平野と花田の対立が「『近代主義』対『土人主義』の対立などではさらになく、実は、フィジシアンとメタフィジシアンの対立であること」を指摘しつつ「むしろ私には、『リアリスト』＝『自然』主義者であるはずの平野氏の発言に、この場合いくばくかのリアリスティックな精神の欠如ないしは本来の『自然』の無視があらわれているように思われる」のに対して「一見『イデオローグ』＝非『自然』主義者風の花田清輝氏によって、かえって現実にわれわれの周囲に充満している『自然』の構造がリアリスティックにとらえられているかのように見える」と判定を下している(8)。興味深いのは、江藤がここで「自分を押し出して書いてなくて、非常に客観的に書いているわけですね」と評価する花田の発言を踏まえて『笛吹川』の持つ特質を次のように指摘している点である。私小説をふくむ日本の近代小説は「大ざっぱにいって凸型の構造を持っている」のに対して『笛吹川』は「凸型でなく、平型であり、作者の姿はどこにもみられない」と。江藤によると「『私小説』の場合、そこに表現された世界は、ほぼ正確に作家の皮膚感覚の周囲に附着した日常的な世界のなかに限定される」のであり「日本の近代文学史家が『自我』と呼んでいるのは、主としてこの『皮膚感覚』のことであるように思われる」。いわば「凸型構造」の上方への突出部分が「皮膚感覚」としての「自我」に相当するものとして考えられており、その部分を起点として「『現実』にふれ、そこで『実感』したものを表現することに」こそ近代文学の本質がある。そこでは「われわれは作家がどんな感じの女がすきで、どんなみみっちい感情のとりこになり、どんな屋台で酒をのむか、などということを知ることはできるが、『現実』そのものの構造についてはついに知ることがない。フィジックはわかるがメタフィジックはわからない」。それに対して『笛吹川』に見られる「凸型構造」の欠落は「皮膚感覚」としての「自我」「個人的なフィジック」が欠落していることを指し示している。江藤は『笛吹川』が

「きわめて無意識的に、自らの『自我』をひとつの『点』にまで縮小させている」と指摘する。花田が「非常に叙事的になつている」「自分を押し出して書いてなくて、非常に客観的に書いている」と指摘する所以であるが、その点について、江藤はさらに次のように書き進めている。

ある意味で、このことは類推的に「私小説」のなかにあったひとつのロマンティックな衝動のことを思いおこさせる。「私小説」のカタストロフィーは、ほとんど一つの例外もなく、凸型の感覚的な「自我」が、「自然」のなかに解消することによって救われる、というかたちのものであった。「自我」が無限に縮小されるという点だけについていえば、これは「笛吹川」の作者の態度に酷似している。しかし、この両者のあいだには、ひとつの決定的な相違がある。「私小説」家をもって代表される多くの「近代」作家は、まず感覚的「自我」の主張からはじめる。その確立、主張、「自然」への解消の過程――この過程が日本の「近代小説」を支えている小説的時間である。こうして表現された世界は、いわばサツマイモ型であり、私はそれを便宜上主観的な世界と呼ぶ。

これに対して、「笛吹川」の作者は、まず感覚的「自我」を縮小するところからはじめる。彼の意図のなかには、最初から人間を描くなどという色気はない。「自我」が縮小されたとき、「近代」作家の主として感覚的な「自我」のフィルターを通して表現された、歪んだ、あいまいなリアリティのかわりに、対象となる「人間」もまた正確に縮小され、「自然」との――あるいはほとんど「自然に近い権力」との――現実的なプロポーションにおいてとらえられ、結果としてそこにはかりに構造的ではないにせよ、ひとつの輪郭を持ったリアリティがうきあがって来る。「笛吹川」の奇妙な「客観」（！）性、「叙事」性は、おそらく、女性的な、感覚的な、「近代」（！）的な「自我」に対する本能的なディスイリュージョンメントから発生している。

私小説において描き出される凸型の「自我」の確立や主張、「自然」への解消過程に対して、深沢は最初から「自我」（個）の縮小化による「自然」（関係／構造）の顕在化をくわだてる。江藤が『笛吹川』に見出すものこそ「自我」の縮小化による「自然」という「現実」の発見にほかならない。深沢の場合、縮小化された「自我」を支えているのが「農民の日常的な操作的な視点」であり「抒情を許さない」「実際的な、リアリスティックな時間のとらえ方」である以上、その世界に決定的に欠落しているものに「ヒロイズム」があげられる。『笛吹川』においては、戦争や功名を立てるといった「ヒロイズム」にまつわる要素は「物語のリズムとかみあわないという単純な操作によって、無言のうちに否定され」「こっけいなものとしてこのものがたりの『自然』からはじき出されていく」仕組みとなっている。

これは作者の血に内在している本能的な操作によって描かれた世界であって、この過程を農民の権力に対するレジスタンスだと見るのは、やや感傷的だといわなければならない。しかし、花田氏の指摘する権力とのへだたりの意識、しかも決して権力の側につこうとはしない距離感は、このような、あらゆるヒロイズムの否定によって、はじめて描かれたものである。この距離が正確に描かれたということは、この作品のすぐれた結果的価値であり、それは個人の憎悪感をこえた、いわば集団的な、社会構造そのもののなかにかくされた憎悪感の表現である。

ただし、江藤は深沢のそれが「作者の本能的部分に属している」ことを強調する。「自我」の縮小化はあくまでも無差別的、無意識的になされている。したがって、そのような「操作」によってとらえられた「現実」は「構造を持たず、立体的でない」「集合的なフィジック」としてのそれにすぎない。それは「精神共同体論者」や「『天皇制』的皮膚感覚の憧憬者」に絶好の論拠を与える危険性をはらんでいる以上、「自我」の縮小化は「主体的に、あるいは意識的に」なされなければならない。おそらく、江藤のこの指摘を現実に試みようとしたものに、花田によって書き継がれる一連の歴史小説がある。江藤の『笛吹川』評はむしろ花田の歴史小説にこそ当てはまると考えてよい。「これはしゃべるだけでなしにいつか書いてみましょう」と宣言した「創作合評」欄から二年後の一九六〇年、花田はみずからの第一小説集となる『鳥獣戯話』の第一篇「群猿図」を執筆しはじめる。当時、屈指の戦国大名であった武田信玄の父親・武田信虎を主人公とした『鳥獣戯話』が、その題材の共通性からいっても『笛吹川』に触発されて書かれた小説であることは明らかである。のみならず、それはその後の『俳優修業』『小説平家』『室町小説集』へと連なる花田の歴史小説の出発点となった記念すべき作品であるということが出来る。

『鳥獣戯話』――自我の縮小化

『鳥獣戯話』において、江藤のいう「自我」の縮小化は武田信虎の描かれ方やそのあり方に見出される。それは信虎が小説の主人公であるとはいっても、肝心の信虎自身の言動がたえず不明瞭なままにあつかわれているという点にある。たとえば、甲斐の国主であった信虎が本国を追放され、隣国・駿河の今川家に身を寄せなければならなかった真相は、結局、最後まで明らかにされることはない。信虎の追放は子息・信玄のクーデターによるものだったのか。それとも今川家を滅亡に導くためになされた信玄との合意のうえでの出国だったのか。信虎追放にまつわるさまざまな仮説に対して、花田は確かにみずからの暫定的な見解として「わたしは、あえてクー・デター説をとり、それ以後の信虎の生涯を信玄にたいする復讐のためについやされたとみる」と書いてはいる(9)。しかし、だからといって、その見解に確証があるわけではないことは、それに引き続いて「もっとも、そうはいうものの、べつだん、わたしに、広瀬広一のいわゆる『確実なる史料』があるわけではない。強いていうならば、昨年、甲府の古本屋で偶然入手した『逍遥軒記』がある位いのものであるが、これとて、そのなかに天文十年(信虎追放の年——引用者注)当時について、なんら具体的な記述があるわけではない」と書かれていることからもうかがえる。「確実なる史料」がないにもかかわらず、花田は信虎の追放劇を信玄のクーデターによったものであると指摘する。そればかりか、信玄の弟・信廉によって書かれたとされる『逍遥軒記』なる資料まで持ち出して、みずからの見解の不確かさを露呈させている。しかも、この『逍遥軒記』なる書物自体が、実は花田の手によって創作された偽書にほかならない。作中に偽書を導入することによって、みずからの見解に架空のリアリティを持たせようとするのであれば、それは創作上の手法の一環であると見なすことが出来る。しかし、この場合、花田はわざわざ偽書を持ち出しながら「これとて、そのなかに天文十年当時について、なんら具体的な記述があるわけではない」とまで書いているのである。それはみずからの見解の不確かさをより増幅させようとする試み以外の何ものでもない。いいかえれば、偽書の導入は問題の対象(信虎の追放劇)を真相(事実)から引き離そうとする試みとしてある。小説のそもそもの発端である信虎追放の真相があいまいなままである以上、その後の武田軍の侵攻による今川家からの出奔と上洛、将軍・足利義昭直属の御伽衆としての活躍、武田領への帰郷という信虎の不可解な行動とその意図もまた不明瞭なものとしてとらえられざるを得ない。執筆当時を回想して、花田は「わたしが、『鳥獣戯画』をあきらかに意識しながら、『鳥獣戯話』という小説をかいたさい、その題名に、これまでつかわれてきた『戯語』という言葉をさけて、わざわざ、未熟な『戯話』という言葉をえらんだのは、本当らしい嘘にすぎない物語文学を否定して、嘘らしい本当によってつらぬかれた説話文学へむかって、一歩前進したいと考えたからでした」と言明している(10)。しかし、肝心の主人公がひたすら曖昧で不確かな存在としてとらえられている点からいえば、それはもはや「本当らしい嘘」の否定のうえに立った「嘘らしい本当」の小説であるということすらもいえないのではないか。それはむしろ「嘘」と「本当」という関係そのものを相対化するような真偽不明の世界にもとづいた小説空間ではないか。その点において、花田の描く歴史小説は、一般に流布している歴史的な事象の近代的解釈としてのそれではあり得ない。それは「嘘」／「本当」にもとづいた過去の事象の近代的な解釈そのものに対する批判、パロディとしての歴史小説として書かれているといってよい。

『鳥獣戯話』における「自我」の縮小化は、主人公・信虎のあいまいな自己存在、その描かれ方と切り離せない関係にある。いいかえれば、信虎においては、もともと縮小化されるべき「自我」そのものが常に曖昧なものとして設定されている。真相不明の追放劇に端を発する信虎の流転の人生は「自我」の定立そのものを無効にする方向にあるということが出来るかも知れない。それは信虎自身の存在のあり方や行動からも端的にうかがい知ることが出来る。たとえば、追放された信虎はもはや支配者でもなければ、被支配者でもあり得ない。その後の無人斎道有への改称、今川家からの出奔、上洛、御伽衆への参画、武田領への帰郷と孫・勝頼との対面など、信虎はかつての甲斐国主（支配者）としての地位から「三界に身の置きどころのない境遇」へと次第に転落してゆくとはいえ、決して被支配階級の地位にまで没落しているわけでもない。追放先の今川家に対する政治的な画策、上洛後の織田信長に対する揶揄、帰郷後の勝頼および家臣団に対する恫喝など、すでに支配者としての地位からは転落しているにもかかわらず、その存在は常に支配階級を脅かす存在としてあり続けている。もちろん、信虎の放つ脅威は信虎自身の保有する権力や軍事力や経済力によったものではない。むしろそれらを持ち合わせていないがゆえに、信虎は支配者に対する脅威となり得ている。たとえば、日ごろ、落書によって信虎に煮え湯を飲まされている織田信長は信虎という存在を次のように把握している。

もしも道有が、義昭の御伽衆というだけの人物だったなら、信長は、無人斎という斎名どおり、かれにむかって傍若無人なくちをきくこの老人を、得意の手をつかって、とうの昔、かたづけてしまっていたにちがいない。ところが、あいにくなことに、この毒舌家は、かれが、いま、いちばん、正面衝突をさけたいとおもっている大名のなかの第一人者である武田信玄の父親なのである。いや、単にそればかりではない。老人は、菊亭大納言や本願寺顕如や、もしかすると、信長自身にとってもまた、「父親」に当るのかもしれないのだ。永禄八年（一五六五）、信長は、濃州苗木の城主である遠山友勝の娘を、かれの養女にして、道有の孫である武田勝頼にとつがせた。不幸にしてかの女は、その翌年、病死したが、なんとかして武田家と姻戚関係をむすんでおきたいと考えた信長は、つづいて永禄十年（一五六七）、息子の信忠の妻に、武田信玄の娘の松姫をもらうことにした。とすると、つまり、道有は、信長の「父親」ということになるではないか。むろん、「父親」であろうとなかろうと、道有のくちを永遠にふさぐことが、自分と同様、信玄にとってもまた、よろこばしいことだったなら、信長は、なんらためらうところなく、みずからのくわだてを実行に移したでもあろう。だが、道有と信玄との関係ほど、はた目に不可解にみえるものはない。かれらが仲たがいをしているのか、仲たがいをしているようなふりをしているのか、誰が知ろう。げんに単身義昭に近づいて、信長にたいする反感をあおりつづけている父親の背後には、どうも息子が控えていて、たえず糸をひいているような気がしてならないのである。

戦国大名同士の微妙なバランスシートのうえにあって、信虎はみずからの立場というものを持ち得ないがゆえに、かえって信長に脅威を与える存在となり得ている。信虎の「自我」というものを保証する立場が限りなく無に近いがゆえに、かえって大名同士の権力関係の網の目が顕在化する仕組みとなっている。それが信長に脅威を与える結果を導き出している。この場合、信虎の立場の無化は「自我」の縮小化という現象に対応している。限りなく「自我」というものを無に近づけることによって、さまざまな諸関係を浮かびあがらせつつ、彼らをつなぎ合わせてゆくこと。その点にこそ、支配者でもなければ被支配者でもない信虎が信長という支配者を討ち取るための戦略が隠されている。子息・信玄を中心として「義昭を奉じて、浅井、朝倉の両氏、大和の松永久秀、伊勢の北畠具教、長嶋の一向一揆、摂津の大坂本願寺を中心とする近畿一帯の一揆を味方とし、輝虎の背後を、越中、加賀の一向一揆によっておびやかし、また上野における輝虎の勢力にたいしては、北条氏政を中心に、常陸の佐竹義重、安房の里見義弘をもってあたらせ、つまるところ、摂津、山城、伊勢以東、上野、常陸におよぶ大円環をつくって信長および家康をとりかこんで討ちとろう」とする「大円環作戦」が信虎の立案であったと述べる津田宗及の話は、そのことと密接に連関している。もちろん、信虎の計画は信玄の死を契機として崩れ去る。しかし、その後、信長が本能寺の変に倒れたことを指して、花田は「だが、その本能寺の一件にしても、もしかすると、死んだ道有が、信長の権力を打倒するためにこの世に残していった、捨て罠が効果を発揮したのかもしれないのだ」と指摘している。『甲陽軍鑑』によれば、光秀は、信長の敵である武田勝頼と通謀していたことが露顕しそうになったので、ついに単独行動に出たということであるが、道有が、孫の勝頼と知人の光秀とのあいだをとりもって、二人をそそのかしたというのは、いかにもありそうなことではないか」と。いわば、信虎の「大円環作戦」は、信虎の死によって成就する。信虎という「自我」の消滅が信長という支配者の滅亡を導き出す。野口武彦の言葉を借りれば、信虎とはまさしく「虚点」そのものであるといってよい(11)。

もちろん、信虎の「虚点」としての存在は信玄・勝頼を筆頭とする武田家に対しても当てはまる。「おもうに、おのれの帰巣行動の失敗したことを知った信虎は、その後は、巣を守ることよりも、巣を破壊することに全力をあげ、巣のなかにぬくぬくとおさまっている連中を、地獄の底までひきずっていくために、日夜、心をくだいていたのではなかろうか」という記述からもうかがえるように、信虎の死から数年後には滅亡の日を迎える武田家の没落もまた信長の死と同じく、信虎の「捨て罠」に嵌められた結果であったという見方がとられる。支配者(権力者)はみずからの絶対的な「自我」を頂点に据えつつ、他者（民衆）を支配する。両者の関係は支配（上）－被支配（下）という関係のヒエラルキーを形成する。それに対して、信虎はみずからの「自我」を「虚点」にまで縮小させることによって、支配者層の一掃を試みている。小説の主人公を「自我」の縮小化、消滅化――「虚点」としての側面から描き出す試みは、花田が「自我」を頂点とする近代小説の構造（凸型構造）を批判的に乗り越えようとしていたことを表している。もちろん、花田の試みは単なる作中人物のあり方にのみ限定されるものではない。それは小説自体の持つ構造とも密接に連関している。「凸型構造」というヒエラルキー、支配－被支配の関係にもとづいた権力構造をいかに批判し、解体するか。その点について、われわれは『鳥獣戯話』以降の花田の歴史小説に目を向けなければならない。それらもまた「凸型構造」としての近代および近代文学のあり方に差異を導入しようとする目的のもとに書かれているのだから。

3　権力構造を廃棄する試み

『小説平家』──偽文書と良質史料の反転

『鳥獣戯話』以降の小説においても、江藤のいう「皮膚感覚」としての自我や「凸型構造」としての近代小説に対する批判は貫徹されている。たとえば、花田は『小説平家』の主人公として「信濃の国海野の庄の出身である海野幸長」なる人物を登場させている。花田によると、この海野小太郎幸長こそが『平家物語』を著した作者その人にほかならない。花田は書いている。「かれは青雲の志をたてて都へのぼり、勧学院の教授となって、進士蔵人道広といったが、のちに仏門にはいって最乗坊信救と名のり、続いて平家を討つために木曽義仲の軍に投じて大夫房覚明と称し、義仲の敗死後、天台座主の慈円のもとで、さらに円通院浄寛と名をあらためて『平家物語』をかき、そして、最後に同じく慈円のところにいた親鸞に共鳴して関東をうろつきまわり、西仏という名で、自作の平曲を語ってあるいた」と(12)。『徒然草』二二六段によって『平家物語』の作者であると考えられている「信濃前司行長」は、吉田兼好が「幸長」を「行長」と書き誤ったものであるとされている。『源平盛衰記』や『沙石集』『吾妻鏡』『親鸞聖人御一代記図絵』『東寺御舎利相伝次第』『康楽寺略縁起』などのさまざまな文献が繙かれながら、海野幸長（道広／信救／覚明／浄寛／西仏）のめざましい活躍が描かれている。あるときは平清盛を批判する南都の毒舌家として、またあるときは癩人法師として、木曽義仲の右筆として、舎利泥棒の首謀者として、親鸞とともに東国をめぐり歩く老僧として、その時々に応じて名前を変え、生き方を変えてゆく幸長の姿がさまざまな文献のなかから浮かびあがる仕組みとなっている。しかし、この場合、注意すべきは「歴史の欠点は、起ったことはかいてあるが、起らなかったことはかいてないことである。そこにもろもろの小説家、劇作家、詩人など、インチキな手合のつけ込むスキがあるのだ」と述べる三島由紀夫に対して、花田が「わたしはといえば、むろん、かれの言葉を、そっくり、そのまま、ひっくりかえして、『歴史』の欠点は、起らなかったことだけがかいてあって、おこったことは、なに一つ、かいてないことである、とまでいおうとはおもわないが、まあ、そういいきっても、いっこう、さしつかえないような『歴史』にたいする不信の念をいだいている」と述べている点である。「わたしが歴史家のあいだで、良質の史料とされている日記や書簡や願文などよりも、小説や戯曲や詩のほうを段ちがいに信頼し、とりわけ作者の伝記は、かれの作品をデータにして組み立てられなければならないと考えているゆえんである。偽文書ということになれば、作品よりも、ずっと『良質の史料』のほうに多いのではなかろうか」と。花田はさまざまな文献を駆使しながらも、その信憑性についてはまったく信用していない。歴史というものが常に事後的に振り返えられ、場合によっては書き換えられることによって、同時代のさまざまな矛盾する事象を理路整然とした因果関係の連鎖のなかに回収してしまうものである以上、花田が「『歴史』にたいする不信の念をいだいている」と述べるのも無理はない。しばしば「歴史」が「物語」と同義的な関係にあるといわれる所以である。いいかえれば、さまざまな「良質の史料」を駆使することによって、海野幸長の生涯を描き出す花田の試みは決して事実（真実）の証明、真理の探究を目指したものではない。その意図がもしも『平家物語』の真の作者探し（真理の探究）とその証明にあるとするならば、花田の歴史小説は「真の作者」（真理）を頂点とする「凸型構造」を形成することになるだろう。確かに、花田は海野幸長こそが『平家物語』の真の作者であるとさかんに繰り返している。しかし、ここでは「良質の史料」を前提とするみずからの確信が「良質の史料」そのものに対する懐疑的な言説によって、たえず反転される形をとっている点に注意を払わなければならない。いわば「歴史」に対する批判を内在した歴史小説という形態において、花田の『小説平家』は「凸型構造」としての近代小説の圏内から逃れることを意図していることが出来るのである。もちろん、それは肝心の海野幸長自身の描かれ方からも読み取ることが出来る。花田によると、幸長は『平家物語』の作者であると同時に大夫房覚明や最乗坊信救などの作中人物として存在している。『小説平家』においては、いわゆる近代小説に認められる作者という上位レベルに位置する主体が下位レベルの作中人物を描き出すという一方通行的な関係性そのものが意味を持たないものとしてとらえられている。作中人物自身(下)が作者(上)であるという点からも、近代小説に見られる「凸型構造」からの脱却という方向性が読み取れる。

『室町小説集』——真偽の彼岸の彼方へ

作者と作中人物が互いに自己言及的な関係にあることによって、従来の近代小説に見られる作者と作中人物のあいだの上下関係は無効なものとなる。それは作者という主体を頂点とした「凸型構造」に対する批判としての意味合いを持っている。それが『室町小説集』になると、今度は武田信虎や海野幸長のような小説の主人公ともいうべき存在すらも解消される傾向にあることがうかがえる。一四四三年(嘉吉三)、かつての南朝方の親王を奉ずる後南朝勢力によって強奪され、吉野・台高山脈の奥地へと運び込まれた三種の神器のうちの「玉」(八坂瓊曲玉)をめぐる争奪戦を描いた

『室町小説集』において、小説の主人公ともいうべき存在が「玉」以外の何ものでもないことは明らかなのだから。「玉」の存在こそが奪還を試みる側と死守する側の関係性や物語世界そのものを形成する役割を果たしている。ただし「神器のあるところに正統帰す」（北畠親房）という考え方があるように、ここでは『室町小説集』を「玉」という正統性（根拠）をめぐる争いを描いた「凸型構造」の小説であると見なすべきではない。われわれは血眼になって争奪戦を繰り広げている人々のうち、肝心の「玉」の正体を知っているものが誰一人としていないという滑稽な事実に注目しなければならない。真実を知るであろうと考えられている勧修寺経茂でさえ、いまだかつて「玉」の正体を目撃したことはない。経茂の知ることといえば「玉」の収められているとされる「しるしの箱」のことだけである。しかし、その箱にしたところで「箱をつつんでいるぬののほうは、たとえ破れてぼろぼろになっても、そのままにして置き、さらにその上を、あたらしいぬのでつつむ」のであり「時がたつにつれて、箱は、つぎつぎに青い絹のぬのにつつまれ、しだいにふくれあがっていき、それが、桐の箱なのか、檜の箱なのか、いまとなっては、たしかめる術もない」ありさまである。

箱についてさえ、そうなのだ。いわんや箱の中身については、それが、曲玉を糸でつないだ頸飾りのようなものであるのか、印形のようなものであるのか、誰が知ろう。順徳天皇の『禁秘抄』に、天皇が、その箱を、左右に振ってみると、なかで鏡一個ほどの重さのものが、ゴトゴトとうごいた、といったような意味のことが書かれているところをみると、たしかにその箱のなかには、何かがはいっているらしいが、それがなんであるか、これまた、いまとなっては、誰にも見当がつかないのではあるまいか。なるほど、冷泉天皇や花園天皇は、あるいは箱の中身をみたかもしれない。しかし、冷泉天皇のばあいは、蓋をとって、三筋の煙りの立ち昇るのをみるや否や、たちまち天皇は気がふれて、前後不覚になってしまったという伝説がのこっているだけであって、たよりないことおびただしい。花園天皇のばあいは、冷静に箱の中身をあらためたらしい形跡はあるが、『宸記』には、箱の紐が、少々、切れていたが、その他には、かくべつ、異状はなかった、といったような意味のことが、そっけない調子で述べられているにすぎない。元弘元年(一三三一)十月、六波羅の要請によって、三条実継の箱の中身を調べた『剣璽渡御記』という記録もあるが、同様に、「神璽」なるものの正体については、かたく沈黙をまもっている。それは、後醍醐天皇が、六波羅の眼をごまかすために手放したふりをした、にせ物の「神璽」だったためであろうか(13)。

したがって、堅牢な敵地に首尾良く潜入することに成功した小寺藤兵衛入道の一味も、いざ「玉」を奪還する段階になってから「はたと当惑」せざるを得ない。何しろ、彼らは「玉」はおろか「しるしの箱」がいかなるものであるのかさえ、何も知らされてはいなかったからである。実際、丹生屋四郎左衛門尉は「玉」の入っていると思われる箱を手にして逃走を試みるが、それにしたところで「なんの変哲もない白木の箱であって、経茂のいうように、青い絹のぬので幾重にもつつまれてもいなければ、紫の丸打ちの紐で、格子のように括られてもいなかった」という。「ということは、つまり、その箱が別の箱であって、『しるしの箱』ではなかったことを意味する」。もちろん、問題の箱を首尾よく入手することが出来たとしても、そのなかに収められているとされる「玉」が本物であるという確証もまたどこにもない。歴史上、ほとんど目に触れられた機会のない「玉」の真贋を判定することなど、誰にも出来るはずがないのだから。「玉」はもはや「真」か「偽」かという二者択一的な次元を逸脱した代物としてあり続けている。

王権の正統性を保証する根拠であるとされる「玉」の真偽が不明のままである以上、「玉」を「凸型構造」としての近代小説の中心（主人公）としてとらえること自体に無理があることはもはや明らかだろう。それは小説上の中心であるにもかかわらず、『鳥獣戯話』の武田信虎と同様、ほとんど「虚点」（野口武彦）ともいうべきものとしてあり続けている。「玉」の奪還を最優先に掲げる小寺藤兵衛入道に対して、もちろん、経茂のように「箱の中身よりも、箱のほうを、大切だとおもって いる」連中がいることも事実である。彼らからすれば、その真贋は大した問題ではない。重要なのはみずからが「玉」を保有しているという事実（情報）であり、その限りにおいて、王権の正統性は保証される。『室町小説集』がもしも経茂のような考え方に重点を置いているとするならば、今度は中心としての「玉」が空虚な存在であるという点において、結局は「感覚的な『自我』」にもとづいた空虚な私小説的な世界と同質の世界を現出させるという逆説におちいらざるを得ない。「箱の中身よりも、箱のほうを、大切だとおも」う発想こそが、空虚な「自我」にもとづいた日本的な私小説のあり方と軌を一にしているのだから。では、経茂のような考え方に対して、花田はいかに「玉」の争奪戦を描いているのか。注目すべきは、花田が後南朝方の山邨御前に実際に「しるしの箱」を開けさせて、「玉」の正体を白日のもとにさらけ出している点である。「かの女のみたところによると、それは、ムササビの爪とニホンカモシカの脊椎骨とに穴を開け、それらのものを藤蔓でつなぎ合わせた、いとも貧弱な首飾りにすぎなかった。なるほど、ムササビの前足の爪は異常なほど長い。しかし、べつだん、大騒ぎをするほどの貴重なシロモノではないのだ」。「玉」の正体をいとも簡単に暴露することによって、それが王権の正統性を根拠づけるに足るほどの「貴重なシロモノではない」ことを指摘しつつ、争奪戦に血眼になっているものたちの信じている「正統性」なるものを批判する。それは空虚な中心などではあり得ない。ご覧のとおり、単なる「貧弱な首飾り」にすぎないではないか、と。そのうえで、花田は争奪戦の顚末を次のように結んでいる。「玉」を手にした山郎御前に襲いかかり、反対に捕らわれの身となってしまった入道を救出するべく、丹生川上神社の神官・小川弘光の命を受けた小頭丸が敵地に潜入する。小頭丸が庵に向かって「小寺殿、おりゃるか。居さしますか」と呼びかけると、次のような珍事が発生するのである。

そのとき、にわかに庵のなかで、なにやらわめく男女の声と、床を踏みならす音がきこえた。そして、つぎの瞬間、戸を蹴破って、曲玉のはいっている箱を、小脇に、しっかりとかかえた入道が、よろめきながら、飛び出してきた。そして、小頭丸にむかって、神木でつくった筏のほうを指さしながら、「小頭丸、はやく乗れ。」と叫んでいるところをみると、どうやら入道は、筏に乗って、二人でここを脱出するつもりらしかった。しかし、入道の望みは、かれのあとを追って、息せききって走ってきた山郎御前のために脆くも潰えた。またしてもかれは、かの女の杖によって打ち倒され、地上に長々とのびてしまったのだ。それから、かの女は、入道にむかって、「わらわが、そなたを打ったのは、曲玉を手ばなしたくないとおもうからではないぞ。」といった。そして、その言葉の偽りではないことを示すかのように、かの女は、曲玉のはいっている箱をかかえて行って、筏の上で入道のくるのを待っている小頭丸に渡し、「かなぼうし（子供）よ。これは、そちたちの主人小川弘光への小寺藤兵衛入道よりの志であるとつたえよ。」といった。筏は、水嵩のました三の公川の濁流を、矢のようにはやく、くだっていった。入道は、地面に寝そべったまま、ときどき、筏の岩にぶっつかったときにはなつ、コーン、コーンという一種異様な音に耳をすましていた。

その後、小頭丸によって運ばれた「玉」は小川弘光のもとを経由して、都へと返還されている。しかし、ここで注目すべきは「玉」の奪還が入道の強引な働きかけによったものであるというよりも、むしろ山郈御前の自主的な放棄による結果であるという点である。本来の奪還劇では「玉」という正統性をめぐって、奪回する側（下位）の死守する側（上位）に対する下克上的な関係性が成立するはずである。下克上の結果として、新たに「玉」を獲得したものが「上位」に君臨し、奪還された側が「下位」へと転落する。しかし、この場合のように「上位」に位置する山郈御前が自主的に「玉」（正統性）を放棄している以上は「下位」の「上位」に対する下克上的な関係性そのものが意味を持たないものとなる。それは「下位」（奪還）と「上位」（死守）あるいは「偽物」（閏統）と「本物」（正統）という対立関係そのものの失調と解体を意味している。

下克上的な対立関係の失調と解体

「玉」の奪還劇は「正統性」（本物）をめぐる争奪戦ではあり得ない。それはむしろ「正統性」を保証する根拠とされる「玉」がいかに真偽不明の代物であるかということを暴露するものであると同時に、下克上的な対立関係そのものの無効化を意図したものとしてある。もちろん、それは室町幕府第六代将軍・足利義教の暗殺事件（嘉吉の乱）を描いた所収の一篇「画人伝」のなかからも見出される。暴君として知られ、その独裁的で冷酷非情な政治手法に「万人恐怖」(『看聞御記』)したと伝えられる足利義教について、花田は「世上に取り沙汰されていたような、守護大名たちを、片っぱしから殺していった、血に飢えた殺人鬼のような人物ではなく、生きものの大好きな寛仁大度の支配者だったのではなかろうか」と推測する。花田によれば、前将軍の死後、青蓮院門跡からの還俗を果たし、籤引きによって将軍の座に就いた義教は幕府の意向を軽んずる守護大名たちの「暴力」に対して「非暴力の戦い」を挑んだと考えられている。それは「殺すもののセンス」にもとづいた武家階級に対する義教の「生かすもののセンス」の側からの挑戦としてあったととらえられている。

しかし、そもそも非暴力をもって暴力を討つことができるであろうか。それは、蟷螂の斧をもって隆車に向うようなものであって、討とうとすれば、討たれるだけのことではなかろうか。武家の暴力を――さらにまた、武家化した公家や僧侶の暴力を向うにまわして、孤立無援の将軍が、あくまで非暴力の原則をつらぬこうとすれば、討たれるのが当然である。暴力的な観点からみれば、それは、敗北以外のなにものでもなかろう。しかし、非暴力的な観点から断固として、信念をもって討たれるということは、勝利への第一歩ではあるまいか。すくなくとも足利義教には、それが、将軍でありながら、殺生戒をまもりとおす唯一の道のようにおもわれたのである。

したがって、義教が敵対する守護大名・赤松満祐の屋敷にみずからおもむき、その場で討ち取られてしまう嘉吉の乱においても、その死は義教自身が「信念をもって討たれる」ことを望んだ結果としてある。義教暗殺の顛末を描いた『嘉吉物語』を引用しながら、花田は次のように書いている。「たぶん、将軍は、そこで描かれているように、なんらの抵抗を試みることもなくやすやすと中村弾正忠の手によって首を打ち落とされてしまったのであろう。わたしは、その無抵抗というところに感動する。非暴力主義者の末路が、つねにこのようなものであるということを、すでに将軍になったときから、かれは覚悟していたのである」と。ここでも将軍・義教と守護大名・赤松満祐の関係が下克上的な敵対関係にはないという点に注目しなければならない。もちろん、暗殺事件という表面的な事件の推移だけを取りあげれば、義教の死は下克上の表れ以外の何ものでもない。しかし、事件は義教がかねがね「信念をもって討たれる」ことを望んでいた結果であるという点からいえば、満祐（下位）の義教（上位）に対する超克（下克上）の試みは本質的に頓挫していることがうかがえる。そのことは義教の首級をあげることに成功した後、満祐が「首のないのも、なかなか、捨てたものではないぞ！」と笑う「首のない将軍」の夢にさいなまれて「居ても立ってもいられないような不安におそわれだした」と書かれている箇所からもうかがえる。義教の死後も、依然として、満祐は義教を超克することが出来ないままなのである。

花田の描く歴史小説は、平安末期から鎌倉初期（『小説平家』）や応仁の乱直前の室町中期（『室町小説集』）、戦国時代（『鳥獣戯話』）や江戸後期から明治初期（『俳優修業』）にかけての時代を対象としている。花田のいうように、それらはまさしく「転形期」としてある。従来の価値観が転倒し、あらゆる諸関係がダイナミックに再編成される転形期。下克上とはその典型的なあり方にほかならない。しかし、たとえそれぞれの対象が変わろうとも、そこでは「下位」が「上位」を超克しようとする連鎖的な構造だけは残されてゆく。「下位」と「上位」という対立関係、権力構造はそのまま温存されてしまう。したがって、山邨御前による「玉」の放棄や「信念をもって討たれる」ことを望んだ義教の横死に見られる下克上的な対立関係の失調と解体という点を念頭において眺めれば、花田の歴史小説を単に日本の歴史上に見出される転形期特有の諸相を描いた小説であると説明するだけでは不充分であるといわざるを得ない。それはむしろ転形期において先鋭化する「下位」と「上位」という対立構造を批判的に対象化しつつ、その下克上的な関係性そのものの廃棄を目指した小説であると見なされるべきである。下克上的な関係性の廃棄は「上位」（支配）-「下位」（被支配）という「凸型構造」を持った権力関係（ヒエラルキー）の廃棄を意味している。「上位」（山邨御前や足利義教）の「下位」（小寺藤兵衛入道や赤松満祐）に対する能動的な接近や武装解除は、すでに見て来たような作者と作中人物の上下関係の無効化とともに「凸型構造」としての近代小説に対する批判を内在した花田の歴史小説の構造や創作方法とも密接な連関を持っているのである。

4　協同制作――個と集団の関係性

引用・模倣・批評

花田の歴史小説は、テーマや内容に関係のあるさまざまな文献や史料（テクスト）を実際に引用しながら、物語世界を進行させてゆく。たとえば、『室町小説集』所収の冒頭の一篇には「『吉野葛』注」というタイトルがつけられている。「『吉野葛』注」が谷崎潤一郎の『吉野葛』に言及した小説であることはいうまでもあるまい。その冒頭は次のように書きはじめられている。「たぶん、谷崎潤一郎は、偉大な小説家なのであろう。わたしもまた、かれの才能をみとめないわけではない。なによりわたしは、かれが、誰よりも多く、未完のまま途中でほうりだしてしまった小説や、とにかく、まがりなりにも完結しているとはいえ、とりかかったさいに考えていたものとは、およそ似ても似つかない小説を――つまり、ひとくちにいえば、失敗作を、つぎつぎに発表していった大胆さに感心している」と。花田は『吉野葛』のなかの文章を引用しつつ、当初は「自天王（後南朝――引用者注）の御事蹟を中心に歴史小説を組み立ててみたい」と大々的に宣言しておきながら、最後には「わたしの計画した歴史小説は、やや材料負けの形で、とうとう、かけずにしまったが……」と弁解するにいたる谷崎を「さりげない顔つきをしてつぶやき、あっさり、擱筆してしまうのは、いささか無責任というものではなかろうか」と批判する。そのうえで、みずからが「『吉野葛』注」を書くことになった経緯を次のように説明している。

したがって、これからわたしが、『水経注』にならって、「吉野葛注」とでも題すべき作品をかくのは、もっぱら谷崎潤一郎の小説のなかで使われなかった自天王関係の材料をモッタイないとおもうからであって、かならずしもわたしに、かれよりも、その材料をうまくこなせるといったような自信があるからではさらさらないのだ。あらためてくりかえすまでもなく、その小説のなかで谷崎潤一郎は、史実を都合よく配列するだけでも面白い読み物になるが、その上、その史実に多少の潤色をほどこしたなら、さらにいっそう面白くなるであろうといった。だが、ここでは、わたしは、史実を配列するだけにとどめたい。それは、わたしが、いやが上にも面白い読み物になることを望まないからではなく、例の谷崎式の「アシカ馬」的な潤色では、かえって、材料のもつ生まのままの味を殺してしまうことになりはしないかとおそれるからである。

『吉野葛』は後南朝にまつわるさまざまな「材料」や「史実」にもとづいて書かれている。いわば、花田の「『吉野葛』注」は『吉野葛』や『吉野葛』が前提とした「材料」や「史実」を先行テクストとして踏まえながら、谷崎が放棄した「自天王の御事蹟を中心に歴史小説を組み立ててみ」ようとした小説にほかならない。もちろん、「『吉野葛』注」というタイトルからうかがえるように、それは『吉野葛』に「注」をほどこした小説であるといってよい。しかし、この場合の「注」を単なる注釈や解説の意味としてとらえるべきではない。「貴族や僧侶の反動的なセンスでとらえた室町時代の文献や年代記が――そして、また、かれらの『事実』であるといい張るものが、メレジュコフスキーの小説以上に信憑性にとむとは、わたしにはおもえない」と述べられているように、花田は「いささかもそれらのものを信じてはいないのだ」から(14)。ここでは、文献や史料と花田自身の「注」とのあいだに大きな差異（対立）が横たわっていることに注意しておきたい。

花田の「注」と『吉野葛』は互いに対立する関係にある。実際、花田は終始一貫して『吉野葛』を批判的に言及している。谷崎本人が吉野・台高山脈の奥地を踏破したという記述の信憑性を疑ってみたり、女性の理想主義的な描き方に不満を述べてみたりと「注」には注釈や解説以上の意味合いが込められている。しかし、だからといって、花田の「注」は決して『吉野葛』よりも「上位」に位置する地点から投げかけられた言葉ではない。たとえば、小寺藤兵衛入道の身と引き換えに返還された「玉」が川下へと運ばれてゆくときの様子は、次のように書き記されている。「筏は、水嵩のました三の公川の濁流を、矢のようにはやく、くだっていった。入道は、地面に寝そべったまま、ときどき、筏の岩にぶっつかったときにはなつ、コーン、コーンという一種異様な音に耳をすましていた」。一方の『吉野葛』も台高山脈の奥地からの帰還を果たした「私」が津村に呼び止められるラストシーンは、次のように記されている。「見ると、津村が、多分お佐和さんであろう。娘を一人うしろに連れて此方へ渡って来るのである。二人の重みで吊り橋が微かに揺れ、下駄の音がコーン、コーンと、谷に響いた」(15)。「玉」の争奪戦をめぐる『室町小説集』の描写は川沿いに「コーン、コーン」と鳴り響く音を通して『吉野葛』のラストシーンに近接している。『吉野葛』に批判的な言辞を投げかける花田も肝心な箇所では『吉野葛』の記述を踏まえ、それを積極的に模倣しようとさえ努めているのである。いわば、花田のいう「注」とは「模倣と批評」の意味にほかならない。先行するテクストを引用し、模倣しながらも、それに批判（批評）を加えてゆくこと。その点にこそ、花田の歴史小説における際立った特徴が認められる。あるいは、花田がとなえる「前近代を否定的媒介にして近代を超える」というテーゼも、先行テキスト（前近代）の模倣と批評（否定的媒介）という観点からとらえられるべきかも知れない。

先行するテクストに寄り添い、その言葉を引用あるいは模倣しながらも批評してゆくこと。小説の言葉が作者自身の言葉であると同時に先行するテクストの言葉でもあるという点からも、創作方法の次元における「下位」と「上位」という対立関係を無効たらしめるための花田のもくろみが読み取れる。花田の歴史小説において、作者の言葉はあくまでも作者以外の言葉（先行テクスト）との関係においてである。作者の言葉は先行するテクストに対する「注」という形でもって表される以上、作品の成立する契機は、前者よりもむしろ後者の方にこそある。この場合、文学作品は作者という個別的・特権的な主体（上位）によって描き出された産物ではあり得ない。作者という「上位」は先行するテクストをみずからの「下位」におとしめることなく、限りなく対等に近い関係において、互いに関係しながら共存している。花田自身のエッセイを引きながら、廣末保が『室町小説集』について解説しているなかの言葉でいえば、それは『『まず精密なコンティニュイティをつくり、一つ、一つのショットにまで、天下り的にみずからの意志をおしつけてくるユトケウィッチの方法』（『偶然の問題』）にも似た小説の方法を否定する」ことを意味している(16)。江藤淳の言葉でいえば、それは「凸型構造」としての近代小説のあり方に対する否定ということになるだろう。作者の実体験にもとづいた題材の特殊性、作者自身が小説の世界を一から構築してゆくというオリジナリティ神話、作者中心主義という観点にのっとったいわゆる私小説的な文学観は、花田の創作方法とは真っ向から対立するものとして批判されているのである。花田が「日本の小説というものを否定することが僕の狙い」であると述べる所以である(17)。

小説の小説性と連歌

いわゆる近代小説に対する批判は、花田がしばしばとなえる「共同制作」の考え方と結びついている。「まず精密なコンティニュイティをつくり、一つ、一つのショットにまで、天下り的にみずからの意志をおしつけてくるユトケウィッチの方法」としての作者中心主義、オリジナリティ神話に対して、花田は先行テクストとの相互批評的な関係性（模倣と批評）にもとづいた創作方法を取り入れている。それは先行テクストとのあいだで形成される「共同制作」の試みであるといってよい。本来的にいって、言語は社会的な産物としてある。したがって、一般的に考えられているように、言語は作者やある特定の主体によってのみ産出されるものではあり得ない。それは発話者の情感や認識、意思のほかにもさまざまなジャンル、社会的な諸要素の組み合わされた集合的・集約的な表現形態としてあり続けている。なかでも、小説という散文形式はみずからの非定型的な形式的特徴によって、先行するテクストや定型的な言語様式を常に自己の内部に取り込みながら、果てしなく自己増殖してゆくという異種混淆的な性質を持っている。本来、それはオリジナリティというものが成り立たない形式としてある。その点からいっても、花田が小説というものを先行テクストに対する模倣と批評を前提としたさまざまなジャンル、雑多な社会的諸要素の「共同制作」された産物としてとらえていることは、散文ジャンルとしての小説の本質的な特徴をより顕著に表すものであるということが出来る。もちろん、花田のいう「共同制作」はより広い観点からもとらえられている。花田は『日本のルネッサンス人』所収の「古沼抄」のなかで、連歌会の席上、だれかが詠んだ

「すすきにまじる芦の一むら」という前句に「古沼の浅きかたより野となりて」という句をつけた戦国大名・三好長慶のエピソードを紹介しながら「わたしは、中世に栄えた連歌という一ジャンルが、いまは集団によって個性を圧迫する表現形式であるというので、棄てて顧みられないのが残念でたまらない」と書いている。

なるほど、わたしもまた、文学運動と称するもののなかで、いくつかの連作の小説やエッセイを手がけた。そして、一つの作品を書いたあとで、つぎの作品にとりかかるさいには、できるだけいままでとは別の観点に立って表現しようと心がけた。つまり、いくらか連歌に学んで、転調のおもしろさを出したいとおもったのである。しかし、いまだかつて、文学運動のなかで、共同制作をしたことはなかった。われわれは熱心に――ときに激烈に討論した。そして、ただ、それだけで、けっこう、運動をしているような気分になっていたものである。運動の究極の目的は、その運動に参加した全員の手によって、具体的な作品をつくり出すことであろうに。

しかし、制作は、つねに個人の手にゆだねられた。運動のなかから、多くの長編や短編の連作がうまれたが、いずれも個人の手になるものばかりである。それならば、わざわざ、運動の名のもとに、大勢あつまって討論に時間を空費するのは、かれらが、「すすきにまじる芦の一むら」であるか、「芦間にまじるすすき一むら」であるかをたしかめ合い、派閥をつくって、お互いに助け合うためであろうか。わたしは、文学運動のなかで、共同制作の問題で真剣に討論された例を知らない。そこにみとめられたものは、せいぜい、競作の意識だけだった(18)。

「要するに、わたしは、かつての連歌運動のように、共同制作というものにいささかも興味を示さない、きわめて個人主義的な今日の文学運動に絶望しているのである」と。実際、花田がいうように、連歌ほど協同制作を重視した文芸ジャンルは見当たらない。独吟の場合をのぞいて、連歌の「座」には複数の連衆が参画する。連衆の一人が五七五の発句を詠むと、次の一人が七七の脇句をつける。すると今度はそれに五七五の句がつけられ、さらに七七と句が続いてゆくというように、五七五と七七の句のつけ合いが交互に繰り返されてゆく。長句と短句の合計が百句から構成されているものを百韻と呼び、連歌における基本的な形式として位置づけられている。句と句のあいだの関係は字句や文章上のつながりにはよらず、後句の前句に対する連想的な関係性にもとづく。したがって、筋の展開にはあらかじめ規定された一貫性や全体を統括するような統一性は認められない。あらかじめ取り決められた物語や単一の思想も存在しない。その内容は連衆個々人の意図や思惑を超え、偶然性にもとづきながらたえず生成変化し、飛躍的に展開してゆく。その点からいえば、文学作品を作者という一人の個別的・特権的な主体によって描き出されたものであるとするような作者中心主義やオリジナリティ神話は、連歌の世界にあってはほとんど意味をなさない。連衆の一人がもしもそのような意図のもとで句をつけたとしても、その句は次につけられた句によって更新（批評）され、場合によっては、彼の意図とはまったくかけ離れた意味や効果を持つことさえも起こり得る。連歌の場合、句はそれ自体の意味内容や芸術的な完成度によっては判定されない。そこでは、句の独自性や単独性よりも句と句との関係性と未完結性こそが重視される。

集団における個の独自性と事後的に見出される統一性

注意すべきは、連歌が複数の連衆の参画する協同制作であるとはいっても、それが個々の作者や句の独自性・自律性を抑圧するようには機能していないという点である。すなわち、連歌は「集団によって個性を圧迫する表現形式」ではあり得ない。花田は集団と個人の関係を次のように書いている。

　連歌師たちは、集団のなかに埋没して、個人としての自分を放棄していたわけではなく、さらにまた、個人としての自分ばかりを主張して、集団を無視していたわけでもない。たとえば一人が「雪ながら山もとかすむ夕かな」といったような発句をつくれば、つぎの一人が、十分にその発句を自家薬籠中のものにした上で、しかも単にその境地に追随することなく、「行く水遠く梅におう里」と二の句をつけ、そして、第三の一人が、前の二句を踏まえた上で、「河風に一むら柳春見えて」とあたらしいべつの境地をひらく、といったぐあいに進行していって、起承転々の結果、集団の独自性を、あますところなく発揮するところに特徴があった(19)。

連歌において、個人は集団との関係において見出される。両者は互いに対立するものでもなければ、抑圧し合う関係にもない。個が個としてある場合には決してうかがい知ることの出来ない個自体の持つ特性が、集団のなかにおいて発揮される。連歌の特徴が句と句との関係においてある以上、一見、それが芸術性に乏しい無意味な句であると見なされようとも、前後の句との関係において、反対にそれは一連の展開のなかでは必要不可欠な句ともなり得る。それは句が単独に存在している場合にあっては起こり得ない連歌ならではの特徴であるといってよい。したがって、協同制作である連歌には、個人としての作者の独自性は認められないという指摘には語弊がある。もちろん、連歌においても、個の独自性は保証されている。ただし、それが私小説に見られるような作者中心主義やオリジナリティ神話としての個の独自性とは異なるものであるというだけのことである。連歌は個々の句の集合的な集まりであるにもかかわらず、個々の句は決して全体のなかに埋没することはない。むしろ集団のなかにおいてこそ、その独自性が発揮される。それが句の多様性とも結びついている。その点にこそ、連歌の持つ協同性、集団性の魅力が見出される。

では、複数の連衆が参画する連歌には、結局、全体の統一性などは認められないのだろうか。その折々の句の偶然性にもとづく生成変化は、最終的に支離滅裂な作品世界を形成することはないのだろうか。興味深いのは、事後的に振り返れば、連歌には一定のまとまりが見出されるという点である。不思議なことに偶発的な逸脱や飛躍をふくんだ生成変化の過程そのものがまとまりのある一体感をかもし出す。あたかも一人の作者によって、最初から全体を包括するテーマが用意されているかのように。もちろん、連歌に見られる不思議な統一性と一体感はあらかじめ計画され、用意された予定調和的な統制ではあり得ない。それを巧者である連衆たちのなせるわざであると見なすことも出来ない。なぜならば、一般的に完成度の低いと見られている連歌ほど句と句のあいだの変化と飛躍にとぼしく、連歌本来の本質からはかけ離れていることがうかがえるのだから。いったい、われわれはこのような不思議なまとまりをいかにとらえるべきか。おそらく、そのことはさまざまな先行テクストを模倣し、批評することによって成り立つ花田の歴史小説についても当てはまる。すなわち、作者中心主義やオリジナリティ神話を否定する花田の歴史小説にあっても、結果的にやはり「作者」とでも呼ぶべきものは見出せる。さまざまな先行テクスト（他者の言葉）の集合から成り立つ作品であるにもかかわらず、あたかも全体を包括しているかのような「作者」とでも呼ぶべき存在は見出される。その場合の「作者」を一人の作者が一から作品を構築していくというオリジナリティ神話にもとづいたそれとしてとらえることが出来ないことは明らかだろう。通常、われわれはそれを花田個人の名前で呼んでいる。しかし、文学作品を協同制作の産物としてとらえた場合、厳密にはそれが花田清輝という一個人でもあり得ないことはいうまでもあるまい。おそらく、そのような「作者」は、第Ⅲ章の2でも見たような「わたし」という存在を虚構（仮象）であると見なしつつも「わたしのなかにひしめきあっているさまざまなわたし――現存在としてのわたしを問題にせず、存在するものの全体を超えるわたし――どこにも存在していないわたしだけに、わたしという字を使えばいい」とする「わたし」の超越論的なあり方と同じような存在として位置づけられる。実際に複数の連衆の参画によって形成される連歌の場合、そのことはもっとも顕著に見出されるだろう。連歌の特徴は集団的でありながら決して画一的ではなく、多様性を内包した統一感にある。しかし、連歌の統一性はあらかじめ何かによって規定されたものではない。私見によれば、この点にこそ、従来の資本制社会（近代）に見られる個と全体のあり方を超克しようと試みる花田の想定するコミュニズムのあるべき姿が認められる。

5　協同組合――その可能性と課題

因習的関係から離脱した諸個人のアソシエーション

みずからの構想する「共同制作」について、花田は千利休の茶の湯を例にあげながら、次のように書いている。「応仁の乱後、因習的関係から離脱した――心ならずも離脱することを余儀なくされた、てんでんばらばらの孤独な個人を、緻密な計算とたくみな演出とによって、徐々に茶の湯といったような共同作業のなかへ誘いこみ、いつのまにかあたらしい因習外の秩序を実現したところに利休の独創があった」と(20)。それは「個人というものは、とうてい、わかりあうことのできないものだという大前提の上に立って、しかもなお、茶の湯といったような共同作業をとおして、それらの個人のあいだにコミュニケーションの成立することをねがった芸術運動」であったとされる。花田にとって、資本制社会（近代）の超克としての「共同制作」は「因習的関係から離脱し」自立した諸個人の協同性（アソシエーション）を前提として成り立っている。そして、それは「前近代を否定的媒介にして近代を超える」というテーゼにもとづいた花田の柳田国男に対する再評価とも密接に関わっている。

柳田国男に対する再評価――協同組合批判

平野謙とのあいだでかわされた『笛吹川』論争以降、花田は近代以前の日本の歴史や伝統芸術に積極的な関心を抱き、その再発見と再評価に取り組む。柳田国男に対する再評価はその出発点に位置している。「柳田国男について」のなかで、歴史学者の家永三郎が柳田の思想的な基盤を「在村地主イデオロギー」であると批判していることに対して、花田は「たとえば明治四十三年に刊行された柳田国男の初期の労作『時代ト農政』（聚精堂刊）は、そのなかに収録されている当時の報徳会の指導者である岡田良一郎の農本主義にたいする批判のゆえに――その『在村地主イデオロギー』にたいする駁論のゆえに、いまもなお、精彩をはなっているようにわたしにはおもわれる」と反論している[21]。家永とは反対に柳田の言説を「在村地主イデオロギー」に対する批判としてとらえている点からいっても、花田が柳田の言説をみずからの構想する資本制社会（近代）の超克に大きなヒントを与えてくれるものとしてとらえていたことは明らかである。そのヒントの一つとしてあげられているのが、当時の報徳社と協同組合（産業組合）をめぐる柳田の言説にほかならない。花田は柳田が『時代ト農政』所収の「報徳社と信用組合の比較」のなかで「岡田良一郎らの遠江報徳本社が、十万円の積立金を擁しながら、いたずらに蓄積しているだけであって、農民の金融につとめていないということ、その褒賞制度、入札制度、無利息貸付制度などが時代おくれであるということ、その組織事務がすこぶる形式的保守的であるということ、完全なセクト主義におちいっているということ、等々を指摘し、報徳社の信用組合への変形に反対して『信用組合は実利を主とするものである、報徳社は道徳を主とするものである、二者を混同すべきではない。』と主張する二宮尊徳の亜流である岡田良一郎を批判し」ている点を重視する。そのうえで「家永三郎流にいうならば、わたしは、そこに、かれの『その後数十年にわたる活動を貫く根本態度』を――前近代的なるものを否定的媒介にして、近代的なものをこえようとする進歩的態度をみないわけにはいかないのだ」と言明している。

たぶん、かれの眼には、報徳社の全面否定を試みている山路愛山などよりも、日露戦争後の農村の危機が――農村における急激な階級分化のありさまや独占資本主義の吸着ぶりが、あざやかにうつっていたことであろう。それゆえにこそかれは、土地改良のためにうまれた農民の負債や、肥料、種子、苗木、農具等の購買をとおして資本に隷属しないわけにはいかなくなった農民の現状をつきつけて、いたずらに精神協同体の必要を説きまわっている報徳主義者の理想を粉砕しないではいられなかったのにちがいない。ここで柳田国男が、ただ単純に協同組合の宣伝だけをすれば、近代主義者はむろんのこと、報徳主義者といえども、「道徳」と「実利」との二本だてをみとめないわけにはいかない以上、賛成したことであろうが――しかし、柳田国男は、報徳社そのものを協同組合として生かすことを主張したのである。したがって、報徳社にも、協同組合にも不満なかれが、保守派からも、進歩派からも、疑惑の眼をもってみられたのは当然のことというほかなかろう。

二宮尊徳の五常講（藩士のあいだで結成された共同責任による無利子融資の講）の理念と思想を引き継ぎ、江戸末期以降、日本各地に結成されていった報徳社が、農村更生のために結成された信用組合の原型となる共同組織であったことはよく知られている。しかし、あくまでも「道徳」や「精神協同体」的な相互扶助の原則を優先させる報徳社のあり方が、近代以降の資本主義的展開のなかにあっては前近代的な共同性にもとづくものでしかなかったことも事実であるといわざるを得ない。一方、協同組合（農業産業組合）は地租改正以降の農民・農村の没落を阻止することを目的として設立され、品川弥次郎、平田東助などの政府官僚主導で法制化された産業組合法（一九〇〇年）の成立以降は各地に急速に浸透している。一九〇九年の法改正において、信用、販売、購買、生産（利用）事業の兼営も認められたことによって、協同組合は現在にまでいたる総合的な事業形態に発展している。「報徳社と信用組合の比較」が一九〇九年に発表されている点からいっても、報徳社に対する柳田の批判的な言及が当時の協同組合の伸長現象を背景になされていることは疑いない。

もちろん、産業組合法の成立の当初から、柳田は協同組合のあり方に対しても批判的な態度を取り続けている。産業組合法成立の二年後（一九〇二年）に刊行された『最新産業組合通解』のなかでは、産業組合が地主・富農階級の利益にばかり貢献し、本来、もっとも早急に恩恵を受けるべき中・小農民の利益がまったく反映されていない点が批判されている(22)。実際、戦前の協同組合がそれ本来のあり方とは大きくかけ離れたものであったことは、それが政府官僚によって提唱され、国家によって育成されて来たという歴史的な経緯からも明らかである。一九三〇年代の独占資本主義段階以降、その傾向はより顕著な形で現れて来る。一九二九年一〇月の世界恐慌に端を発する生糸価格の大暴落、一九三一年の豊作飢饉を背景とする農産物と農家購入品とのあいだのシェーレの拡大、続く冷害による凶作飢饉の発生などの農業恐慌を受けて、政府は農山漁村経済更生運動を積極的に推し進める。政府による米穀統制強化にともなって、米の集荷・流通機構の組織化をはかる産業組合系統の役割が飛躍的に発展し、その権限がより拡大強化される。当時、千石興太郎に代表される産組運動の担い手たちは産業組合系統の発展こそが農村の危機的状況からの脱却、資本主義の浸透による階級分解の進行を阻止することにつながると強調するが、彼らの抱く希望が単なる幻想にすぎなかったことは、当時の産業組合が果たした役割を見れば一目瞭然である。たとえば、全国肥料購買組合における肥料資本や金融資本、官僚との結託に顕著に認められるように、元来、国家とのつながりを強く保持したままの産業組合に独占資本主義下の大資本や独占資本との結びつきを排除することなどが出来るはずもない。産業組合系統の発展と強化は大資本や独占資本の脅威に対抗する運動などではなく、むしろ彼らの市場の確保と拡大のために役立っているにすぎない。その運動は農民層内部の階級分解を促進する事態を導き出し、地主・富農階級および上層中農層の力をより強固なものにすることに貢献する。一方、大多数の中・小・貧農層は没落し、プロレタリアート化する運命をさえ背負わされている。すなわち、産業組合の推進は従来の地主的土地所有制の維持にのみ役立っている。柳田の指摘した問題点は、世界恐慌以降の独占資本主義下においてきわめて顕著な形で立ち現れて来るのである。

「半封建的土地所有」をめぐって——日本資本主義論争

戦前の産業組合が大資本や独占資本、地主・富農階級、上層中農層に貢献する要因は、日本独自の土地所有および生産諸関係のあり方にある。実際、花田自身、戦前に発表した時局論文「農業統制と協同組合」のなかで、その点を指摘しながら、当時の産業組合のあり方を強く批判している。花田は産業組合事業の積極的な推進を主張する関山茂太郎の「長期戦と農業統制」を取りあげながら「非歴史的な『共同主義』を強調しつつ、協同組合の万能を説き、恰もそれが反資本主義的な役割を果すものであるかの如き口吻を洩らしながら、実は完全に資本の利益に奉仕している、世の所謂協同組合主義者にたいする辛辣な批評」を展開している(23)。たとえば、集団労働や共同作業に進歩性を認める関山に対して、花田は「過小農の分立をそのままにして、生産組合を結成するならば、それが反動的結果に終るであろうことは自明の理ではないか」と反論する。過小農の存在理由を「半封建的土地所有関係を体現する現物年貢の徴収、半封建的土地所有によって必至化された土地の限りなき細分散在」に見出す花田にとっては「半封建的土地所有の桎梏」を掃き清めることなく、本来的な産業組合の成立などはあり得ないと考えられている。

これまでわが国に協同経営の発展しなかった原因は、必ずしも農民が個人主義的な観念に捉われ、共同主義の利益を自覚しなかったためばかりではない。主としてこの半封建的土地所有関係が、農民の協同組合的大経営の進出を阻止していたからだ。わが国における既存の生産組合の歴史は、それが地主のための組合であって、小作人乃至は自作兼小作の中農にとっては、大して利益がないのみか、むしろ不利な点の多かったことを物語る。もちろん、協同組合的大経営によって、農業生産力は増大する。しかし、組合の共同経営地は、殆んど全部借入地であるため、生産力増進の利益を地主が先取し、半封建的地代を確保するのに反して、小作農は従来の小作関係を解除し代って組合がこれを借入れるという形式によって、小作耕作権を失い、半隷農的プロレタリアに転化してしまう。資本もまた組合員各自によって出資されない以上、農民は結局、地主の、或いは金融資本家の支配をうけなければならぬ。生産組合の結成が、従来、支配階級によって奨励されたのは当然である。農林省の調査書にあらわれた組合設立の動機が、殆んどすべて小作争議であったことに不思議はない。少くとも生産組合は地主の地代収取の安全を保証するからだ。したがって、農民の土地にたいする個人主義的観念と共に、組合における地主の支配にたいする不満もまた、組合経営を困難にしていることを忘れてはならぬ。否、たとえこれらの農民心理が克服されたにしても、事実上、共同経営によって高め得た労働生産を、半封建的土地所有の桎梏に阻止されヨリ以上の土地の拡張に振り向けることができないからには、わが国に生産組合の発展するわけがないではないか。

「半封建的土地所有（関係）」とは、おもに当時の講座派マルクス主義者によって使われた言葉である。一九二〇年代後半から三〇年代前半にかけて、講座派と労農派のあいだでたたかわされた日本の近代化と資本主義をめぐる論争は一般的に日本資本主義論争（封建論争）と呼ばれている。明治維新による幕藩体制の終焉は、それまでの社会的・経済的システムの変革をともなった大規模な社会革命であったと位置づけることが出来る。それにともない、従来の封建諸大名による土地の領有権も版籍奉還から廃藩置県、金禄公債発行条例にもとづく秩禄処分などの制度改革の過程で廃止されるにいたっている。マルクス『資本論』における資本の本源的蓄積過程や資本主義的地代の発生論によれば、封建的土地所有関係・生産関係（封建制）の解体は近代的土地所有関係・生産関係（資本制）のための私的土地所有制を導き出す。「本源的蓄積の歴史のなかで歴史的に画期的なものといえば」「人間の大群が突然暴力的にその生活維持手段からひきはなされて無保護なプロレタリアとして労働市場に投げ出される瞬間である」(24)。それは土地の暴力的な収奪とそれによって引き起こされる農民層の無産化への転化の過程を指し示している。ところが、日本の場合、明治維新による封建的土地所有関係・生産関係の一掃にもかかわらず、農民層の分解と資本主義化は一向にはかどらない。現物納による高率の小作料や強固な地主制度による過小農の隷属状態、共同体的因習の残存などに見られるように、農村には封建時代さながらの前近代的土地所有関係や搾取的な関係が温存されている。明治以降においてもなお認められる前近代的な農業形態、土地所有形態をいかにとらえるかという点にこそ、日本資本主義論争の出発点があったといってよい。

資本の本源的蓄積過程の一般法則とは明らかに矛盾する日本の土地所有関係について、コミンテルン＝日本共産党系の講座派マルクス主義者はそれを「経済外的強制」にもとづいた「半封建的土地所有関係」と規定する。彼らによれば、それはかつての封建的な土地所有関係や搾取関係の強固な残存形態にほかならない。多くの過小農の存在と隷属状態は封建的地主の搾取による半農奴制的零細農の表れ以外の何ものでもなく、現物納による高率の小作料も本質的に封建地代であると見なされる。いわば、明治期以降の日本は封建制から資本制への過渡的段階としての絶対主義的段階にあり、近代天皇制もまた半封建的専制国家の頂点に位置する絶対主義王制の形態であるととらえられている。一方、労農派マルクス主義者は明治維新をブルジョア革命と規定し、それ以降の日本はすでに資本主義的段階にあるものと規定する。現物納による高率な小作料も「半封建的土地所有」の表れなどではあり得ない。それは多数の農民による些少な小作地をめぐる競争の結果としての高騰であり、その意味において、すでに地代は観念的に貨幣化している。「かくてわが国の高率な地代は近代的土地所有したがって土地の商品化を前提するものであって、もはや封建的な従属関係を前提しない」と指摘される所以である(25)。現在から振り返ってみれば、経済分析の側面において、労農派が講座派よりも勝っていたことは明らかだろう。しかし、労農派が資本主義的発展の一般的法則を強調するあまりに講座派の指摘する「半封建的」な近代天皇制国家権力のあり方を的確に分析することが出来なかったこともまた事実であるといわざるを得ない。労農派においては、近代日本の高度な資本主義的発展にもかかわらず、前近代的・半封建的な天皇制国家の権力形態がなぜ成立するのかという点を解明することが出来ないのである。

コミュナリズムを否定的媒介としたアソシエーショニズム

「半封建的土地所有（関係）」を一掃することなくして、本来的な協同組合のあり方を実現することは出来ないとする花田の資本主義分析が、一見すると講座派の認識を踏襲しているように見えることは確かだろう。もちろん、花田の分析を単純な講座派理論に回収することは出来ない(26)。しかし、少なくとも、花田の戦時中の協同組合批判と戦後の柳田再評価の言説のあいだに大きな矛盾が横たわっていることだけは認めざるを得ない。現実に「半封建的土地所有（関係）」を温存させたまま、柳田のいうように「報徳社そのものを協同組合として生かすこと」が不可能であることはすでに見て来たとおりであるのだから(27)。したがって、花田の柳田論はそれが書かれた一九五九年時点の花田自身の意見を柳田の言説に仮託したものであるとすることが適切である。「報徳社そのものを協同組合として生かす」という花田の意図は、戦後の農地改革によって「半封建的土地所有（関係）」が名実ともに撤廃され、高度経済成長による農業人口の減少、農村社会の衰退的様相が顕在化しつつあった一九五九年の段階にこそ求められなければならない。したがって、柳田民俗学においては「ユヒだとか、モアヒだとかいったようなわが国古来の慣行が、それら自体のためではなく――いわんやそれらを復活するためにではなく、現在の組合を止揚して、あたらしい組合をつくりあげるための手がかりをつかむためにだけ、熱心に問題にされている」という花田の指摘も花田自身の考える近代の超克としてのコミュニズムのあり方を説明したものであると見るべきであろう。その場合、花田が決して「ユイ」(結)や「モアヒ」(催合)のような前近代的な相互扶助システムを「復活」させようと意図してはいないという点に注意したい。それらは単に「否定的媒介」としての役割をになっているにすぎない。もちろん、ユイやモアヒもまたある種の共同性を前提としている。しかし、それらは「半封建的土地所有(関係)」の内部(共同体)における前近代的な労働交換や相互扶助制度にすぎない。花田がコミュニズムの基礎に位置づける自立した諸個人の協同性とは、むしろ「半封建的土地所有(関係)」の一掃された後に見出される「個人の因習外の関係」を前提としている。それは前近代的・共同体的な相互扶助の関係性から切り離され、資本主義化した個人と個人が共通する課題と目的のもとにふたたび結びつくアソシエーションの属性となるものであるといってよい。いわば、ユイやモアヒを「否定的媒介」にして、資本主義(近代)を超えるという花田のコミュニズムとはコミュナリズム(共同体主義)の否定を前提としたアソシエーショニズム(協同主義)のことにほかならないのである。

私的所有から個人的所有へ

『経済学批判要綱』所収の「資本主義的生産に先行する諸形態」によれば、マルクスは前近代的・自給自足的な共同体における生産関係を共同体の成員と「彼の天然の仕事場としての大地」との本源的な結合関係に見出している(28)。そこでは「個人は労働者としてではなく、所有者として、——しかも同時に労働もする共同団体の成員としてふるまう。このような労働の目的とするところは、価値の創造ではなくて」「個々の所有者とその家族、ならびに共同団体全体(Gesamtgemeindewesen)

を維持することがその目的」となる。個人はそこでは「共同団体」（共同体）に従属する立場に立たされている。その点を前提としたうえで、マルクスは資本主義的生産様式に先行する歴史的形態の類型（アジア的・古典古代的・ゲルマン的）を説明するが、いいかえれば、資本主義的生産様式の成立には労働者を「彼の天然の仕事場としての大地」から「切りはなすこと」「自由な小土地所有、ならびに東洋的共同体（Kommune）を基礎とする共同体的土地所有を解体すること」が必要となる。それは大規模な分業による協業と商品交換の世界を前提とした自由な私的所有の追求と発展を導く。しかし、同時に資本主義的生産様式における私的所有の追求は他者の労働の搾取にもとづく個人同士の利己的、排他的な対立関係までも生み出す。結果として、諸個人は互いに対立、孤立し、彼らから自立した社会的諸力としての貨幣・商品世界のもとに従属させられてしまう。しかし、マルクスによれば、この生産様式は「ある程度の高さに達すれば」「自分自身を破壊する物質的手段を生みだす」とされている。

資本主義的生産様式から生まれる資本主義的取得様式は、したがってまた資本主義的私有も、自分の労働にもとづく個人的な私有の第一の否定である。しかし、資本主義的生産は、一つの自然過程の必然性をもって、それ自身の否定を生みだす。それは否定の否定である。この否定は、私有を再建しはしないが、しかし、資本主義時代の成果を基礎とする個人的所有をつくりだす。すなわち、協業と土地の共有と労働そのものによって生産される生産手段の共有とを基礎とする個人的所有をつくりだすのである(29)。

個人的所有が「協業と土地の共有と労働そのものによって生産される生産手段の共有とを基礎とする」と書かれているように、マルクスのいう「否定の否定」ではかつての共同体や資本制社会とは異なる協同的な個人と社会のあり方が目指されている。そこでは前近代的な共同体の解体によって現れて来た自立した諸個人の協同性を前提とし、資本主義的生産様式に見られる大規模な分業にもとづく協業と交換の原理も踏まえられている。両者の違いは、後者においては諸個人があくまでも貨幣や商品世界に従属する存在であるのに対して、前者は自立した諸個人の自覚的な協同意志にもとづいて、資本主義の管理と調整を彼ら自身の手で主体的におこなう点にある。もちろん、マルクスのいう協同社会はまったくの夢物語ではない。たとえば、マルクスは資本主義的株式企業と協同組合企業をそれぞれ「資本主義的生産様式から結合生産様式への過渡形態とみなしてよい」と言明している(30)。多数の個人の資本にもとづいて成立する株式企業においては、資本の所有と企業の機能(経営)が分離されている。「それは、資本主義的生産様式そのものの限界のなかでの、私的所有としての資本の廃止」を意味している。一方、組合員の共同出資にもとづいて設立される協同組合においても「資本と労働との対立は」「廃止されている」。なぜならば、協同組合では組合員自身が労働と同時に一人一票制の票決権にもとづいて、管理や監督、経営責任までも負うことになっているのだから。もちろん、マルクスの想定する協同社会に対して、資本主義的株式企業や協同組合企業は依然として未熟な「過渡形態」にすぎない。しかし、たとえ未熟な段階であるとはいっても、資本主義的生産様式から「結合生産様式」への発展は漸進的に推し進められているのである。

花田の想定するコミュニズムが自立した諸個人の協同性にもとづく点は、マルクスのそれと通じるものがある。柳田の言説を踏まえて、資本制社会(近代)の超克としての協同組合の可能性に触れている点においても共通性が認められるだろう。あるいは「半封建的土地所有（関係）」を前提として、国家や資本とのつながりを保持したままの戦前の協同組合のあり方を批判した花田の言説には『ゴータ綱領批判』におけるマルクスの認識が踏まえられているかも知れない。「ドイツ労働者党は、社会問題解決の道をひらくために、労働人民の民主的管理のもとにおかれ国家補助をうける生産協同組合の設立を要求する。これらの生産協同組合は、そこからやがて労働全体を社会主義的に組織できるようになる程度の規模をもって、工業と農業のために創設さるべきである」というラサールに対して、マルクスは「つまり生産協同組合を『創設する』のは労働者ではなく、国家なのである。国債をもってすれば、新しい社会を建設することなど新しい鉄道を敷設するようなものだ、というラサールの空想にふさわしいことではある！」「労働者たちが協同組合的生産の諸条件を社会的な規模で、まず自国に国民的な規模でつくりだそうとすることは、彼らが現在の生産諸条件の変革をめざして働くということにほかならず、国家補助をうけて協同組合を設立することとはなんの共通点もないのだ！」「それらが価値をもつのは、政府からもブルジョアからも保護をうけずに労働者が自主的に創設したものであるときにかぎって、である」と批判する(31)。花田においても、協同組合は国家や大資本の庇護のもとに設立されるものとしては考えられてはいない。それはあくまでも自立した諸個人の協同性を前提として、彼ら自身の手によって設立されるべきであり、その限りにおいて、花田の想定するコミュニズムは「現在の組合を止揚して、あたらしい組合をつくりあげる」ことを目的の一つとした国家や資本主義的生産様式に対する対抗運動としての意味合いを持っているのである。

6　対抗運動としての視聴覚文化論

送り手と受け手の相互交通

自立した諸個人の協同性（アソシエーション）は、花田の視聴覚文化に対する積極的な評価とも密接な関わりを持っている。「柳田国男について」のなかで「おもうに、今日の課題は、いたずらにルネッサンス以来の活字文化の重要性を強調することにあるのではなく、柳田国男によってあきらかにされた活字文化以前の視聴覚文化と、以後の視聴覚文化とのあいだにみいだされる対応をとらえ、前者を手がかりにして後者を創造することによって、活字文化そのものをのりこえていくことにあるのではなかろうか」と書かれているように、花田の視聴覚文化論もまた前近代的な視聴覚文化を「否定的媒介」にして「活字文化そのものをのりこえていく」という近代の超克を目指す目的のもとに設定されたものにほかならない。

前近代的な視聴覚文化の代表的な例として、花田は口承文芸の一つである民間説話を取りあげながら、それが「おびただしいヴァリアント」を持っている点に注目する。花田によると、民間説話の内容の多くは「大筋のところは固定しているにしても、部分的には、時と処とによって、いろいろと変化している」。花田は柳田がその「いろいろと変化している」箇所を「説話の変化部分」「自由区域」と呼んでいることを指摘しながら、当時の民間説話においては「婦人などの忠実に聴いた通りを話そうとする者の外に、其場相応の改作と追加とを、可なり巧妙に試みる者があった」という柳田自身の言葉を引用している(32)。「説話の変化部分」「自由区域」について、柳田は『竹取物語』を例にあげながら次のように説明している。「赫奕姫に幾人もの求婚者があり、如何なる方法を以て近よろうとしても、徹頭徹尾決して許さなかったという大筋は不変であって、ただそれを例示する幾つかの場合を、話者又は筆者の空想の活躍に委ねたのである」と。実際、文字に書き留められていた当時の「筆の文学」(柳田国男)に比べて、民間説話が語られる時間(時代)や空間(地理)的な条件にもとづいて「おびただしいヴァリアント」を作ることが容易であったことはいうまでもない。当時の語り手は、物語の内容にリアリティを持たせるためにみずからの身のまわりの事物や人物を引き合いに出しながら「其場相応の改作と追加」をほどこしている。同時代の聞き手に受け入れられるように、作中の登場人物や舞台設定を身のまわりのものに直接的に置き換えるというようなこともあったものと思われる。いうまでもなく、語り手による「改作と追加」が柔軟に試みられた要因としては、それが口承を前提としたものであったということがあげられるだろう。それは語り手と聞き手のあいだの関係が直接的に結びついていることを指し示している。その両者のあいだの直接的な関係性こそが「其場相応の改作と追加」を可能にする前提条件となっている。花田は「説話の変化部分」「自由区域」を取りあげながら、両者の結びつきを次のように評価している。

この説話の変化部分または自由区域には、パーソナル・コミュニケイションのもつプラス面が——送り手と受け手との相互交通の上に立った、文字によって拘束されない、ダイナミックな表現がみいだされる。そこで支配的なものは即興性であって、たとえば音楽や演劇におけるアド・リブのように、状況に即応した口から出まかせの表現が、説話全体に、潑剌とした活気と、無限の柔軟さとをあたえるのである。いや、単にそればかりではない。かりに同じ説話がくりかえされるばあいであっても、それが、つねに顔の表情や身ぶりをともなった口頭的表現であるため、文字による表現にくらべると、はるかに具体的であって、アクセントのつけかた一つで、言葉のもつ微妙なニューアンスをとらえることもまた可能なのだ。

ただし、この場合、花田の積極的な評価にもかかわらず、まずもって重視されるべきは「口頭的表現」に見られる即興性などではない。それはむしろ「パーソナル・コミュニケイションのもつプラス面」としての「送り手と受け手との相互交通」にこそある。「状況に即応した口から出まかせの表現」といえども「送り手と受け手との相互交通」を前提としてはじめて成立するものなのだから。われわれは民間説話が幾世代にもわたって語り継がれるという事実に目を向けてみる必要がある。物語の継承は、時の流れとともにかつての聞き手（受け手）が語り手（送り手）へと変化することを指し示している。その内容は語られる時代や地域、その他、さまざまな条件にもとづいて「改作」され「追加」される。みずからの意志と判断にもとづいて、語り手はかつて受け継いだ物語に積極的に「其場相応の改作と追加」をほどこしてゆく。それは幾世代にもわたって続けられる聞き手（受け手）と語り手（送り手）のあいだの協同制作の産物としてである。その点にこそ、自立した諸個人の協同性にもとづいたコミュニズムを構成する大きな要因がそなわっていると考えられている。民間説話（口承文芸）の世界において、聞き手は同時に語り手としても存在している。したがって、花田のいう「送り手と受け手との相互交通」とは、語りの現場における両者のあいだの共時的な関係性にのみ当てはまるものではない。それは当初の聞き手がやがては語り手へと主体的に変化してゆくという主体の通時的（歴史的）な生成変化の過程を指し示したものでもある。もちろん、現代の広範なマス・コミュニケーションのなかにあって、語り手と聞き手のあいだの「パーソナル・コミュニケイション」そのものは大した意味を持ち得ない。自立した諸個人の協同性を前提とした視聴覚文化を評価するならば、語り手の主体性や創造性はやはり現代的なマス・コミュニケーションのなかに探らなければならない。前近代的な視聴覚文化があくまでも「否定的媒介」としてとらえられる所以である。

注意すべきは、だからといって「民間説話などによって代表されるかつての視聴覚的表現を手がかりにして、ラジオやテレビなどの未来のあたらしい視聴覚的表現をつくりだし、文学的表現の限界を突破していく」という花田の視聴覚文化論が単にテレビやラジオなどのマス・メディアを礼讃したものではないという点である。花田は次のように断っている。「誤解をさけるために一言しておくが、だからといって、わたしは、文学的表現を、すこしも時代おくれだと考えているわけではない。文学的表現は、芸術的表現のなかで、現実を抽象的に表現し、大衆に伝達することにかけては、なんといっても最高のものであり、これを自家薬籠中のものにした上で、はじめてマス・コミ芸術のなかの具体的表現が――映画やラジオやテレビにおけるあたらしい視聴覚的表現の創造が問題になるのではないかとわたしはおもう」と。花田の視聴覚文化論はまずもって活字文化をマス・コミュニケーションのなかにとらえなおして「それのもつ固定性、抽象性、純粋性、高踏性をもう一度、あたらしい視聴覚文化のなかで、流動化し、具体化し、総合化し、さらにまた、大衆化するということ」を目指したものにほかならない。それは近代の産物としての活字文化を再編成することによって、その近代的性格を超克しようとする試みであるということが出来る。花田の歴史小説なるものが作者の実体験にもとづいた題材の特殊性、一人の作者が小説の世界を構築してゆくというオリジナリティ神話、送り手＝作者（上位）と受け手＝読者（下位）のあいだの階層化などを特徴とした近代小説（凸型構造）の超克を目指していることはすでに見て来たとおりである。たとえば、花田は先行するテクストを模倣し、批評することをみずからの創作原理として設定している。『小説平家』を例にあげれば、それは『平家物語』を中心とするさまざまな先行テクストを模倣し、批評することによって書かれた協同制作の産物である。その場合、われわれはまずもって『平家物語』の記述が取りあげられ、作者探しの名のもとにその内容が意識的に読み込まれている点に注意しなければならない。そのことは花田自身が『平家物語』を読む（受容する）ことによって、テクストを模倣するという受け手（読者）の立場に立っていることを表している。一方で『平家物語』に批評を加えるということは、先行するテクストの「改作」と「追加」をになう主体として、同時に送り手（作者）の立場に立っていることも表している。『平家物語』という物語が『小説平家』という小説へと生成変化してゆくように、先行するテクストを模倣し、批評することは花田自身が物語の受け手（読者）から送り手（作者）へと生成変化してゆくことを意味する。その点において、花田の歴史小説はまさしく「送り手と受け手との相互交通」による産物であるということが出来る。

もちろん、同時に花田のいう「送り手と受け手との相互交通」は活字文化の領域にのみ限定されるものでもない。それが近代の超克を目指したものである以上、当然、両者の「相互交通」はテレビやラジオに代表されるマス・メディアの領域においてもまた想定されなければならない。たとえば、「六ペンスの歌」のなかでは「マスの性格はマスを形成している個々人の知性の平均率より下廻る」というサマセット・モームの言葉が紹介されながら、マス・メディアにおけるコミュニケーションのあり方とその問題点が次のようにとらえられている。

モームのマス論が、ル・ボン以来の手垢にまみれた意見であることは措いて問わないにしても、はたしてマス・コミの俗流性は、単にマス・コミの送り手が、受け手の低い知性に迎合するところからうまれてくるのであろうか。マス・コミの特徴は――そしてわたしには、それのもつ最大の弱点だとおもわれるのだが――通信者と受信者とのあいだの相互交流が欠けている点にある。したがって、演劇は映画にくらべると、舞台と客席とのあいだの相互交通が多少なりともみとめられる以上、まだ十分にマス・コミ的であるとはいえない。そこへいくと映画は、ラジオやテレビなどと同様、送り手の受け手にたいする完全な一方交通だ。そこから、エリア・カザンが『群集の中の一つの顔』で描いたテレビ俳優のようなおもいあがりが――大衆など自分の一言で意のままに操縦できる、といったような奇妙な錯覚が芽ばえる。それは、上から下にむかって一方的にコミュニケイトするものたちの例外なくおちいる錯覚であって、そういう錯覚にたよらないかぎり、相手の出かたがわからないのだから、かれらは不安でたまらないのであろう(33)。

すなわち、本来、活字文化を超える媒体であるはずのマス・メディアにおいても「送り手と受け手との相互交通」という機能だけは充分に果たされてはいない、と。その典型的な人物として、花田は「大衆の泣きどころを隅から隅まで心得ているつもりでいる」映画プロデューサーを例にあげながら、次のように批判している。「要するに、大衆というやつはバカなものさ、とこのもっともバカなやつがおもいこんでいるのだから世話はない」。花田によると、プロデューサーは「かれ流の大衆のイメージを押しつけることによって、永遠にかれらに賢くなってもらいたくない」と考えている。その点からいえば、映画におけるプロデューサーと観客（大衆）との関係が、近代小説における作者と読者のあいだの上下関係に対応していることがうかがえるだろう。したがって、花田の視聴覚文化論は同時代の視聴覚文化がはらむ「固定性、抽象性、純粋性、高踏性をもう一度」「流動化し、具体化し、総合化し、さらにまた、大衆化するということ」を目指した視聴覚文化批判として の意味合いも兼ねそなえている。同時代の活字文化と視聴覚文化に共通して見られる「送り手の受け手にたいする完全な一方交通」「上から下にむかって一方的にコミュニケイトする」ことに対する批判として、それはあり続けている。

サイフォンの装置

花田の視聴覚文化論はあくまでも現行の「送り手の受け手にたいする完全な一方交通」に対する批判を前提としている。その場合、みずからの考える「送り手と受け手との相互交通」は大きく二つの側面から考えられている。その第一点としてあげられるのが、自立した個人の主体性や創造性にもとづいた受け手から送り手への生成変化の過程である。それは前近代的な口承文芸の世界に見られる聞き手と語り手の相互変換的な関係性を広範なマス・メディアの領域においても構築することを目指している。「マス・コミの問題点」のなかで、花田はその具体的な例を当時のソビエト連邦に見られるマス・コミュニケーションのあり方に求めている(34)。「口頭扇動だとか、壁新聞だとか、有線放送組織だとか——インケルスがみごとに描きだしているように、ソヴェートにおける少々時代ばなれのしているようにみえるコミュニケーションの方法が、逆にアメリカ式の進歩したマス・コミの虚をたくみについて、相当の成果をあげている」点を指摘しながら、ソ連型のマス・コミュニケーションが「上から下へむかってながれる」「漏斗としての役割」を強くになっているアメリカや日本型のそれに対して「下から上へむかってのぼっていく」「サイフォンとしての役割」を発揮していることについて、花田は次のように書いている。

　ある時代の支配的な思想は、その支配階級の思想であるというマルクスの言葉に嘘はないにしても、それは、かならずしもマス・コミのおかげで、そうなっているのではない。そういう意味では、マス・メディアの発達は、アメリカに劣るとはいえ、職場のなかから口頭扇動者をえらんで『プラウダ』の社説の代弁をさせ、壁新聞を重要視して、一定の作業班や個々人についてまでも称賛や批判をおこない、さらにまた、有線スピーカーによる集団聴取のさい、地方のラジオ関係者と大衆との接触をはかり、できるだけコミュニケーションを、一方的なものから、相互的なものへもっていこうとつとめているソヴェートの行きかたのほうが、それがうまくいっているか、いっていないかは別としても、すくなくとも手つづきの上では、アメリカの行きかたよりも、受信者と発信者との相互交通というコミュニケーションの本来の性格をヨリ多く保持していることに疑問の余地はない。とにかく、こちらには、まがりなりにも、サイフォンの装置があるのである(35)。

あらためていうまでもなく、花田の視聴覚文化論においては、聞き手（受け手）は単に与えられた情報を受け取るだけの一方的な存在ではない。そこではやがてみずからが情報の発信者（送り手）へと変化することによって、近代のマス・コミュニケーションに見られる「送り手の受け手にたいする完全な一方交通」の関係をみずから主体的に克服してゆくことが目指されている。その点にこそ、諸個人の主体性や創造性にもとづいた近代の超克（コミュニズム）への道筋が開けると考えられている。もちろん、資本制社会において、マス・メディアを掌握しているものが大資本や独占資本である以上、メディアの送り手が彼らの意向を反映する存在であることはいうまでもない。したがって、この「サイフォンの装置」としてのマス・メディアの構築は、独占資本に掌握された現在のマス・コミュニケーションのあり方を超克することを目指したものでもあるということが出来る。それは資本主義に対抗する運動としての意味合いも持っている。もちろん、そこでは資本の側が「ソヴェートにならって」「民主主義の名において、パーソナルなコミュニケイションの組織をつくろうと試みる」場合があることも指摘されてはいる。しかし、それは「パーソナルなコミュニケイションの方法が、独占資本によって逆用され」たものにすぎない。「サイフォンの装置」は、その名のとおり、あくまでも受け手の立場に立つ一般大衆の手によって構築されなければならない。かつて『ゴータ綱領批判』を著したマルクスや戦時中の花田が国家権力（上）の手によって作られる協同組合に批判的であったように、大資本・独占資本に代表される支配者層に対抗するためにも、その構築をになう主体は一般的な生活者大衆を中心とする被支配者層自身（下）でなければならない。そして、その点にこそ「送り手と受け手との相互交通」を実現するための第二点がある。すなわち「ラジオ・テレビ・映画・新聞・週刊雑誌等々における上から下へむかってながれてくる漏斗的なコミュニケイションの装置に対抗して、マス・コミの受け手が、みずからを組織すること」「自然発生的な個別的＝分散的な組織を、ちゃんとした目的意識をもった——むろん、そのばあい、最終目的は問題外だが——全国的＝統一的な組織にまでまとめあげていく」ことである。

最近のマス・コミにおいては、受け手が、偶然、送り手にもなる機会が皆無とはいえないので、自主性を確保したまま、受け手の立場から送り手の立場へ移ることだけを抵抗だと心得ているひともあるようだが、なにより大切なのは受け手の組織であって、そのばあい、受け手の組織と送り手の組織とが混同されてはならない。つまり、まず、そこで問題になるのは、ラジオやテレビにおける聴視者組織、映画における観客組織、新聞や雑誌における読者組織ということになるわけだが、わたしは共産党の文化部あたりがどうしてその種の広汎な大衆団体の組織に積極的な関心を示さないのか不可解でならない。それは、党の組織そのものが、漏斗的性格のものであって、サイフォン的性格を軽視していることのあらわれであろうか。自然発生的な大衆の動向を敏感にとらえて、ラジオやテレビにおける不良番組にたいする「スウィッチ・オフ」運動、悪質映画にたいするボイコット運動、あるいはまた、反動新聞や雑誌にたいする不買運動等々のイニシアチブをとり、逆にそれらの運動のなかからその種の大衆団体を組織していくことも考えられる。受け手の立場から、ラジオ評やテレビ評などを投書して、新聞や雑誌の片隅にのせてもらっているくらいでは、とうてい、ましゃくにあわないのである。

ここでは「不良番組にたいする『スウィッチ・オフ』運動」や「悪質映画にたいするボイコット運動」「反動新聞や雑誌にたいする不買運動」が受け手の側からなされる対抗運動としてとらえられ

ている。資本主義における剰余価値は、生産者によって作られた生産物（商品）を消費者が購入することによって発生する。価値（交換価値）は商品が売れてはじめて生み出されるのであり、生産者（売り手）は本来的に消費者（買い手）に従属する立場にある。その点において、受け手の立場に立った「ボイコット運動」（不買運動）は資本主義に対する消費者の側からの対抗運動となり得ることを指し示している。

生産者（送り手）と消費者（受け手）——それぞれの対抗運動

もちろん、実生活において、人は単に消費者（買い手）としてあり続けているわけではない。他方において、人は生産者（売り手）の側にも立っている。したがって、資本主義に対する対抗運動は受け手の側からの「ボイコット運動」だけでは不充分であるといわざるを得ない。独占資本に掌握されている商品に対抗するためにも、被支配者層の側もまた生産物をみずからの手で生み出さなければならない。その意味において、花田のいう「送り手と受け手との相互交通」の第一点は生産者（送り手）の側、第二点は消費者（受け手）の側からの対抗運動のプログラムであるといってよい。第一点と第二点が連動して、はじめて資本主義に対する対抗運動が可能となる。その場合、果てしなく広がる資本主義の運動に対抗するためには対抗する側もまたみずからの運動を増殖させ、大規模に展開させていく必要がある。そのためにも広範なマス・コミュニケーションを可能とするメディアを獲得することは必要不可欠である。一例をあげれば、現在のインターネットのような通信機能が発達すれば、海外の企業や生産者との直接的な取引が実現可能となる。すると、従来、生産者や卸売業者と消費者のあいだに立って利ざやを稼いで来た商社はさほど重要な存在ではなくなるといったように。もちろん、その場合のマス・コミュニケーションのあり方は、一極集中的なものあるいは「上から下へむかってながれる」「漏斗としての役割」をになうようなものにはなり得ない。たとえば、現在のインターネットがおもにWWW（World Wide Web）の利用形態をとっているように、一般の生活者大衆を情報の送り手とするマス・コミュニケーションは従来のそれよりも広範且つ分散的でありながら横断的、柔軟で多様な形態のもとにネットワーク化されていることだろう。花田がマス・コミュニケーションのあり方やマス・メディアを重視することには一定の意味がある。繰り返していうように、花田の視聴覚文化論は、一般的に誤解されているように、単にテレビやラジオのあり方を無批判的に礼讃した言説などではあり得ない。あくまでも資本主義に対する抵抗運動のための手段として、その獲得と有効な活用を目指して発せられたものにほかならない。その言動には新たな社会運動のためのプログラムが内包されているのである。

7　群論としての組織（運動）形態

ボリシェヴィズムとアナキズム

花田の視聴覚文化論においては、マス・コミュニケーションの受け手が送り手へと主体的に生成変化してゆくとともに、その受け手が「みずからを組織することによって、下から上へむかってのぼっていくサイフォン的なコミュニケイションの装置をつくること」の必要性が説かれている。その場合、問題となるのは、花田の構想する「組織」（化）がいかなるものであるのかという点である。たとえば、吉本隆明は「花田は、どうやら『マス・コミの受け手』を組織すれば、政治的抵抗素を獲取すると誤解しているらしい」と指摘しながら「花田のように、マス・コミの『受け手』を組織してそこに文化運動的な有効性をあたえようとするのは、たとえば、『話し合い』サークルや生活記録運動を未分化な性分のままで固定しようとするおおくの俗流の見解とえらぶところのない謬見にしかすぎない」と批判している(36)。「現在、マス・メディアを媒介にしておこなわれている芸術の大衆社会化現象にたいして、大衆の芸術を確立しうる可能性をもっているのは、反体制的な分配カルテルとしての実質力をもっている大衆運動（例えば労働運動）にささえられたサークル文学（芸術）運動以外にはありえない」と考える吉本にとって「わたしは共産党の文化部あたりがどうしてその種の広汎な大衆団体の組織に積極的な関心を示さないのか不可解でならない」と書く花田の「受け手の組織」そのものが前衛党の「指導」にもとづいた「漏斗状」の組織形態を指向しているのではないかと考えられているのである。その点からいっても、花田が社会運動の「組織」（化）というものをいかにとらえているのかということが考えられなければならない。そして、そのことは花田がコミュニズムをいかなる形態のものとして構想していたのかという点とも関わって来る。

花田がみずからの構想するコミュニズムを自立した諸個人の協同性（アソシエーション）のなかに見出そうとしていることはすでに見て来たとおりである。その場合、まずもって強調しておくべきは、花田が中央集権主義を指向する「自称ボルシェビイキ」ではないという点である(37)。花田が日本共産党に代表される前衛党主義、中央集権主義に批判的であったことは『政治的動物について』（青木書店／一九五六年）のなかの一連の論文からも見て取れる。花田は「プロレタリアートの支持なくして、なんの共産党ぞ！」と書きながら、一九四七年の二・一ゼネスト当時のことを次のように回想している(38)。「当時、コンミュニストを名のる一部の異端者たちは、あくまでその天くだり的な『指導』をあらためようとはせず、ますます、プロレタリアートの分裂に拍車をかけようとした。したがって、今日、それらの異端者たちが第一線からしりぞかなければならないのは、大井（廣介──引用者注）のいうように、マレンコフがそうしたからではなく、じつにかれらが、日本のプロレタリアートの利害を、衆人環視のなかで裏切ってしまったからにほかならない」と(39)。党中央の「天くだり的な『指導』」にもとづいた前衛党主義、中央集権主義に対して、花田はプロレタリアートを主体とした社会運動の自然生長性を重視する。花田が運動の自然生長性を重視していたことは「議会主義の枠によって、プロレタリアートの自然発生的＝本能的な欲求を抑制し、ひたすら独占資本家の利害に奉仕している」フェビアン社会主義者を批判しながら、プロレタリアートの「自然発生的＝本能的欲求を支持することによって、一挙に議会主義の枠を粉砕しようと試みた」

幸徳秋水や大杉栄のアナルコ・サンディカリズムが高く評価されている点からもうかがえる(40)。幸徳の「『議会否認・直接行動一本槍』の主張」が各地に大規模なストライキを起こしていった事例を引き合いに出しながら、花田は「日本の労働者は、ヨーロッパのばあいのように、組合に結集してストライキをおこすといったような正常な手つづきをふまず、逆にストライキをおこすことによって組合をつくっていったようだ」「ストライキをおこすことによって、かれらは、はじめて階級意識に目ざめていったようだ」と指摘し「一見、無謀ともみえる幸徳の直接行動論は、案外、そのような日本の労働者の戦闘的性格の客観的評価の上に立っていたのではなかろうか」と指摘している。

花田の構想する「組織」はボリシェヴィズム(前衛党主義、中央集権主義)よりもアナルコ・サンディカリズム(アナキズム)を指向している。しかし、注意すべきは、花田がその一方で「しかし、こんなことをいうからといって、わたしは、幸徳や大杉のアナルコ・サンジカリズムを、そのままのかたちで、肯定しているわけではない」とも書いている点である(41)。花田がヒューマニズムを前提としたアナキズムを徹底的に批判していることは、マルクス主義における「非人間性」を糾弾する「近代文学」派の文学者たちとのあいだでかわされたモラリスト論争を見れば明らかとなる。その点からいえば、ボリシェヴィズムを批判する花田の『政治的動物について』は、同時にボリシェヴィズムを批判するヒューマニズムとしてのアナキズムを批判したものでもある。そして、それは吉本批判の論文として知られる「吉本隆明に」のなかの一節からも読み取ることが出来る。一九五九年の時点で「必然的に、近く共産党もまた、みずからの戦闘的な性格を回復するであろう」と予測しながら、花田は次のように言明している。「今日、前衛党の存在を無視しては、いかなる革命も実現できない。吉本隆明のように、『現在はっきりとした革命のヴィジョンを具えている大衆運動は、総評を主体とする労働運動と、全学連を主体とする学生運動だけでありますか。』などといってひたすら大衆に迎合しようとするようなやつを称して、俗流大衆路線論者というのである」と(42)。花田の予測が的中したかどうか。この場合、それは問題ではない。問題はこれまで前衛党主義や中央集権主義を批判し、プロレタリアートや一般大衆による自然生長的な運動性を評価して来た花田が一転して「今日、前衛党の存在を無視しては、いかなる革命も実現できない」と言明しているという点にある。花田においては、ボリシェヴィズムに対してはアナキズムが評価されている。一方で、アナキズムに対してはボリシェヴィズムの必要性が強調されている。

ボリシェヴィズムとアナキズム（アナルコ・サンディカリズム）は本質的に対立する関係にある。それはかつてのマルクス－バクーニン論争や日本のアナ－ボル論争からも見て取れる。花田が両者の関係を知らなかったとは考えられない。むしろ、その歴史的な経緯を熟知していたからこそ、ボリシェヴィズムに対してはアナキズムを対置し、アナキズムに対してはボリシェヴィズムを評価するという態度をとっていたものと思われる。この場合、花田がボリシェヴィズムとアナキズムを「理性」と「本能」という対立関係に置き換えている点に注目したい。「理性というものは、盲目な本能という中身を欠いたばあい、空虚なる外形にすぎん」「どうやら日本の知識人には、本能か、理性か――といったような二者択一的なものの考え方しかできないらしい」といった言葉からは、みずからの構想する社会運動にあっては「理性」（ボリシェヴィズム）と「本能」（アナキズム）が互いに対立しながらも共存する「対立のままの統一」という関係性が求められていることが読み取れる(43)。そこでは「自然発生的＝本能的な欲求」にもとづいたアナキズムとともにボリシェヴィズムもまた全面的に否定されることなく、ある点においてはむしろ必要なものとして認識されている。

実際、近代以降の社会運動の歴史を検討すれば、アナキズムやアナルコ・サンディカリズムの限界はすでに明瞭に示されている。一切の権力を否定し、自由な個人のアソシエーションに絶対的な価値を見出すアナキズムが、強大な権力機構を保有する国家に対抗する政治的な手段としては有効ではなかったことはいうまでもない。しかし、一方で「プロレタリア独裁」を標榜し、ブルジョア国家の権力機構に対抗するためには独裁的な中央集権主義を採択しなければならなかったボリシェヴィズムが、前衛党主導の「天くだり的な『指導』」によって個人の主体性や自立性を抑圧するものでしかなかったこともまた事実として認めざるを得ない。従来のようなアナキズムでは巨大な国家権力に対抗することは出来ないが、ボリシェヴィズムでは個人の主体性や自立性が抑圧されることによって、それ自体が個人を支配する権力機構としての役割をになってしまう。しかし、大別すると、人類の歴史において、従来の社会運動が個と集団のどちらかに重点を置いている以上、今後においても、両者をともに排除するような運動（組織）はあり得ないと考えた方がよい。ならば、両者を批判的に検討しつつも、それぞれの利点を新たな社会運動のなかに生かしてゆくべきではないか。「二者択一的なものの考え方」を排する花田が、両者の対立を以上のように考えていたとしても不思議ではない。

群論の組織論

もちろん、本質的に対立する関係にあるボリシェヴィズムとアナキズムを「対立のままに統一」することは、みずからを曖昧な立場に立たせることを意味している。すなわち、ボリシェヴィズムの立場から見れば、その言説はアナキズムとしてとらえられる。アナキズムの立場から見れば、それはボリシェヴィズム以外の何ものでもない。実際、「現在はっきりとした革命のヴィジョンを具えている大衆運動は、総評を主体とする労働運動と、全学連を主体とする学生運動だけであ」ると考える吉本のようなものから見れば、花田の言動が共産党（ボリシェヴィズム）に従属する党のイデオローグとしての立場から発せられたように受け取られている。そのことは吉本が花田の「群論」を例にあげながら、花田を次のように批判している点からもうかがえる。

ところで、『復興期の精神』を一貫してながれる花田の上部構造論は、たとえば「群論——ガロア」のなかの組織論と結びつくとき、その欠陥を露呈するのである。ここで代数学の群の定義をかりて展開している組織には加法のばあいに零であり、さらにまた乗法の場合に一であるような組織者が必要であり、さらにまた逆元素がひつようであるという組織論の骨組をみよ。おそらく花田は、「闘争をもって唯一無二の信条」とする内部世界の構造をすてかねたため、こういうファシスム組織論のなかに、自己のマルクス主義的図式を展開する場所をみつけねばならなかったのである。「群論——ガロア」のなかで花田はかいている。「すでに魂は関係それ自身になり、肉体は物それ自身になり、心臓は犬にくれてやった私ではないか。（否、もはや『私』という『人間』はいないのである）。」(44)

そのうえで、吉本は「わたしたちは、このガロア論のなかに展開されたコム・ファシスム組織論が、現在（一九五七年——引用者注）まで一貫して花田の理論をながれていることを指摘せざるをえないのを遺憾とする」と批判する。しかし、そもそも「加法のばあいに零であり、さらにまた乗法の場合に一であるような組織者が必要であり、さらにまた逆元素がひつようであるという組織論の骨組」とはいかなるものなのか。「群論」のなかで、花田は次のように書いている。

群と集合とは異る。集合とは、或るものがそれに属するか否かが、少くとも理論上、はっきりと弁別されるような集りでさえあればいいので、そのものが、いかなるものであっても差支えないのだ。これに反して、群においては、これに属する任意の二つのものの間に、なんらか一定の結合法があり（例えば加法）、それによって結合した結果が、やはりその同じ群中の或る一つのものでなければならぬという条件がある。条件はこれだけではない。群を形成する個々のもの、A、B、Cをその群の原素といい、各原素は単に（例えば加法によって）結合可能であるにとどまらず、さらに各〻の間に、（AB）C＝A（BC）なる関係をもっていなければならない。次に群中の任意の原素Aにたいして、AE＝Aとなるような原素Eが存在していなければならず、このEを単位原素と称する。これが第三の条件だ。そうして、最後に、各原素にたいして、その逆原素なるものがなければならぬのである。逆原素とは、群中の任意の原素Aにたいして、AX＝Eなるがごとき原素Xを意味する。

簡単にいえば、群とは、以上の四条件を備えた集合のことなのだ。私はかならずしもコンドルセ流に、群論の炬火によって倫理学および政治学を照そうと考えるものではないが、すくなくとも社会の秩序の意味を定義しようと試みるとき、群論にたいして連想することを拒むことができない。社会とは単なる人間の集合ではなく、一定の条件にしたがった「群」のごときものではあるまいか。群論は、組織の条件を最も厳密に定義してくれるのではなかろうか。組織には加法のばあいには零であり、乗法のばあいには一であるような単位元素としての組織者が必要であり、さらにまた、原素とともに逆原素の存在が不可欠なのではないか(45)。

そして、それは次のように結ばれている。「緑いろの毒蛇の皮のついている小さなナイフを魔女から貰わなくとも、すでに魂は関係それ自身になり、肉体は物それ自身になり、心臓は犬にくれてやった私ではないか。（否、もはや『私』という『人間』はいないのである。）」と。有限群を使って代数方程式の可解性を解析したガロアの群論が、同時代のアーベルやガロア自身によって証明された五次方程式以上の代数的解法の不能性（五次以上の代数方程式が根の公式を持たないこと）を背景として現れて来た数学上の「危機の産物」であったことは確かだろう。その出現が「『与えられた代数方程式を解くこと』から、問題を『代数的に解き得る方程式の有すべき条件』の探求へと転換させた」結果であったことは確かであろう。もちろん、花田は群論を数学上の問題として取りあつかっているわけではない。「本来、組織というものが論理的なものでなければならない以上、組織が再組織される社会的変革期に、一面、数学そのものが長足の進歩を示すと同時に、他面、その進歩した数学が、組織の理論に影響を及ぼさない筈はない」という前書きのもとに「確率論を社会問題に応用しようとした」コンドルセやヴォルテール、ビュフォン、ボルダなどの一八世紀の啓蒙主義者による社会変革の試みが紹介されているように、群論もまた「新しい社会秩序の建設のために取りあげ」られている(46)。「群論」の書かれた時期がマルクス主義運動の壊滅した後の一九四二年であることからいえば、それはまさしく当時の「危機の産物」であったといってよい。「ここではじめて、組織の条件が問題になった」と書かれる所以である。

吉本によれば、花田の「群論」は「ファシスム組織論」以外の何ものでもない。しかし、群論のなかの何をもって、吉本が花田の組織論をファシズムの根拠として見なしているのか。その点についての具体的な指摘はどこからも見出すことが出来ない。おそらく、吉本は花田が末尾を「すでに魂は関係それ自身になり、肉体は物それ自身になり、心臓は犬にくれてやった私ではないか。(否、もはや『私』という『人間』はいないのである。)」と結んでいる点から類推して「単位元素としての組織者が必要であ」るという箇所を「天くだり的な『指導』」にもとづいた高圧的な前衛党主義、中央集権主義の根拠としてとらえていたものと思われる。いわば、吉本にあっては「単位元素としての組織者」とは「すでに魂は関係それ自身になり、肉体は物それ自身になり、心臓は犬にくれてやった」さまざまな「私」(原素)を組織的に集約(結合)し、従属させてしまう存在として考えられているのである。この場合、群の条件として、花田が「単位原素」(単位元)のほかにも「逆原素」(逆元)が必要であると指摘している点に注目したい。群の条件の一つとして、任意の要素aに対して、演算が加法ならば$a+0=a$となるような単位原素0、乗法ならば$ae=ea=a$となるような単位原素1(e)を持つことがあげられる。しかし、それとともに、前者では任意の元aが$a+(-a)=0$となるような逆原素$-a$、後者では$aa^{-1}=a^{-1}a=e$となるような逆原素a^{-1}が存在していなければならない。花田の構想する群(組織)においては、加法ならば$-a$、乗法ならばa^{-1}となるような「逆原素」もまた必要とされているのである。花田の場合、この「逆原素」は中央集権主義に見られるような組織が必然的に有するある特有の諸力(原素)に対する反諸力としての意味合いでとらえられている。それは花田が「単位元素としての組織者」の必要性を強調しながらも「特に卓抜な人間を意味するわけではない」「組織される人間のさまざまな個性を、自らのうちに含んでいる偉大な個性なのではない」と断っている点からも明らかである。花田はいう。「組織者とは、無限に小さく、いわば原子のごとき存在であるとも考えられる。原子とは、すべての異れる性質の系列を完全に論理的に関係づけるために、つくりだされたものではあるまいか」と。それは諸関係の結節点とでも呼ぶべき存在としてある。

「力」の結節点として

たとえば、花田のいう「組織者」の具体的な例として、ここでは映画監督という存在のあり方に注目すればよいかも知れない。映画監督という「組織者」が映画制作の途上でさまざまな要素を総合してゆくことについて、花田が「むろん『総合する』ということは、あなた（映画監督――引用者注）がイニシアチブをとって、さまざまな芸術家たちにむかって、命令を発するということではありません。反対に『共通感覚』の基盤の上に立って、お互いの力を結集していくということであります」と指摘しているように、映画監督とはさまざまな「力」の結節点以外の何ものでもない(47)。映画という総合芸術がさまざまなスタッフやジャンルによる協同制作の産物である以上、監督は「すべての異れる性質の系列を完全に論理的に関係づける」「原子」のような存在であるといってよい。そして、すでに第Ⅲ章の2や第Ⅳ章の4で見て来たように、それは「わたし」や「作者」を「存在するものの全体を超えるわたし」「どこにも存在していないわたし」――「虚点」としての「わたし」としてとらえる態度とも通じている。現象的にいえば、自己とは仮象の存在にすぎないが「わたし」は存在しないと述べている「わたし」が存在するように、それらもまた主体の超越論的な構えにおいてのみ存在している。

吉本の理解とは異なり、花田のいう「組織者」がもはや「天くだり的な『指導』」にもとづいた前衛党主義や中央集権主義を指向する存在とは正反対の場所に位置していることがうかがえるだろう。いわば、それは前衛党主義や中央集権主義にもとづいた組織を批判的に見る構えにおいてのみ存在し得る。しかし、だからといって「無限に小さく、いわば原子のごとき存在」である「組織者」によって構成される組織（群）は単なる数の集まり（集合）でもあり得ない以上、たとえそれが「原子のごとき存在」であっても、やはり「組織者」を中心とした一定の全体化（総合化）が要求されるのではないのか。組織（群）が「結合法」にもとづくものならば、その場に集う個々の要素が組織（群）のなかに包摂されてしまうという点では一種の集権化を指向するものではないかという指摘がなされるかも知れない。もちろん、個（アナキズム）と全体（ボリシェヴィズム）の「対立のままの統一」を目指す花田にあっては、個の包摂化、総合化が全面的に否定され、排除されているわけではない。その意味において、先の指摘にはある程度の妥当性がふくまれていると考えてよい。しかし、花田の「組織」論が単なるアナキズムでもボリシェヴィズムでもないことは、花田が両者のあり方を次のように考えている点からも読み取れる。

具体的なものは、それが、多数概念の包括なるがゆえに、すなわち雑多の統一なるがゆえに、具体的なのだ。だから具体的なものは、現実なる出発点であり、また、したがって、直観と観念との出発点であるとはいえ、思考上では、それは包括の過程として、結果としてこそあらわれるが、出発点としてあらわれない(48)。

花田のエッセイのなかでしばしば引用され、あるいは言及されるマルクス『経済学批判』「序説」の一節である。おもに「経済学の方法」（弁証法）を説明したことで知られるマルクスのこの文章を踏まえて、花田は物自体としての外部世界と認識の領域に属する内部世界の峻別を指摘している。マルクスが「範疇」としてのそれと「頭脳の中に思惟全体として現われる全体」を厳しく峻別しているように、花田もまた物自体としての外部世界を決して内面化し得ないものとしてとらえている。この場合の「具体的なもの」とはあらかじめ内面化することが出来ないものであるからこそ「結果としてこそあらわれるが、出発点としてあらわれない」と書かれなければならない。「具体的なもの」とは、この文脈では「実現されるべき具体的なもの」（コミュニズム）といい換えることが出来るだろう。それは決して「出発点」からは内面化（理想化）することの出来ないものとしてあり続けている。「実現されるべき具体的なもの」が結果においてしか現れない以上、そのなかに包摂されている個々の「成素」（マルクス）は超越的な何ものかによって「指導」されることなく、みずからの創意工夫にもとづいた自立的・主体的な運動を生成し続けることが出来る。個はみずからの自立性と主体性を発揮するという意味において、ここではアナキズムの要素が肯定的に踏まえられている。それと同時に「多数概念の包括」「雑多の統一」である「具体的なもの」が「結果としてこそあらわれる」という点において「天くだり的な『指導』」が排されつつも、一定の総合化（全体化）もまた果たされている。個と全体は互いに抑制し合う関係にはなく、むしろそれぞれの長所をうまく引き出す関係を保っている。両者の関係は花田のいう「組織者」や「虚点」としての「わたし」のあり方とも密接に対応している。

「具体的なもの」の展開する事例として、われわれは連歌を例にあげることが出来るかも知れない。

すでに見て来たように、連歌は自立した個々人の協同制作を前提としている。個々の句は全体のなかに埋没することなく、それぞれの自立性を保ちながらも、前後の句との関係において存在している。発句を起点として、それぞれの句は後句の前句に対する連想的な飛躍にもとづいている。もちろん、形式上の取り決めを別にすれば、発句がつけられる時点（出発点）において、その全体をあらかじめ統括するような統一的見解やテーマは認められない。全体の内容はそのときどきの句の展開によってたえず更新（批評）され、生成変化してゆく。しかし、だからといって、句の生成変化は最終的に支離滅裂な世界を形成することもない。偶然の飛躍的な展開にもとづきながらも、事後的に振り返れば、その全体には一定の統一性が認められる。あたかも、あらかじめストーリーが用意されていたかのように。連歌においては、個と全体が「対立のままに統一」されている。もちろん、連歌の世界においても、その端緒を開くために発句をつける「組織者」が存在する。しかし、彼によってつけられた発句はすぐさま別の連衆の手によって更新（批評）される。場合によっては、前者が批判や否定の対象としてあつかわれることもあるだろう。確かに端緒を開く（発句をつける）役割としての「組織者」は存在する。彼なしには連歌がはじめられないことにおいて、一定の存在意義を持っていることは間違いない。しかし、だからといって、それ以上の意義があるわけではない。それはまさしく「原子のごとき存在」であるといってよい。

生成変化する批評

花田という批評家が一般的に「自称ボルシェビイキ」として見なされる傾向にあったことはすでに見て来たとおりである。しかし、日本共産党に対する批判行動（一九六一年一二月に除名）一つを取りあげてみても、実際のところ、花田が共産党を中心とした前衛党主義、中央集権主義にいささかの希望も抱いてはいなかったことは明らかだろう。スターリン批判を契機として、スターリン主義に代表されるボリシェヴィズムの問題点が顕著に現れて来た一九五〇年代にあって、みずからの構想するコミュニズムがボリシェヴィズムに対する批判を含意するものでなければならないと考えられていたことは容易に推察することが出来る。その点からいえば、花田の構想が個人の自立性や主体性、彼らのあいだのアソシエーションなどを前提としたアナキズムの側面により重点が置かれていたことは確実だろう。一九五〇年代後半にはじまる高度経済成長期において、複雑な交換関係にもとづいた高度な商品社会が多様な欲望を産出してゆくという現実を目の当たりにして、花田が従来の労働運動一辺倒の社会運動や大衆蔑視の思想に満ちた前衛党主義、中央集権主義や階級概念に対する限界を透視していたことは間違いない。複雑な交換関係と多様な欲望に対抗するためには、対抗する側のこちらの側にも複雑で多様な運動のあり方が要請される。その活動の主体は前衛党や知識人などではない。まさしく商品社会のなかに組み込まれている一般大衆そのものにほかならない。もちろん、資本主義的諸関係は諸個人の所有関係や欲望を多様化することによって、私的所有にもとづいた個々人の分断を推し進めてゆくだろう。したがって、単なるアナキズムにも満足しない花田は個々人の分断に対抗するために「共通感覚」を発見することの必要性を説く。「既成の芸術形式を総合するということは、それらの芸術のあいだに『共通感覚』をみいだすことであ」る、と(49)。「共通感覚」を見出すことによって、はじめて資本主義的諸関係によって分断された個々人のあいだに協同と総合化への意志が芽生えると考えられている。あるいは、文芸批評にとどまらず、小説や戯曲の執筆、映画や演劇評論、その他、さまざまなジャンルを横断する花田の試みそのものが

「共通感覚」を見つけ出す試みであったといえるかも知れない。そして、その試みは批評の運動性にもとづいている。花田の批評は決して「定点」を作らない。その点において、花田の構想する社会運動は固定化された理念やイデオロギーを実現するためのものではあり得ない。その組織の形態もまた「上から下へむかってながれる」「漏斗状」のもの（中央集権制）ではない。それはむしろ「送り手と受け手との相互交通」にもとづく分散的且つ横断的なネットワークとしてある。それぞれの共通する課題と目的のもと、そこでは必要に応じて個々人がみずからの意志にもとづいて結びつき、つねに生成変化し続ける柔軟且つ多様な運動のあり方が認められていることだろう。繰り返していうように、花田の構想するコミュニズムにあっては、批評する－批評されるという関係性を前提とした他者との協同的な関係性が踏まえられている。運動はたえず更新されながら、決して固定化（理想化）することはない。コミュニズムもまた自立した諸個人の協同性の果てに、結果として、一瞬だけかいま見える。そして、次の瞬間、それはふたたび批評・更新され、生成変化してゆく。花田清輝という存在と花田の構想するコミュニズムの一端に触れるということは、その果てしない批評の運動性に直面することにほかならないのである。

（二〇〇〇年春・夏）

注

第I章

（1）花田清輝「監視と発見」（「朝日ジャーナル」一九六五年一二月五日号）
（2）花田清輝「ヤンガー・ゼネレーションへ」（「文学」一九五七年七月号）
（3）花田清輝「吉本隆明に」（「日本読書新聞」一九五九年一月二六日号）
（4）吉本隆明「アクシスの問題」（「近代文学」一九五九年四月号）
（5）埴谷雄高「苛酷な現実と苛酷な眼」（「日本読書新聞」一九五九年三月一六日号）
（6）川本三郎「花田清輝の『ふまじめ』」（「展望」一九七三年六月号）
（7）好村富士彦『真昼の決闘——花田清輝・吉本隆明論争』（晶文社、一九八六年五月）
（8）花田清輝／岡本潤／吉本隆明「芸術運動の今日的課題」（「現代詩」一九五六年八月号）
（9）中野重治「新日本文学会創立準備会の活動報告」（「新日本文学」創刊号、一九四六年三月）
（10）荒正人／小田切秀雄／佐々木基一／埴谷雄高／平野謙／本多秋五「文学者の責務」（「人間」一九四六年四月号）そのほかにも、宮本百合子の「歌声よ、おこれ」（「新日本文学」創刊準備号、一九四六年一月）を先駆的な文献としてあげることが出来るだろう。なお、小田切秀雄「文学における戦争責任の追求」（「新日本文学」一九四六年六月号）は、そのときの要旨をまとめたものである。
（11）「私は軍官民、国民全体が徹底的に反省し懺悔しなければならぬと思ふ、一億総懺悔をすることがわが国再建の第一歩であり、国内団結の第一歩と信ずる」と表明された東久邇宮稔彦による「一億総懺悔」が発表されたのは、一九四五年八月三〇日付「毎日新聞」紙上でのこと。ただし、千本秀樹の『天皇制の侵略責任と戦後責任』（青木書店、一九九〇年一〇月）によると「一億総懺悔」の思想は早くも八月一五日午後七時三〇分からはじめられた当時の首相・鈴木貫太郎のラジオ演説や同日付の文部省訓令第五号にその「原型」が認められるという。たとえば、鈴木は当該放送のなかで、次のように述べている。「申すまでもなく戦争が遂にこの様な形で終結を見るに至りましたことは前線にある皇軍将兵は固より国民の凡ての痛憤堪へ難きところに違ひありませぬと共

に国民悉く心より、陛下にお詫び申上げる次第であります」（「朝日新聞」一九四五年八月一七日）
(12) 平野謙「ひとつの反措定」（「新生活」一九四六年五月号）
(13) 平野謙「日本文学報国会の成立」（『純文学論争以後』筑摩書房、一九七二年一二月）
(14) 井上司朗『証言・戦時文壇史』（人間の科学社、一九八四年六月）
(15) 杉野要吉「戦時下の芸術的抵抗はあったか——平野謙の情報局時代をめぐって」（「國文学」一九七八年九月号）／江藤淳「改鼠された経験——大東亜開戦と平野謙」（「文學界」一九八一年八月号）
(16) 中野重治「批評の人間性（一）——平野謙・荒正人について」（「新日本文学」一九四六年六月号）
(17) 秋山清「民主主義文学と戦争責任」（『文学の自己批判——民主主義文学への証言』新興出版社、一九五六年一〇月）
(18) 吉本隆明「高村光太郎ノート——『戦争期』について——」（「現代詩」一九五五年七月号）／「前世代の詩人たち——壺井・岡本の評価について」（「詩学」一九五五年一一月号）／吉本隆明・武井昭夫『文学者の戦争責任』（淡路書房、一九五六年九月）
(19) 大久保典夫「文学者の戦争責任論争——解題」（『戦後文学論争』上巻、臼井吉見監修、番町書房、一九七二年一〇月）
(20) 武井昭夫「運動内部者の微視的感想——歴史の一縦断面をめぐって」（「新日本文学」一九五七年二月号）
(21) 吉本隆明・武井昭夫『文学者の戦争責任』注（18）参照。
(22) 武井昭夫「戦後世代と戦争責任——われらの世代の自己解明のために」（「法政大学新聞」一九五七年二月一五日号）
(23) 吉本隆明「マチウ書試論——反逆の倫理」（『芸術的抵抗と挫折』未来社、一九五九年二月）ただし、一部は「現代評論」第一号（一九五四年六月）と第二号（一九五四年一二月）に発表されている。
(24) 吉本隆明「読書について」（「新刊ニュース」第一四九号、一九六〇年四月）
(25) もちろん、主観的には被害者であっても、客観的には加害者であり得るという自己存在のあり方は、何も戦争責任の問題にのみ限った認識ではない。『資本論』第一版序文（大月書店、一九六八年二月）のなかで、資本家のあり方について、マルクスが「彼が主観的にはどんなに諸関係を超越していようとも、社会的には個人はやはり諸関係の所産なのだから」と書いているように、主観と客観、意志（思惟）と存在の分裂は、われわれが資本制社会のなかに存在しているという事実そのものからも見て取ることが出来る。たとえば、資本制社会において、プロレタリアート（賃金労働者）は、一般的にみずからを労働力商品として提供することで、一方的に資本家階級からは搾取される被害者としての立場にあるものと信じられている。しかし、人は必ず生産者であると同時に消費者としてある以上、別の局面において、彼らは自分以外の他者が提供した労働力によって作られた商品を購買する存在としてある。いいかえれば、この場合、彼らは商品を購買することによって、自分以外のプロレタリアート（賃金労働者）を間接的に搾取する加害者の立場に立っているということが出来る。その点においても、両者の分裂はきわめて普遍的な自己存在のあり方を提示するものであるといってよい。

（26）吉本隆明「前世代の詩人たち――壺井・岡本の評価について」注（18）参照。

（27）カント『純粋理性批判』中巻（篠田英雄訳、岩波文庫、一九六一年一〇月）

（28）石井伸男『転形期における知識人の闘い方』（窓社、一九九六年一二月）

（29）吉本隆明「転向論」（「現代批評」第一号、一九五八年一二月）

（30）柄谷行人は『倫理21』（平凡社、二〇〇〇年二月）のなかで「原因を認識するということ」を「認識」の問題として、「責任を追及すること」を「実践（倫理）の問題」としてとらえて「同じ一つの事柄が、認識の対象であり、同時に、倫理的な判断の対象としてあらわれる」ことを指摘している。柄谷によれば、その二重性は「括弧入れ」という「態度変更」によって見出される。

（31）廣津和郎「再び『異邦人』について」（「群像」一九五一年八月号）『異邦人』論争の対立点の一つとして、個人の責任をめぐる問題があげられる。廣津はムルソーの殺人行為を例にあげて、次のように書いている。「人間の責任を背負つてくれる『神』を否認したムルソーは、『神』の代りに人間の責任を背負つてくれるものを他に発見したのである。つまり『不条理』を」。廣津によると「この思想小説は徹頭徹尾WHAT IS LIFEを取扱つた素朴なもので、HOW TO LIVEの問題は此處では全然取扱はれてゐない」。もちろん、廣津の指摘は『異邦人』に否定的な評価を与えるための前提としてあげられている。「實験室の思想も實践に移されて役に立たなければ何もならない。人間に與へられた條件の中の根源的な曖昧さに人間が動かされてゐることによつて、個人の責任が無視されるなどといふ思想は、實行の世界ではナンセンスである。そこで個人の責任を考へれば、HOW TO LIVEに移行しなければならないのである」と考える廣津にあっては、文学とはあくまでもHOW TO LIVEを目指したものでなければならないと考えられているのだから。それに対して、中村は「カミュの『異邦人』について――

（32）廣津和郎氏に答ふ」（『群像』一九五一年一二月号）のなかで、両者がいかに密接に結びついているかという点を指摘しながら、WHAT IS LIFEから HOW TO LIVEへの移行を説く廣津の発言を「茶番もいい加減にしてほしいと云ひたくなります」と批判している。中村の指摘は正しいが、ここでは前者が認識の次元に、後者が道徳（実践）の次元にそれぞれ対応しているという点において、廣津の峻別する態度を理解しておけばよい。『異邦人』論争については、第Ⅳ章においても、別の角度から触れていることをつけ加えておく。
カール・ヤスパース『責罪論』（橋本文夫訳、理想社、一九六五年三月）

第Ⅱ章

（1）丸山真男「戦争責任論の盲点」（『思想』一九五六年三月号）
（2）丸山真男「日本支配層の戦争責任」（『現代史体系――真珠湾への道』月報、みすず書房、一九五六年一一月）
（3）注（1）参照。
（4）日本共産党「日本問題に関する決議」（二七年テーゼ）「日本に於ける情勢と日本共産党の任務に関するテーゼ」（三二年テーゼ）（『現代史資料――社会主義運動1』第一四巻、みすず書房、一九六四年一一月）
（5）神山茂夫『天皇制に関する理論的諸問題』（民主評論社、一九四七年四月）
（6）ゲオルギ・ディミトロフ「ファシズムの攻勢と、ファシズムに反対し労働者階級の統一をめざす闘争における共産主義インタナショナルの任務」（『ディミトロフ選集』第二巻、大月書店、一九七二年八月）
（7）コミンテルン「分裂に抗して、統一戦線のために」（『プラウダ』一九三四年五月二三日）
（8）平野謙「人民戦線のこと」（『文学・昭和十年前後』文藝春秋、一九七二年四月）
（9）平野謙『昭和文学史』（筑摩書房、一九六三年一二月）
（10）小松清編『文化の擁護』（第一書房、一九三五年一一月）
（11）平野謙『昭和文学史』注（9）参照。
（12）野間宏「『暗い絵』の背景」（『鏡に挟まれて――青春自伝』創樹社、一九七二年一二月）
（13）野間宏「暗い絵」（『黄蜂』一九四六年四月～一〇月号）
（14）宮本顕治「解説」（『宮本百合子全集』第七巻、河出書房、一九五一年七月）

(15) 平野謙「人民戦線のこと」注(8)参照。
(16) 山極潔『コミンテルンと人民戦線』(青木書店、一九八一年一一月)
(17) 徳田球一/志賀義雄『獄中十八年』(時事通信社、一九四七年二月)/野坂参三『亡命十六年』(時事通信社、一九四六年四月)
(18) 吉本隆明「芸術的抵抗と挫折」(『講座現代芸術』第五巻、勁草書房、一九五八年四月)
(19) 丸山は天皇の責任を政治上の観点から論じている。しかし、当時、陸海軍の統帥権を掌握していた天皇の責任は、果たして、本当に政治上のものなのであろうか。むしろ刑事上の観点から考えてみる必要があるかも知れない。
(20) マルクス「第一版序文」(『資本論』第一巻第一分冊、大月書店、一九六八年二月)
(21) 花田清輝「笑って騙せ」(「中央公論」一九五九年四月号)
(22) 花田は「誤解する権利」(「群像」一九六〇年四月号、ただし匿名で発表されている)のなかでも「戦争が、政治の集中的な表現である以上、戦争責任が、なにより政治的責任であることはいうまでもあるまい」と指摘している。
(23) 吉本隆明「天皇制をどうみるか」(「読売新聞」夕刊、一九五九年五月二〇日)
(24) 久保覚「年譜」(『花田清輝全集』別巻二、講談社、一九八〇年三月)
(25) 花田清輝「『先生』政治」(「知性」一九五五年一〇月号、ただし匿名で発表されている)なお、内容が一部重複するものとして「青服のイメージ」(「群像」一九五七年一二月号)がある。
(26) 関根弘『花田清輝——二十世紀の孤独者』(リブロポート、一九八七年一〇月)
(27) 花田清輝「政治と芸術」(「現代芸術」一九五六年四月号)
(28) 花田清輝「戦争責任の問題」(「読売新聞」夕刊、一九五八年一〇月一五日)
(29) 花田清輝「『実践信仰』からの解放」(「思想」一九五八年七月号)
(30) 丸山真男『日本の思想』(『岩波講座——現代思想』第一一巻、岩波書店、一九五七年一一月)
(31) 花田清輝「政治的動物について」(「美術批評」一九五六年一月号)
(32) 花田清輝「モラリスト批判」(「群像」一九五六年三月号)
(33) 花田清輝「モラリスト批判」注(32)参照。

（34）花田清輝「日本における知識人の役割」（「知性」一九五六年三月号）
（35）平野謙『昭和文学覚え書』（三一書房、一九七〇年五月）
（36）平野謙「解説」（『現代日本文学論争史』下巻、未来社、一九五六年七月）
（37）小林秀雄「新人Xへ」（「文芸春秋」一九三五年九月号）
（38）小林秀雄「私小説論」（「経済往来」一九三五年五月～八月号）
（39）戸坂潤『日本イデオロギー論』（増補版、白楊社、一九三六年五月）なお、前年七月、同じく白楊社より初版が刊行されている。
（40）花田清輝「もしもあのとき」（岩波講座『日本文学』第一二巻（近代）一九五八年九月）
（41）『花田清輝全集』刊行記念講演会における埴谷雄高の発言。関根弘『花田清輝――二十世紀の孤独者』からの引用による。注（26）参照。
（42）花田清輝「灰色についての考察」（「世界文学」一九四八年五月号）
（43）花田清輝「罪と罰」（「社会」一九四八年一二月号）
（44）花田清輝「ジーキルとハイド」（「真善美」一九四六年八月号）
（45）「日記というもの」（「図書新聞」一九五九年一月一日号）のなかで、花田は次のように言及している。「『新編・錯乱の論理』（青木書店刊）のなかの『罪と罰』で述べたように、わたしはヤスパースのいわゆる有罪性の四形態（法的、政治的、道徳的、形而上学的）のうち、主としてその最後のものにだけ注目しているのである」。
（46）花田清輝「ヤンガー・ゼネレーションへ」（「文学」一九五七年七月号）
（47）花田清輝「吉本隆明に」（「日本読書新聞」一九五九年一月二六日号）
（48）花田清輝「モラリスト批判」注（32）参照。
（49）花田清輝「林檎に関する一考察」（「人間」一九五〇年九月号）
（50）花田清輝「ノーチラス号応答あり」（「季刊現代芸術」第三号、一九五九年六月）
（51）吉本隆明「転向ファシストの詭弁」（「近代文学」一九五九年九月号）
（52）花田清輝／吉本隆明／岡本潤「芸術運動の今日的課題」（「現代詩」一九五六年八月号）
（53）花田清輝「批評と未来のイメージ」（「新日本文学」一九六四年八月号）

第Ⅲ章

(1) 花田清輝「原点と現在」(「週刊読売」一九七〇年八月二八日号)
(2) 吉本隆明「前世代の詩人たち――壺井・岡本の評価について――」(「詩学」一九五五年一一月号)
(3) 花田清輝「ヤンガー・ゼネレーションへ」(「文学」一九五七年七月号)
(4) 吉本隆明『言語にとって美とはなにか』第一巻(勁草書房、一九六五年五月)
(5) 吉本隆明「情況における詩」(「駿台論潮」一九六二年一一月号)
(6) 吉本隆明「頽廃への誘い」(「6・15/われわれの現在」第一号、一九六一年六月)
(7) 吉本隆明「転向論」(「現代批評」第一号、一九五八年一二月)
(8) 吉本隆明「情況とはなにか」(「日本」一九六六年二月~七月号)
(9) 吉本隆明「芸術的抵抗と挫折」(『講座現代芸術』第五巻、勁草書房、一九五八年四月)
(10) 吉本隆明「表現論から幻想論へ」(「ことばの宇宙」一九六七年六月号)
(11) その意味からいえば、しばしば囁かれるように、後年になって、吉本が転向したという説には異論がある。いうまでもなく、古典的なマルクス主義は、唯物史観や経済決定論にもとづいた一義的(一神教的)な世界観を前提としている。さまざまな現象をみずからの「内部世界」に「織込」んでゆく吉本の思考方法が、あくまでも自己を世界の頂点(中心)に位置づける一元的な世界観の構築を目指すものであるという点からいえば、吉本の発想は古典的なマルクス主義のそれと何ら違いがあるわけではない。
(12) 石井伸男『転形期における知識人の闘い方』(窓社、一九九六年二月)
(13) マルクス=エンゲルス『ドイツ・イデオロギー』(真下信一訳/国民文庫/一九六五年二月)
(14) マルクス=エンゲルス「フォイエルバッハにかんするテーゼ」注(13)参照。
(15) 注(13)参照。
(16) 花田清輝「わたし」(「近代文学」一九四八年一月号)
(17) 花田清輝「群論」(「文化組織」一九四二年五月号)
(18) 吉本隆明「芸術運動とは何か」1(「総合」一九五七年九月号)
(19) 花田清輝「ヒューマニズムと反ヒューマニズム」(「毎日新聞」夕刊、一九五〇年五月六日/八日号)
(20) シュティルナー『唯一者とその所有』(片岡啓治訳、現代思潮社、一九六八年五月)

(21) 花田清輝「素朴と純粋」(「文化組織」一九四三年一月号)
(22) 花田清輝「アンギアリの戦」(「真善美」一九四六年二月号)
(23) 武井昭夫/柄谷行人/絓秀実「五〇年代の運動空間」(「批評空間」第二期第二〇号、一九九九年一月)
(24) 花田清輝「新版あとがき」(『復興期の精神』新版、講談社、一九六六年九月)
(25) 花田清輝「二〇年代の『アヴァンギャルド』」(「理想」一九五三年八月号) なお、本節における花田の物自体論、ナンセンス論については、絓秀実『花田清輝――砂のペルソナ』(講談社、一九八二年二月) に啓発された点が大きい。あらためて記しておく。
(26) 花田清輝「奴隷の言葉」(「改造文芸」一九五〇年四月号)
(27) 花田清輝「笑い猫」(「群像」一九五四年三月号)
(28) 花田清輝「ビィヴァ」(「映画評論」一九五二年四月号)
(29) 花田清輝「林檎に関する一考察」(「人間」一九五〇年九月号)
(30) カント『純粋理性批判』上巻 (篠田英雄訳、岩波文庫、一九六一年八月)
(31) 花田清輝「ナンセンス」(「BEK」第一号、一九五〇年五月)
(32) 花田清輝「ゴーゴリ」(『世界文学全集――ゴーゴリ』月報、河出書房、一九五〇年六月)
(33) 花田清輝「機械と薔薇」(『日本文学講座――日本文学の美的理念・文学評論史』河出書房、一九五一年一月)
(34) 花田清輝「芸術家の制服」(「みずゑ」一九四九年五月号)
(35) 花田清輝「歌の誕生」(「群像」一九五七年一月号)
(36) 花田清輝「勝った者がみな貰う」(「群像」一九五七年三月号)
(37) 花田清輝「サンチョー・パンザ論」(「東大陸」一九三八年五月号)
(38) 花田清輝「ドン・キホーテの秘密」(「キング」一九五七年一一月号)
(39) 「三二年テーゼ」(『現代史資料』第一四巻、みすず書房、一九六四年一一月)
(40) マルクス『ドイツ・イデオロギー』注 (13) 参照。
(41) 花田清輝「テレザ・パンザの手紙」(発表誌未詳)
(42) 三木清「知識階級に与ふ」(「中央公論」一九三八年六月号)
(43) カント『道徳形而上学原論』(篠田英雄訳、岩波文庫、一九六〇年六月)

第Ⅳ章

(1) 廣津和郎「カミュの『異邦人』」(「東京新聞」一九五一年六月一二日～一四日)
(2) 中村光夫「廣津氏の『異邦人』論について」(「東京新聞」一九五一年七月二一日～二三日)
(3) 廣津和郎「再び『異邦人』について」(「群像」一九五一年八月号)
(4) 中村光夫「カミュの『異邦人』について――廣津和郎氏に答ふ」(「群像」一九五一年一二月号)
(5) 花田清輝「氷山の頭」(「群像」一九五二年二月号) ただし、初出当時は匿名にて発表。
(6) 寺田透／花田清輝／平野謙「創作合評――『笛吹川』」(「群像」一九五八年六月号)
(7) 花田清輝「モダニストの時代錯誤」(「早稲田大学新聞」一九五八年五月二〇日号)
(8) 江藤淳「『はしか』にかかることによってはじめて子供は大人になる――笛吹川論争をめぐって」(「近代文学」一九五八年七月号)
(9) 花田清輝『鳥獣戯話』(講談社、一九六二年二月)
(10) 花田清輝「鳥獣戯画」(『平安時代――日本文化史2』月報、筑摩書房、一九六五年七月)
(11) 野口武彦「解説――パン・フォーカスの歴史」(『鳥獣戯話・小説平家』講談社文芸文庫、一九八八年一〇月)
(12) 花田清輝『小説平家』(講談社、一九六七年五月)
(13) 花田清輝『室町小説集』(講談社、一九七三年一一月)
(14) 花田清輝「方法序説」(「展望」一九七四年三月号)
(15) 谷崎潤一郎『吉野葛』(「中央公論」一九三一年一月～二月号)
(16) 廣末保「花田清輝の小説」(『室町小説集』講談社文芸文庫、一九九〇年一〇月)
(17) 花田清輝「『室町小説集』をめぐって――後南朝のこと」(「新日本文学」一九七四年一二月号)
(18) 花田清輝「古沼抄」(「東京新聞」夕刊、一九七三年二月五日～六日)
(19) 花田清輝「カラスとサギ」(「潮」一九七二年三月号) 尾形仂もまたその著名な連歌論である『座の文学』(講談社学術文庫、一九九七年一一月) のなかで、次のように書いている。「連句が一句一句独立しながら、しかも二句の連接交響を通して、一句単独では持ちえない新たな詩趣を構成しつつ全巻の変化と統一に参与することを最も基本的な性格としていることは、座における個のありかたを端的に物語っている。かりに『冬の日』五歌仙に例をとれば、荷兮の付句が常に一巻の運びに劇的展開をもたらし、あるいは杜国の付句が危機を孕んだ悲涼の色を添えるといったように、連衆ひとりひとりの個性が一巻の変化をささえていることは事実であるにしても、それはあくまでも全巻の諧調と前句との交響を前提としての（もしくはその中から生み出された）個性であって、それらを無視して独走するものではない（また、あってはならない）。歌仙一巻の作品としての価値は、座の連衆ひとりひとりがそれぞれの資質を発揮しながら、前句との交響をとげ、また新たな交響を呼びおこしてゆく、その交響の総和としての諧調の豊かさにある」。

（20）花田清輝「利休好み」（「潮」一九七二年六月号）もちろん、連歌においても、連衆は同様の存在としてある。注（19）における同書のなかで、尾形仂は次のように書いている。「座につらなるということは、『是非』の世界である四民秩序の中での肩書・姓名を捨てて俳号を名のることが象徴しているように、日常世界における縁類や身分関係から解放された一人の人間となることだ。人間存在の孤独を自覚する者同士が、俳諧という笑いの詩形に載せて真情を通わせ合うことにより、日常性とは別次元の新しい関係においてつながり合う。そこに生まれる連帯感がいわゆる連衆心であり、芭蕉がしばしば口にした『俳諧は老後の楽しみ』とは、その連帯によって生きることの楽しみをさしている」。

（21）花田清輝「柳田国男について」（『近代の超克』未来社、一九五九年一二月）

（22）柳田国男『最新産業組合通解』（大日本実業学会、一九〇二年一一月）

（23）花田清輝「農業統制と協同組合」（「東大陸」一九三八年一〇月号）

（24）マルクス『資本論』第一巻第二分冊（大月書店、一九六八年二月）

（25）櫛田民蔵「わが国小作料の特質について」（「大原社会問題研究所雑誌」一九三一年六月）

（26）たとえば、花田は明治以降の日本にも資本主義の一般的法則が貫徹されていることは認めている。その点において、いわゆる講座派の資本主義分析とは一線を画していることがうかがえる。花田は「産業国営の歴史的意義」（「東大陸」一九三八年六月号）のなかで、次のように書いている。「我国の状態を観察するならば我々は我国が、やはりかかる国際資本主義一般を規定する法則から、いささかもまぬがれてはいないのを見出す。しかしそれと同時に、機械的にその一般性のなかに、我が国家機関の強化を解消してしまうことが、明らかに不可能であることをも見出す」「我国においては、国家機関の主体的役割が、いわば本来的なものであり、かかる本来的特質に現在の国際資本主義共通の傾向が加わることによって、ここに独自の国家機関の異常なる強化があらわれているのだ」と。花田は明治維新を商品経済の発展やブルジョアジーの成長によるものと見なしつつも、それが「先進資本の『開港』の強力的要求によって促進されたもの」である点に注目する。すなわち「自己の半植民地化をまぬがれ、帝国主義的発展によって、先進諸国に対抗しようとするためには、最も強力にして早激な元本的蓄積によって産業資本を人為的に補強することが必要であった」。それが「維新政権に絶対権力を与えずにはおかなかった」のであり、地主やブルジョアジーは「この国家権力に保護され、それと結合し、それを支持し、その法律・秩序にしたがい、間接的に、それによって自己の利益を貫徹した」にすぎない。「何より変革における主導力が両者ではなく、国家であり、いっそう正確に限定するならば、内的外的要因によって、ブルジョア的志向をもった、在来の封建的支配階級出身であったということだ」。「かくて国家は、自己の物質的基礎を完全に貢租的性質を揚棄しないところの租税に、大規模な独占的国家企業・専売等に求めたのである」。したがって、生産の諸編成も国家の主導によったのであり、その結果として「一方の極における国家企業の発達と、国庫補助金に依存する民間少数の大経営、他方の極におけるその他の広汎な民間経営の零細性・非機械性の同時存在という、所謂日本資本主義の特殊性が生れた」ととらえられている。いわば、資本主義の成立こそが「半封建的土地所有（関係）」の成立と強化の根本的な原因であると考えられている。

(27) 注(21)参照。花田が指摘するように、戦前、柳田が「報徳社そのものを協同組合として生かすこと」を構想していたとすれば、柳田の認識には『農村問題入門』（中央公論社、一九三七年四月）を著したころの晩年の猪俣津南雄や「農民の家族とその生活」（「経済評論」一九三六年一一月～一二月号）を著した関矢留作の認識との共通性が認められる。しかし、彼らが「半封建的土地所有（関係）」の要因を日本の水田稲作農業に見られる集約的労働や潅漑施設の共同使用によったアジア的停滞性に求めるとき、反対に国家機構における絶対主義的権力のありかが見過ごされてしまうこととなる。その結果として、彼らの抱く「報徳社そのものを協同組合として生かす」という構想は強固な国家権力のまえに挫折するか、それ自体が「大アジア主義」（平野義太郎）としての超国家主義的イデオロギーの一部に回収されてしまわざるを得ない。

(28) マルクス『経済学批判要綱』第三分冊（大月書店、一九六一年五月）

(29) 注(24)参照。

(30) この場合の「結合生産様式」とは、諸個人の協同性（アソシエーション）にもとづいた生産様式と考えればよい。

(31) マルクス『ゴータ綱領批判』(望月清司訳、岩波文庫、一九七五年五月)
(32) 柳田国男『昔話と文学』(創元社、一九三八年一二月)
(33) 花田清輝「六ペンスの歌」(「中央公論」一九五八年二月号)
(34) 花田清輝「マス・コミの問題点」(「思想」一九五八年一月号)
(35) この場合の「サイフォンの装置」としては、それらのほかにも、一九六〇年代以降、イタリアやフランスでさかんにおこなわれた自由ラジオ運動などをあげることも出来るだろう。現在のわれわれから見れば、花田の目指した視聴覚文化論はインターネットに代表される双方向的なマス・コミュニケーションのあり方からとらえなおすことが出来る。そこでは情報の受け手は容易に送り手へと変化し得る。いうまでもなく、当時、インターネットのような媒体が一般的に存在したわけではない。その点からいえば、花田の具体的な構想はテレビやラジオの次元にとどまっている。しかし、一九五〇年代後半の時点において、原理的な観点から、花田がインターネットに代表されるようなマス・コミュニケーションのあり方に言及しているという点に注目しておきたい。
(36) 吉本隆明「芸術運動とは何か」(二部構成。1は「総合」一九五七年九月号、2は「現代詩」一九五八年七月号)
(37) 吉本隆明「アクシスの問題」(「近代文学」一九五九年四月号)
(38) 花田清輝「モラリスト批判」(「群像」一九五六年三月号)
(39) もちろん、花田の共産党批判は、スターリン主義にもとづいた当時のソビエト共産党に代表される国際共産主義勢力に対しても向けられている。たとえば、花田は「フルシチョフ演説とデモクラシー」(「日本及日本人」一九五六年九月号)のなかで、猪木正道が「共産主義を、東欧型と西欧型の二つにわけ、ソ連のような後進国によって代表される東欧共産主義が、ドイツのような先進国によって代表される西欧共産主義よりも、ヨリ独裁的なのは、歴史的必然のしからしむるところであって、なんらあやしむにたりないと考えている」ことについて「こういうものの見方の上に立っていれば、比較的簡単にソ連の粛清工作なども合理化できる」「重工業を確立し、農業を集団化し独ソ戦に勝ちぬくためには一々民主主義的な手つづきなどを踏んでいる余裕はなく反対派は、ただちに一掃されなければならない、というわけだ」と書きながらも「しかし、はたしてそんな共産主義が共産主義の名に値いするであろうか。東欧共産主義というのは共産主義ではなく、西欧共産主義こそ本当の共産主義ではなかろうか」と言明している。「スターリンとの架空対談」(「京都新聞」一九五三年三月一七日)において、花田がスターリンに「個人としてのスターリンが死ぬやいなや、ぼくは無数のスターリンに変って組織のなかに生きはじめた」と語らせながら「スターリン死すとも、組織は死せず」という観点を貫いている点についても、一般に誤解されるようなスターリン主義讃美の言説として受け取るべきではない。それはスターリン主義というものの本質と原因をスターリンという一個人に還元してとらえる見方に対する批判として書かれているにすぎない。花田にとって、スターリンとは「機能概念」「関係概念」にもとづいた「社会的関係の集中的な表現」にほかならない以上、スターリン個人が消滅しようとも、スターリン主義という機能と組織はどこまでも温存されるととらえられている。

(40) 花田清輝「日本における知識人の役割」(「知性」一九五六年三月号)

(41) 注(40)参照。

(42) 花田清輝「吉本隆明に」(「日本読書新聞」一九五九年一月二六日号)

(43) 注(40)参照。

(44) 注(36)参照。

(45) 花田清輝「群論」(「文化組織」一九四二年五月号)

(46) ただし、花田は彼らの試みを全面的に評価しているわけではない。たとえば、コンドルセは数学を応用することによって、道徳や社会、政治を厳密な科学のもとにとらえなおそうと試みる。いわゆる「社会数学」である。コンドルセが「多数決の蓋然性に対する解析の応用に関する試論」(一七八五年)において、確率論的手法を導入することによって、選挙に代表されるような多数の人間による意志決定システムのあり方を考察している点に注目したい。コンドルセは、多数意志の決定方法や選挙の投票者数、選挙回数などを確率論的な観点から考察する。しかし、その場合の選挙モデルの構成員が個々人の持つさまざまな差異を消去した平均的な存在であることを前提としている点において、そのプランはあまりにも現実離れした理論上のものでしかなかったといってよい。コンドルセの理論は人がすべて法的に平等で、能力的にも均質の存在であることを前提としたきわめて理想主義的なものでしかあり得ない。その認識の背景にあるのが、啓蒙主義に見られる理性の万能主義と人間中心主義的なものの見方であることはいうまでもない。

(47) 花田清輝「映画監督への疑問」(「読売新聞」夕刊、一九五八年二月三日/六日)当エッセイはリレー連載「各界交流」欄に書かれたもの。二月三日に発表された前半部分に対して、映画監督・吉村公三郎が返事を執筆。六日に発表された後半部分は吉村に対する返信の形式をとっている。なお、花田はさらに次のように続けている。

「立派な作品は、映画の場合、つねに見ごとなチーム・ワークの産物であります。したがって、われわれが、映画監督の天才をたたえるのは、かれが孤高の精神の持主であるからではなく逆に埋没の精神に徹しているからでありなす。かれは、個人としては『無』に近いかも知れません。しかし、かれは、かれの映画に協力してくれたチーム全体のなかにあざやかに『存在』しているのです。わたしはチャップリンにしても、その例外だとは考えません」。

（48）花田清輝「鏡の国の風景」（『文章読本』鑑賞編、塙書房、一九五〇年一二月）花田のエッセイにおいて、マルクスの「序論」はおもにリアリズムや映画を論じた芸術論の一環として取りあげられている。しかし、花田の言及を芸術関係の領域にのみ該当するものとしてとらえる必要はない。「創作方法の問題は、また世界観の問題でもある」（「二〇年代の『アヴァンギャルド』」）と考える花田においては「芸術家のアヴァンギャルドは、即座に、政治家のアヴァンギャルドに変貌するであろう」（「林檎に関する一考察」）ととらえられているのだから。

（49）花田清輝「コンモン・センス論」（「映画芸術」一九五八年三月号）

【附記】花田清輝の著作からの引用は講談社版『花田清輝全集』（全一五巻、別巻二）、吉本隆明の著作からの引用は勁草書房版『吉本隆明著作集』（全一五巻）にそれぞれよった。

後記

本来ならば、ここでは私と花田清輝との「出会い」について、あれこれと書くべきなのかも知れない。しかし、残念ながらというべきか、当然であるというべきか、一九七四年に没した生前の花田清輝に私は一度も会ったことがない。私の物心がついたころには、故人もすでにあの世の暮らしに充分に慣れ親しんでいたことだろう。その著作との出会いについても、高校生か大学生のころに『復興期の精神』を読んだものと思われるが、これまたはっきりとしたことは何も憶えていない。もちろん、当時の私に難解な『復興期の精神』を読みこなすことが出来たとはとても思えない。したがって、それは濫読時代の一冊として、私の脳髄を単に右から左へ(あるいは左から右へ)と通過しただけのものにすぎなかったと思われる。『復興期の精神』に関しては、その後も幾度となく読み返した。そのたびに新たな感銘も受けた。しかし、肝心のファースト・コンタクトについての記憶が完全に欠落しているのであるから「出会い」も何もあったものではないだろう。ないない尽くしで申し訳ないこと、このうえない。しかし、これればかりは本当のことなのだから、まことにもって致し方ない。今回、そのような私が花田清輝について書くことになった。我ながら不思議な因縁であると思う。

本書は「縦覧」第二号(一九九七年)から第五号(一九九九年)にかけて、断続的に連載された「〈四分の一〉をめぐって――花田清輝と吉本隆明――」に、初出誌掲載後、それぞれ加筆と訂正を加えたものである。諸般の事情により、第四章だけは書きあげたままお蔵入りの状態となっていた。各章末尾に記載してある日付をご覧いただければおわかりのように、本書は約三年にわたって連載されている。しかし、大袈裟にいえば、刊行までふくめて、二十世紀から二十一世紀にわたって書き継がれていたことになる。ものはいいようである。そのどちらのいい方が適切であるかは、さまざまな局面、さまざまな条件によって変わって来るだろう。ともあれ、個人的な観点からいえば、本書が私の二十代後半の時期に書かれたものであるということに変わりはない。

書き方は前章・前節の内容を受けて、次章・次節を書くという方法をとった。おかげで大した気負いもなく書き継ぐことが出来た。しかし、後日、あらためて読み返すと、論旨がところどころで飛躍していたり、矛盾している箇所が目についた。そのはなはだしい箇所については、若干の加筆と訂正をほどこした。しかし、そのすべてを整合させることは敢えてとどめた。各所に見られる飛躍や矛盾にこそ、不遜にも花田清輝という存在について考え、あれこれと書き綴って来た自分自身の変化の過程があると考えたからである。端からみれば、まことに稚拙で滑稽なこだわりであったと見えるかも知れない。しかし、少なくとも、私にとっては、それこそが「私の現実」であったということにほかならない。

もちろん、私の変化の過程は、現在においてもなお続いている。第四章の脱稿からでも、すでに二年以上の歳月が経過している。現時点から振り返れば、本書の不明瞭な点、書き足りなかった点も数多く見つかる。なかでも、協同制作や組織（運動）論に関する箇所は、昨今のインターネット社会に見られるさまざまな事象やアソシエーション運動を具体的な例として取りあげながら、もう少し詳しく書いてもよかったかも知れないと思っている。たとえば、一九九〇年代以降の資本主義のグローバル化に対抗するような形で、現在、地域に根差した協同労働や地域循環型の社会創出の動き、各種の生産者――消費者運動、非資本制的なアソシエーション運動などが各地に展開されつつある。トラスト運動や産直運動、ワーカーズ・コレクティヴやＮＰＯの伸長、Linuxや地域通貨に代表される非資本制的なツールの出現など、それらの運動は自立した個々人がそれぞれの自由意志にもとづいて結びつき、共通の課題と目的のもとに互いに協同し合うことを前提として成り立っている。それらはかつての因習にとらわれた古い共同体を復権させることはないが、自立した諸個人が相互に結びついた新たなコミュニティの創出を意味するものとしてある。もちろん、それらは資本主義のグローバル化に対抗する運動であると同時に剰余価値を生み出し、果てしなく自己増殖し続ける資本主義の運動そのものが要請する必然的な潮流であったということも事実であろう。それぞれの運動が抱える課題や問題点も多い。その点において、花田の言説をそれらの対抗運動と安直且つ楽観的に結びつけることには慎重にならなければならない側面もあるとは思う。とはいえ、花田の構想する協同制作や組織（運動）論が、花田の生きた二〇世紀よりも二一世紀を迎えた今日の社会にこそ、やはり敷衍化し得る要素が多いことは紛れもない事実であろう。敢えて希望的観測を交えながらも、若干の補足説明を付した所以である。

書き方のうえにおいて、あるいはもっと別の方法があったのではないかということも考えた。好村富士彦が『真昼の決闘――花田清輝・吉本隆明論争』のなかで書いているように、当時の社会的・政治的情勢を踏まえつつ、同時代の文献や資料と花田の評論やエッセイを対比させながら、その言説を歴史的（通史的）な観点から読み直すという方法もあったに違いない。たとえば、現在、私は増田太次郎宛ての花田の葉書を数葉所有している。なかには戦時中に書かれた葉書もふくまれており「約一ヶ年、軍事工業新聞といふのに行つて合理化の勉強をしましたが四月で止めました」「一筆平天下も大分心細くなつたが、さういふ仕事があつたら御一報ください」「激変する世の中の有様痛快ですネ」などといった興味深い一節も認められる。増田太次郎（一九〇五年－一九九〇年／静岡出身）は、日本宣伝広告史研究のパイオニア的存在。戦後は雑誌「宣伝」（真善美社刊）の主宰者として、宣伝広告のコンサルタント業のかたわら『引札繪ビラ風俗史』や『チラシ広告に見る大正の世相・風俗』など、宣伝広告関係の著書も多数執筆している。田中吉六などのマルクス主義者あるいは中野正剛の主宰する東方会などとの関係のほかにも、ある意味において、資本主義と密接な関係を持つ出版・広告業界やマス・メディアとの関係から、当時の資料を対比させつつ、戦前・戦時中の花田の言説と動向に迫ってみるのもおもしろいかも知れない。さらにつけ加えるならば、一九三九年、花田と中野秀人が中心となって結成された文化再出発の会の刊行による「文化組織」のあり方についても、同時代的な資料にもとづいた読み直しと再検討の必要性があるように思われる。目下、個人的には「文化組織」によった文学者の一人である詩人・小野十三郎と花田との関係に関心を抱いている。『大阪』や『風景詩抄』などの戦前の詩集、戦後の『詩論』などの評論を踏まえて、小野のいわゆる「短歌的抒情」に対する批判を花田の「前近代を否定的媒介にして近代を超える」というテーゼと比較してみる過程において、花田が繰り返し批判した「文学」の本質があらためて見えて来るのではないかと思う。

もちろん、以上に述べたようなことは、本書の内容とはまったく別の話である。不思議なことではあるが、花田清輝の著書は読み返すたびに新しい発見がある。もちろん、花田の著書そのものは何も変化しない。したがって、新しい発見は自分自身の側の自己増殖の過程としてあるということが出来るだろう。おそらく、それは私がいまだに花田清輝という存在を過去のものとして見なすことが出来ないことに原因があると思われる。しかし、いいかえれば、私自身の内部の自己増殖の過程において、はじめて花田自身もまた増殖しはじめるのではないか。先行するテクストを現在の視点から読み直すということは、そのような相互連関性のもとにとらえられるべきではないのか。目下、そのようなことをつらつらと考えているところである。少なくとも、花田清輝には自分自身をその気にさせる何かがあるように思われる。

本書の内容は近畿大学大学院文芸学研究科（創作・評論研究コース）のセミナーにおける討議にもとづいている。故後藤明生氏、柄谷行人氏に感謝します。

各章の構成および編集は、柳原出版の天野敏則氏の御世話になった。こちらの都合で出版の依頼からすでに二年半の歳月が流れてしまっているにもかかわらず、心暖まる御配慮をいただいた。氏の御厚意に記して感謝する次第です。

二〇〇二年十月某日

乾口達司

著者紹介

乾口達司（いぬいぐち・たつじ）

1971年奈良県生まれ。1996年近畿大学大学院文芸学研究科修士課程修了。

日本近代文学会・日本文学協会会員。

共著 『横光利一事典』（おうふう）

論文 「『ギリシャ牧野』をいかに読むか」（「シュンポシオン」第1巻1号）

「小野十三郎と『葦の地方』――秋田實／人民戦線／短歌批判」（「嚠喨」第1巻1号）

「後藤明生と『敗戦体験』――同化と拒絶のはざまで」（「近畿大学日本語・日本文学」第2巻1号）など。

資料 「後藤明生著書・著作目録」（「縦覧」第3巻2号）

「著書目録／参考文献（巻末資料）」（後藤明生『挟み撃ち』『首塚の上のアドバルーン』／講談社文芸文庫）など。

住所 奈良県奈良市佐紀中町1－2491

花田清輝論――吉本隆明／戦争責任／コミュニズム

2003年2月28日 第1刷発行

著 者 乾 口 達 司

発行者 柳原喜兵衛

発行所 柳原出版株式会社

〒615－8107 京都市西京区川島北裏町74

Tel 075（381）2319 FAX 075（393）0469

http://www.yanagiharashoten.co.jp

印刷／内外印刷（株） 製本／（有）清水製本所

ISBN4-8409-4601-9